黃錦樹

目錄

〈代序〉魚之跡

賀淑芳

取名為《魚》，就賦予此書水漫潮氳的氣息。海有覆滅險境，魚在陸上亦總呈困境，從沼澤、深水乃至屋簷下的水槽水箱，生命或被豢養，或掙扎啜吸。小說語言精煉，敘述迅捷而又細膩濃郁。一篇與一篇之間，許是由於不斷重寫，才留下了孿生般的軌跡：經常是此地與彼方，兩個父親、兩個女兒、一場傾談與另一篇小說裡的另一場傾談，構成了短篇之間的呼應。〈欠缺〉的酉在海中交纏幾至瀕死，〈在港墘〉中啞妻入海歡游。酉在海中的歡悅翻騰又與〈魚〉篇丁在深水中即將滅頂的快感呼應。也許後來的故事都從〈魚〉中丁對死的意識開始。從彷彿已經死過一次的時間隙縫中，分切出多重的時間——酉、卯、寅、辰、戊己。小說對死與傷痛異常深慟，直視「生」之幸存其實是在各種隨機的偶然中，與死交錯而過。如何可能面對死，或各種各樣的喪逝？在〈隱遁者〉的馬共餘生裡，如同那最後的馬共接受己方已失去鬥爭的歷史條件，小說從政治現實轉向更為私密的內在回響：野人智散，無我無物地放逐渾然蟄居，「乒乒乓乓卸下一身骨肉」，和〈魚〉中稚嫩的丁對喪逝的懼傷哀痛，恰成對照。

在人形成的江湖，或資源分配的結構中，隱藏著人必須與之共處的暴力。形形色色的打擊與災難降臨如隕石，如「來自海岸域外的風暴」。在狀似安穩的現代資本主義的日常生活中，舒適的物質有時會讓人忘記生存本身乃是脆弱的事實，即在這被「棄」的世界裡，有一些未來「甚至可能永遠凍結於時間之外」（〈魚〉）。書寫作為一種堅持、面對，或抵抗（？），若其中有救贖，或許來自於書寫予人持續的創造力。在錦樹的小說中，事件一方面既是故事，一方面也暗潛關於書寫的隱喻。各式各樣的碎片，進入小說，重造圍裹創傷主體的環境、歷史與地域。在這虛構的過程中，如何把被他人、或文學傳統所固定了的隱喻，將之層疊翻新，宛如再次將物命名。

在《魚》這本書裡，多篇小說不再寫馬共，轉向對文學系統與主體的存續提問，探索寫作主體與其偶然棲身的文學系統之存滅，其一時一地支撐的條件，其中憂慮關涉的資源結構，以及在試圖解決歷史債務的過程中，本身不免再度牽動一連串不可得的失落，總有無法真正圓滿解決的匱欠。然則並非就此斷定實踐無價或棄守，正是透過肯定、直面此系統中的欠缺，提供小說以思考、探尋、發問乃至創造的可能。由此對小系統文學的觀察與敘述，遂有知其不可而為之的自覺意義。

錦樹之前曾提及馬華文學有如沙上足跡。但不管是寫在沙上、泥沼、木板或鑿刻於碑，載體的物質已浮離成喻。於二〇一二年由花木蘭出版社出版的碩士論文裡，他寫及文字與語言既是容器、是物，也是道。據章太炎的追蹤，文字書寫、圖與銘刻有一共同起源，那是鳥獸留在大地上的足印。足印的存在意味著「早已離去、不復在場」。故而所有書寫，皆在完成以後就死逝如燼，卻也因這「逝」而能免除僵化，在讀者或評論者那裡重燃。若不這麼寬泛地說，專注於馬華文學這短短不足百年的「書場」，尤其是「邊緣」、「寂寞」（不知何時就變成老生常談的「自憐」），寫作者可能偶爾不禁會問：那最初產卵予後來離散者的書寫，究竟有何意義——抑或，自嘲文學豈非也有「無意義」？——但文學隱喻的距離與樂趣就在於這份捉摸不定。恰如卡爾維諾的《恐龍》，正是由於其物滅亡，其隱喻才衍散更遠，變化更無可窮盡。小說的啟迪若畫，如跋文自言，是形象的牽動。最初閃現如鱗、難以捉摸，而後卻漸變造萬象。

試圖存有地，而非從那些「手成物」（如昔日神州高嚷的民族情思）去搓摸文字的銘刻可感，在小說中也像裂紋那樣浮現若流域。錦樹似乎極為鍾愛像章太炎這樣一個古怪的探索者（「是上述特殊場景中成長起來的一棵『古怪』的知識之樹，開滿了繽紛而怪異的花朵」）[1]。在小說裡他不時讓這樣一個對什麼東西心醉神迷的人，以各種各樣的身份與方式出現，甚或以其「缺席」，降落到馬華場景裡。把他化成各種角色，複數疊生，拖負各自的劇場，從很久以前的M，到這本書裡〈祝福〉中的兩個父親：阿福以及流落河南的李，他們對刻字的執迷相互對照；以刻字作為換取甚麼，抑或以刻印持續，以抵禦時間之蝕。只是在馬共與冷戰對峙餘下的場景裡，他們的雕字側影，甚或對魯迅的崇仰，皆得面臨歷史的摧毀破損。對比之下，女性對情感與記憶那幾乎是歷時不滅的激情與投入，又深摯地賦予了祝福近乎永恆的意涵。

借用德里達之言，如果文學可以記錄「痕跡」，那麼它也可以去完成那些「未曾發生」的，把它變為「故事」，敘述的渴望。（《文學行動》）多篇小說不僅寫馬共，而疊移至離散台灣、或隱遁南洋，跨接地域。那些已發生的與未發生的，不僅作為想像，或被敘述的內容情節，同時亦隱喻地為文學本體、摹仿相叩應，轉嫁至敘事裡，分裂繁衍成無窮盡的謎陣。本尊與代換的雙生子，或各種更加細小的對應。債務與償還、原創或造偽，一為多而多為一。

〈祝福〉與〈父親的笑〉，〈欠缺〉與〈在馬六甲海峽〉，各自嵌入彼此的背面。一如〈火與霧〉中的反思，人佔據的位置、命運與資源緊繫。起初是偶然的排序，後來就持續下來如宿命，雖當中仍不無自由意志的抉擇。有時是敘述的氣息，傳遞了那非能直述的緘默。在〈欠缺〉中大雨連續地下，魔幻般淹至酉的露台。「水會漫到露台下方，有時會看到有大尾的灰溜溜的魚在下方探頭探腦。烏龜也常見的，紅著眼奮力想要爬上來。水花甚至會濺濕地板。那是浪的餘波呢。酉喜歡這樣的想法。浪遠遠的推到他家邊上。」〈在港墘〉裡，敘述者形容L住

1 黃錦樹，《章太炎語言文字之學的知識（精神）系譜》，花木蘭出版社，二〇一二。

的房子，像是由漂流木架起的棄船。這種遺棄般的棲居意象，宛如神退走後、擱淺的諾亞方舟。敘述就在此靜靜質變，從歷史織面的裂隙，巡梭至那現實度面、主流的歷史敘述之外。

一系列浪蕩子的故事，互文穿插典故，如以楷體字點名的《紅鞋子》（葉石濤之作）、《地上爬的人》（張文環）、來自《白鯨記》（*Moby-Dick*）（赫爾曼）的船號、船長，黃碧雲的《烈女傳》，還有偶爾出現文中，讓人讀之心領神會的、昔日神州詩社的隻字片語。看似以男性為中心的敘事，戲謔口吻卻盡是對「風流男子」的挖苦。或許也嘲諷了現代文學對精神分析理論的依賴，譬如對創傷模式的想當然爾，如〈欠缺〉裡的母子關係，幾乎是佛洛伊德戀母弒父情意結的方程式（文學批評曾經對此樂而不疲，如雷瑟（Simon O. Lesser）對福樓拜的戀母情結闡述便可見一斑）。但在現實裡，人對創傷的積埋，只有比佛氏的設想更曲折複雜。儘管覺得浪蕩子的敘述聲音乃是逆向操作，但讀時那裡頭晃動的陰影仍然讓人極之不安；但小說以玩笑的戲謔，輕快地敘述，與那所敘的物件，實際上已設置了重重隔層的距離。故事沿著好幾代人的時間取材，都關於離鄉的、遠走他方的生存難題和希望。攝入魯迅以外的其他文學典故，交織出一個比左翼敘述中更多元雜蕪的閱讀場景。除開向浪蕩子邵洵美致敬，一方面也沿著南洋當時凋零的文學瘢痕，探入那處於「剩餘」的祖國民族依戀，戲謔式的漢字意符殘缺，形如剝落殘存的中國性，與現代文學呈碎狀地浮蕩。這裡亦寄寓了對小系統文學在這被拋的歷史偶然裡，還能生存下來的祝福吧。

〈欠缺〉、〈在馬六甲海峽〉與〈父親的笑〉裡，替代者與本尊，情人與浪蕩的父親，家庭的原初創傷驅動的置換，彷彿康拉德小說的黑暗之心——無論是作為巫術的替身、抑或作為嵌入父親投落陰影的情人，總是無可填滿，必須以匱乏、消失、缺席的方式才能投射愛，這在早年黃錦樹評駱以軍（〈隔壁房間的裂縫〉）時便已有的尖銳剖析。黃在小說裡調動的歷史與地域脈絡，使其雙重設置的角色，潛伏著更多層層疊疊的對比和可能。動物如魚的生滅，捕、養、殺，有時候是人雖隱微察知，卻是不得不麻木以對，恰如對於他人的處境，經常不得不因無能拯救而麻痹漠視。如果在乾旱的泥漿裡，發生的生吞活剝是鮮明可見，而人的心靈遭到噬咬卻是無形隱密。如安妮．狄勒德在《溪畔天問》中寫道，人比之動物，多餘的情感與欲望猶如詛咒。然而，也正是這多餘的感情讓人能愛各種事物。恰如〈欠缺〉開頭，那近乎無我詩狀的愉悅瞬刻：「酉喜歡那道雨後的光，總會讓他從心底生起一陣油然歡喜。像筍尖或蕈菇突然從土底冒出。像種籽發芽。」這種生命冒現的憨態觸動了愛之喜。在小說〈山路〉中母親無私的付出，以個人一生盡點滴之力。阿蘭巴迪歐在那本幾乎是狂喜的《愛的多重奏》如此說道，在愛裡人能有真正的創新能力，因為人只有在愛裡才能接納差異，重新體驗世界。

雖然有些情節確實讓人感到稀奇古怪（其實也不是不有趣的，如浪蕩子那能感應方圓幾里內女性心靈需求的「超能力」），但文學允許人們以一切方式來敘說任何事情。破除律法，挑戰任何限制，無論是那些來自官方的箝制或任何無論多麼正確的觀念。（德里達《文學行動》）海德格以為人總是在異鄉，因為人認識事物的方式，不得不透過參照他人得來。或許從這意義而言，「異鄉」乃為人不得不然的生存狀態，每個人因此都是漂泊他方、離家在外的異鄉人。在這些試圖挽救（集體或個人歷史）碎片的小說裡，圍繞著活生生的人，以及他們在族群、歷史的離散經歷中，所面對的諸多生存難題。這觀察內外動靜的眼睛，就超越前述所提的主義、歷史議題。由於一個小說的敘述者，並不（只）是要在價值或概念的展覽與指導中行路，因為關於概念的知識，我們並不缺乏。人本身的痛苦經驗，把感覺削銳，使得歷史不僅僅只是值得挽救的事件，而且還是一張張痛脈浮現、百感交集的地圖。在〈山路〉（原題：月光斜照的那條上坡路有一段沒入陽光也照射不透的原始林）裡那並非親生的母親「伊」，意識到革命活動中的殺戮暴力，道出它那難以償還的巨大代價：「哪天如果掌了權，如果用的是布爾什維克的那套，人民豈不是血流成河？單單是這麼一個對他們來說小小的傷口，幾乎就必須花去我一輩子的時間啊！」

在〈魚〉的故事裡，孩子最早想到的死，童年無助的惘惻不安，忽爾與「生」有了間歇剝離。人以血肉之軀穿越獸徑蠻荒，對任何意外的襲擊其實無能主宰。尤其如螻蟻般生存者，困居於排水渠旁「挨港墘」的寅一家人，像過客那樣在旁人的漠視裡出入：「似乎他們一家人都是古老黏濕的魚，有著粗大的墨綠色鱗片，往返巡遊於光影明暗之間。」（〈生而為人〉）如此這般地格格不入。不是所有的魚或兩棲類登陸之後，都如安徒生的美人魚，然而也步步如刀切痛楚。

僅在屋簷之下，就已有難言的糾葛。在〈火與霧〉中，敘述者「我」某次祕密地到膠林的寮子起火過夜，事後其兄的果園竟被以為遭外人入侵。兩兄弟清晨在大霧的雜木林裡馳車而過，「他大概不會清楚是誰與他交換了方向。」一切交換，其實都是朦朦朧朧的。回憶的霧與火，那生命路向的源頭簡直迷濛不知在哪。試圖化解家人的心結與怨餒，但這十分困難。小說以懷舊的題旨起頭，情感朝向那已逝的過去開放，持久懷念，但又時有緘默，不可言盡。現實空間的林徑逐歲迭移，共同生活的場景不能復返。事物生綻逝滅，有的可以平復而有的不能。無論如何，或許文學便是那可以一再回返之路。正由於這語言如「逝」的足印，才使得每瞬的「此刻」，可以追憶、修補、創造或命名。

初稿二〇一四年十一月十三日

十一月廿五日、二〇一五年一月二十日、三月十六日再訂，新加坡／金寶

祝福

我們稱之為路的，其實不過是彷徨。

——卡夫卡語。轉引自史坦納《語言與沈默》

離開下著大雪、嚴寒的家鄉，起飛，往南，何止跨越三千里。為的是造訪父親在赤道邊上熱帶的故鄉。

陌生的親人到機場來接，瓦楞紙上用簽字筆大大的寫著我的名字。二十多歲的女孩，高䠷，有一雙令人稱羨的美腿，比我還高半個頭；緊挨著一個高高瘦瘦的男人（應該是她的未婚夫吧），女孩自稱小魚（還是小虞），大聲叫我「阿姨」，讓我覺得怪不好意思的，我大她沒幾歲呢，而且她的發音魚姨虞愚餘余于遺不分的。一旁，有個端莊的中年女人表情有幾分尷尬，接過我的行李，用聽來格外親切的怪怪的口音說了自己的名字，我小聲的叫了她一聲「紅姐」，自己心裡也覺得有幾分不自在。我忍不住打量了她一下，她的眉眼確實和爹有幾分肖似，都有股愚騃的堅定（柳也常這麼形容我），皮膚算得上白皙，但眼底有一抹淡淡的憂鬱。

甥婿阿順開的新車馬自達，從星洲入境，車子快速的穿過長隄，順利的過了關卡，也沒檢查我的行李。一路上零星的交換一些訊息。談到爹晚年的病，對女兒的思念，紅姐顯得憂傷。「沒想到那麼快。」她說，原本計畫女兒的婚事辦妥後，帶她母親北上一行。她叨叨絮絮的說著，原本簽證一開放就該去看看她的，但家裡的工作實在忙，走不開。但她的口音讓我聽得喫力，比爹更嚴重的走音的南洋華語。

「我媽好像也不是很贊同我去見他，怕我爸面子上不好看吧。我爸嘴巴說沒關係，心裡多半還是介意的。就那樣一直拖著。沒想到他突然就……」

但她也要求我不要告訴奶奶爹的死訊，怕伊承受不了，只告訴伊爹身體不好，不能坐飛機就好。因此我也不敢立即告訴她，我行李箱裡還帶著甚麼。

雖然應著爹的要求，我們來往過十多封信；小紅的母親多年前也告知她真正的身世。還好那養育她、疼愛她、自小即被視為親生父親的男人是革命的擁護者。當爹被捕遣送中國、他愛慕已久但一向對他冷淡的女人突然問他願不願意娶她時，他就知道多半是有革命任務要他承擔了——她在信中說，她爸爸一直有著別人沒有的幽默感，很愛講笑話，也不怕讓她知道他不是她親生父親。「我對妳們的愛超過這一切。」他們其實是當年的革命伙伴，在那場漫長的革命中身體和心靈都受到不同程度的傷害。

「好過撫養革命遺孤——我還賺到一個老婆。我尊敬她的情人。那一代被遣返中國的聽說都過得很不好。祖國是嚴酷的。祖國之愛對我們來說總是太過沈重。」

後來我還在他書房裡親耳聽他這麼說。也從他那裡看到蘭姨結婚時的小照。他端坐在椅子上，笑得嘴巴合不攏來；挺立在一旁的蘭姨如女明星那樣梳了個高髻，著旗袍，嘴角上翹著微笑。小紅小魚笑的樣子都像伊呢。

胸脯高高聳起，說不定真的因為肚裡懷著孩子。

或許因此她後來為他生了三個兒子，讓他在重男輕女的家族裡得意非凡。

這趟旅程其實讓我非常掙扎，但這是爹臨終前的託付，置之不理好像又說不過去。除了必須向學校請假，到陌生地的無限忐忑（我不曾如此隻身遠遊，而柳沒時間陪我），旅費也是煩惱，還好爹留下了一點積蓄（他多年來為自己準備的旅費）。原本以為還得找個藉口瞞著娘親，不料伊竟是寬容的，還讓我給帶上幾塊古玉，六七個手鐲、十幾隻玉蟬、玉魚（原本是一大袋，我說，娘，得了吧，那會讓人誤會我在跑單幫呢），說遇到長輩可不好空手，聽說南洋華僑最愛咱中國的古玉呢。但那不是舅舅他們那伙人在後院裡揮汗磨製浸泡的嗎？

爹晚年（他歲數其實不大，是身子被折騰壞了）多次委大使館申請返鄉，但都被馬來西亞政府駁回。原來當初被「遣返」（天啊，南洋可是他出生地）時，他的「恐怖份子」身份就永遠的被紀錄在案了。而他的人民共和國身份證和護照上「出生地」上都都清楚註記著「馬來亞」，這讓他申請簽證時吃盡苦頭。即使是以探親的名義，也受到百般刁難，還說他跟四十年前的多宗恐怖活動有關。

一年一年的，就那樣的拖到生命的盡頭。

他從故鄉帶來的家人的照片和信件在艱難的日子裡全被燒毀了，只剩下一本從南洋帶來的《論持久戰》和一封信。那是他朝思慕想的情人小蘭給他的最後一封信，她竟然把書中的幾頁拆掉，偷換成一封信，一針一針的縫進去。用相似的紙、相仿的字體、相近的筆跡，訴說她的情思，其中有這樣的句子：

我知道你這一去多半不會再回來了，此生也許不會再見。但我並不後悔把身子交給你，不後悔那危險的激情，即使懷上孩子我也不怕，那將是我們愛的紀念。你別為我擔心，如果我懷孕了，我會找個愛我的男人嫁了，好好撫養我們的孩子，就當作是我們革命的果實。同志們都不容許殖民地狀態繼續下去，我也會盡我所能繼續參與鬥爭。但我的感情，卻勢難再為別的男人起波瀾了。

單憑這幾句話，我就很想見她一見。

原來早在一切可怕的事發生之前，伊就幫他完成那精巧的偷渡了。心思多細密的女子啊。

而那部《論持久戰》，原本是嵌在一部中間挖空的*BIBLE*裡（那時英國人的牢房只接受這種書），書的藍色布封是她親手裁製的，「BIBLE」五個白色大字是伊手繡的，大字右下角題簽署名的位置繡著紅色小字「祝福」。爹說原來還有兩幀她青春美麗的照片，文革時都隨著《聖經》和布封被抄走了。

改革開放後，爹大概從有親人探訪的同鄉那裡打聽得伊果真懷了他的孩子，伊那時也極有效率的快速的找個男人嫁了，爹大概也心裡有數吧。那孩子，也是個女生，年歲可是比我大得多呢，比我娘小沒幾歲。

我此番南行原想以參加她孩子婚禮的名義辦的簽證，但因親屬關係難以驗證而遭駁回；只好仍以探望高齡近九十的老祖母的名義，以免當地政府懷疑我這麼一個單身女人，到馬來半島是為了撈金、賣身體。

她老人家仍健在，仍在苦苦等待她最心愛的長子的歸來。

兩個小時後，車子穿過一大片廣袤的枯樹林，「快到了。」阿順說。

車子減速，停在路邊，車窗玻璃降下，涼風撲面。落葉紛飛，「感受一下吧。」他說那不是枯樹，而是橡膠林，恰是橡膠落葉時節。

風起微涼，竟然有北方秋日的蕭瑟之感。

高樹枝上的烏鴉，鐵鑄似的，一動也不動。

不久即抵達叫做「太平」的小鎮，迎面而來是兩排殖民地洋樓，牌頭牌坊鐫著「1909」、「1917」、「1923」之類的數字，土黃色或白色的建築，長久的雨蝕在邊上留下大面積慘灰的雨漬，有的荒廢了長著芒草、灌木。

車子拐去排樓後方，停在一道雜草叢生的大排水溝邊。

「到了。」是類似的殖民地三層小洋樓，上頭牌坊寫著「1936」，一個剪了短髮、目光銳利的，一身黑底鑲銀邊寬大袍子滿頭白髮的女人迎了出來，笑了笑，眼角雖滿佈魚尾紋，笑容猶帶幾分嫵媚，著一襲暗色大花筒裙。伊伸出手掌，很洋派的握了手，手掌軟軟的。但聲音渾厚、咬字清晰。

「小南，歡迎妳來到馬來西亞。」

迎著我步上階梯，步到內裡，左邊櫃檯後笑吟吟一個上了年紀、目光凌厲、滿臉紅光的男人，櫃檯上方掛著個木匾赫然寫著「咸亨酒店」，字雄渾張揚（這四個字很讓我吃驚），一角小字題署「糞翁」；推開矮門，男子姿勢怪異的——像大鳥攤開翅膀似的飄了出來（也像隻大螃蟹）。一隻手抓著檯門的柱頭，另一隻手伸向我要求握手，他的手異常厚實有力寬大，給他用力一握，四根手指被猛的一夾，一陣疼痛，眼淚差點流下來。

我忍不住啊的叫了一聲，抽回手猛甩。

「阿公你別故意嚇人！」小魚大聲抗議。

我這才發現這男人沒有腳，雙膝以下是空的，大腿也僅懸著一截粉紅、軟垂的肉。但他其實有一雙金屬義足。握完手笑嘻嘻表情十足得意的「飄」坐回椅子上，把自己「裝」回義肢裡，像章魚縮回牠的罐子。

這才清楚看出他的雙臂像紅毛猩猩那樣長。

「外公在那場戰爭中失去了雙腳，請多見諒。」小魚悄聲說。

「不要見怪。」蘭姨拍拍我肩膀，好像那是甚麼古怪的儀式似的。

蘭姨解釋說，樓下這裡其實是茶餐室，三樓是住家，並不經營旅舍，二樓倒是有賣點啤酒，一些年少時搞革命的朋友偶爾會在酒樓上相聚，打打麻將、議論時局。那些人多已是家道殷實的商人，或舉足輕重的商會理事了。

說到這，伊嘴角突然飄過一抹冷嘲，但很快就消失了。

那牌匾是他們的朋友偶然從香港的舊貨市場買到，轉送給他的，是價值不菲的真蹟，並沒有嘲弄他的意思。老友都知道他一直愛讀魯迅的小說，櫃檯上，煙與茶之間還安插著幾本魯迅文選。青年時代他們都是魯迅和毛澤東的熱情讀者。

他成婚且生下第一個兒子後，他父母心疼他的傷殘，即和他幾個哥哥協商，說服他們讓出各自對這房產的繼承權（他家還有不少園坵的土地），好讓他獨自繼承這份產業，讓他可以沒有後顧之憂的養家、安度餘生。但那其實違反他的共產主義信仰的，但沒有別的、更好的選擇。那時他即曾自嘲的以魯迅的字體寫過一幅「咸亨酒店」，還自署「孔乙己」呢。

他其實暱稱阿福，客人和老友都那麼叫的。那幅字移到樓上的書房裡去了，不久後我也有緣看到。我不懂書法，但筆端多飛白，毛扎扎的，看了令人心悶，但看來每一筆都費盡了心力呢。

失去了腿之後，他勤練書法，以一手「好大王碑」，飲譽南洋書壇。據說他附近還有間不小的工作室，寫的招牌很受商家歡迎。雖然因政府干涉，純漢字的招牌只能掛在內堂。而掛在外頭的中文字必須小於馬來文，以免馬來人看不懂，即使他們根本不會光顧這種店。但基於文化情感，很多人還是願意花錢請名家題字（而且是繁體字），即便只能掛在內廳。

小魚後來有一次悄悄跟我說，是外婆和母親給了她外公活下去的希望，他很疼愛小孩子的。她還記得她小時候外公最喜歡扮演大螃蟹大鷹大蝙蝠，以手代足滿地爬陪她玩恐怖的追逐遊戲，惹得她母親很不高興。但他很愛面子，把自己講得像甚麼護雛的大鵰，外婆也一直讓著他。

當晚蘭姨就留我在酒樓上書房一旁的小房間裡，她的孩子都打發到鎮上她家的另一棟房子去，紅姐回到自己的家，為她女兒的婚禮忙去。

三樓的書房還真的讓我吃了一驚，一進去就禁不住大叫了一聲，怎麼會這樣，怎麼那麼像。好像到了魯迅紀念館。

牆上高掛著魯迅的遺照（有鬍子的那幅，但紀念館裡掛的是魯迅的日本老師「藤野先生」的照片），靠牆的幾個書櫃裡陳列的是各種不同版本的魯迅著作，甚至日文的全集本也收羅了。其中一個書櫃裡裝的竟然是「魯迅手稿集」；有一面牆上掛滿牆魯迅的字，我們都很熟悉的〈自嘲〉（「橫眉冷對千夫指，俯首甘為孺子牛。躲進小樓成一統，管它春夏與秋冬。」）、〈自題小像〉（「我以我血薦軒轅」）、〈題《吶喊》〉（「弄文罹文網，抗世違世情」）、〈題《彷徨》〉（「寂寞新文苑」）、〈無題〉（「於無聲處聽驚雷」）之外，連〈阻郁達夫移家杭州〉、〈別諸弟三首〉之類的，也一幅幅展佈。細看那字體，很熟悉，「魯迅真蹟？」一旁的阿福卻是一臉得意。

甚至他烏木的書桌，看來也很眼熟。桌上掛著毛筆、硯台，哦，那不是我畢業旅行時到過的魯迅紀念館裡的擺設嗎？還有兩尊拳頭大的銅像作為紙鎮，都是抑鬱的青年魯迅呢。

那些字，那熟悉的抄碑體，是共和國長大的我們習見的。但哪來那麼多魯迅真蹟？從那紙和墨蹟來看，又不像是複製的。

「哈哈哈！」阿福突然得意的大笑。「沒錯，都是我寫的。」

「他最愛對特別的客人炫耀這個。」蘭姨一臉漠然。「他的魯迅體幾可亂真。連北京上海魯迅紀念館都偷偷來向他下訂，有的魯迅著作手稿沒保留下來，都請他從《魯迅全集》裡用魯迅抄碑體抄下來，將來如果印《魯迅手稿集》可能都會收進去。反正連行家都看不出來。」

「最近連東京大學的甚麼藤井教授都送來一大筆美金當訂金，要我用魯迅留日時的書體抄寫〈故鄉〉和〈藤野先生〉。這可是筆大生意。」阿福補充說。

「今天看到的事請妳保密，請諒解。」蘭姨說。「業務機密。」我感到那一抹冷嘲又浮現了。

「那『好大王碑』？」我不免有幾分納悶。

「那是騙書法界、商界那些傻瓜的。我從來不會讓他們到我書房。妳是自己人。」阿福笑得有幾分曖昧，目光閃爍，不自禁的舔舔舌頭。這讓我想起晚餐時他只夾肉吃，菜是一口都不碰的。純肉食性動物。

阿福隨即揮毫用魯迅體抄下郁達夫的名聯「曾因酒醉鞭名馬，生怕情多累美人」贈予我。還抱歉說剛剛握手時不小心出手過重，唐突了佳人。題簽上有「巢南姪女存念」字樣，竟然自署「胡馬」，這老頭真愛開玩笑。他還說要手抄一本《野草》摺頁送給我留念呢。

然後蘭姨就引著我進入一旁的房間，是間小套房，卻擺了兩小張單人床，一張靠著牆。

床上胸高處均以堅實的木桿子框起來，看來是為了便利阿福的行動；他大概可以靠著它在那上頭吊掛著行動自如。兩床之間有張小几，几上有個長耳瓶，瓶裡盛著茶色液體，裡頭浸泡著蛇、蠍、棒狀的動物器官之類的，看來有幾分噁心。

「今晚我們好好談談。讓他睡書房。反正他午睡都睡書房。那裡擺了張古董鴉片床。」蘭姨對我做了個眼色。

那晚伊仔仔細細的問了我爹這些年來的生活。

雖然他們後來通上信，礙於面子，爹不可能向她訴苦。

爹像長篇小說一樣長而單調的苦日子，其實和同時代的其他海歸右派沒甚麼不同，就是一路被懷疑、被折磨，能熬下去多虧了娘的愛與呵護。

那年，在那河南鄉下管理較為寬鬆的勞改營裡，有一回爹實在餓得受不了，就偷摸進農民的雞舍裡找雞蛋喫，出來時就被還是個大姑娘的娘給逮著了。戴著副眼鏡，文弱書生樣的爹，竟然嚇得發抖。娘說她一見就覺得心疼咧，吃得嘴角都是，不過是幾顆雞蛋嘛，怎麼嚇成這樣！伊即給他盛了碗熱湯。他們就那樣開始了。娘那時已過了婚齡，心底也有幾分著急；而爹歷經幾番整肅後，對祖國心灰意懶。如果不是惦著家鄉的情人和老母親，早就尋短去了。娘給他一個新的選擇，當問他願不願意留在農村當個農民，他義無反顧的點了頭。

門掩上了，微悶，沒開冷氣，吹著風扇其實也還好，只是老風扇轉來轉去挺吵鬧的。

我們用比風扇的噪音稍微大一點的聲量談著，外頭時不時有車聲，一列火車轟然經過。有時彷彿感覺書房裡有甚麼大型動物在爬動，似乎有一隻巨獸的耳朵靜靜的貼在門邊偷聽，甚至聽到輕輕的敲門聲。但旅程實在太累了，談著、聽著，我有時竟然睡著了；醒來時發覺燈關了，書房裡驚天動地的恐龍的鼾聲，隔間牆一直在抖動。倘不是有蘭姨在身旁，我斷不可能這麼放心的熟睡。但蘭姨那兒似乎終夜呼吸聲裡帶著鼻水，也許她一夜都沒睡。

但我某次再度睡著前依稀聽到她悄聲呢喃：「這讓我想起我和他最後相聚的那個夜晚。」那是個激情的夜晚吧，在野外。她提到淙淙的流水，蛙鳴，貓頭鷹的叫聲，涼涼的夜霧，高而遠的星光，瘋了也似的風。

有一會伊似乎離開過房間，好久才回來，書房裡一直有怪聲。回來後伊細細的喘了好久好久的氣，好像走了好遠的山路。但也似乎聽到伊不知在哪個時間的空隙裡小小的抱怨說：阿福的那豬哥有時實在令人受不了，我這麼老了他還一定要我穿裙子。還每天要。累死人了。

但那書房裡的猛獸，好像終於安定下來了。再度響起陣陣鼾聲。

次晨一臉疲憊的伊親自開車送我到爹的老家。一條坑坑洞洞的柏油路，那一帶都是破敗的棚屋——鏽蝕的鐵皮、灰白的木屋，屋旁都種著高大的果樹。蘭姨精簡的講述了新村的歷史、它和那場革命的關係。伊也明白告訴我，爹的家人非常重男輕女，也瞧不起未婚懷孕的女人。因此小紅的事伊一直都沒敢告訴他們，只是偶爾以老相識的身份去看看她，給她帶一點她愛吃的零嘴。「她眼睛差不多看不見了，但她記得我的聲音。」蘭姨說她有雇了個阿嫂每天給她送吃的、協助打掃甚麼的。「我也只能為妳爸做到這程度。她自己的女兒有自己的婆婆要顧。阿福的父母有他大哥大嫂照顧。」

爹出事後，有好多年他家人都歸罪於伊，說是伊帶壞她乖兒子。伊不怪他們，在生爹之前，她流過幾個孩子，其後生了兩個女兒，因此她們夫妻倆從小對他過於溺愛、管太多反而讓他非常叛逆，「我才是被她兒子帶壞的。」

蘭姨嘴角有一絲苦澀。

「她家的女兒都不給唸書，都做工、年紀輕輕就嫁給工人，生很多孩子，苦一輩子。還好我爸不會那樣。但我還是讓他失望了。」

說著就到了，濃蔭大樹下，一間棚屋，一隻黃狗迎了出來，直朝伊搖尾巴。門像個昏暗的洞，門口藤椅上坐著一個黑袍老嫗。

蘭姨朝她耳邊大聲吼，那是我聽不懂的話（蘭姨說是廣東話）。依著娘的教誨，我大聲喊了聲「奶奶」；立即給她磕了三個響頭，握著她的手，讓她在我頭上臉上亂摸。蘭姨也叮嚀過，奶奶聽不懂華語，更何況我的中國口音。當然我也聽不聽她的南方方言。於是從頭到尾都有賴蘭姨的翻譯。「她問妳爸好不好，為甚麼那麼多年都不回來看她，她眼睛都哭瞎了。」「她說阿發很好，只是醫生交代說不能坐飛機，他也很想妳，所以叫他女兒代他來看妳。」「妳結婚了沒有？」「有沒有男朋友？」我掏出兩個玉鐲子給她套在手肘上（昨夜給了蘭姨一小包了），她笑開一張沒牙的嘴，從衣襟裡摸出一條沈甸甸的金鍊子，鎖鍊似的，套在我脖子上。「祝福妳有個好婆家。」

突然，蒼老的熱淚滾滾而下。自伊喉頭深處一直發出奇怪的、尾音拉得長長的喊叫聲。蘭姨說，那是妳爸的乳名，說著連她都哽咽了。我突然聽懂其中一句：「阿發啊想念死你老母囉！」蘭姨輕輕牽起我的手，一道趨前緊緊抱著奶奶。

難道她直覺她的獨生子已不在人世？

其後我才知道她竟然生於甲午戰爭的末年，裹過小腳，年輕時即隨夫下南洋，拼出個兒子後，以為將來可以靠他養老，不料。

但我們沒敢多逗留，我自己也忍不住一直流眼淚。

但我也不可能代替爹留下來照顧她老人家啊。

其後即遷到紅姐家去住了三天（我直覺那酒樓上的小房間對女人來說非常危險），給了小魚一小包玉魚，給了紅姐一大把玉鐲玉蟬，還有我千里迢迢從故鄉帶來的爹的一半的骨灰，裝在半尺高的黑玉陶壺裡。

還有一片龜甲，上頭有爹刻的：，甲骨文的祝福，這是給紅姐的；另一片先前給了蘭姨，刻著甲骨文祝福的簡化書體：，祝還原至最老的形貌，其中的拐杖（示）省略掉了：只剩下一個向天祝禱的人（爹曾反覆詳細的解說，妳看，那是個多孤獨的人啊，無依無靠的跪在祖國的大地上，張開大口朝著老天。但我查過書，那是「兄」字之本義）；福剩下個罈子，拐杖和高高捧著酒罈的雙手都省略掉了。

爹晚年都在鑽研這個，我和蘭姨仔細的就這話題談了大半夜。

爹下放到河南去勞改，爾後落腳。之所以甘心一輩子落戶於斯，一個可能的原因是，他發現他竟然來到甲骨的出土之地，古老的商城附近，殷墟，最接近漢文化的發源地了。雖然經大規模挖掘後，有字甲骨片幾乎已很罕見，但沒字的龜甲和牛肩胛骨，農民耕地時猶時有所見。爹那時就到處徵集，不知哪裡找來《殷墟書契》殘頁，依著它自己在家裡農閒時燒灼刻字，尤其冬季時，他每每自得其樂的在炕上翻書，研究字形。娘問他，他也只是笑笑，「好玩唄！」娘不識字，當然不知道他在刻甚麼。有時好心的領導勸他，「老李啊，你在瘋甚麼呢？」他也只是報以傻笑而已。

文革時連同他的***BIBIE***被搜走，一併被沒收的那些甲骨片，村領導一度以為是新出土的文物，送到博物館去給專家鑑定，結果令領導大吃一驚：那可都是毛主席的詩詞啊，雖然都是局部，譬如「人生易老天難老」、「江山如此多嬌 無數英雄競折腰」、「俱往矣 數英雄人物 還看今朝」、「一萬年太久 只爭朝夕」、「天高雲淡 望斷南歸雁」等等，有人建議以破壞、割裂偉大領導的寶作論罪；或以用封建甲骨文污衊偉大的紅太陽之類的罪名——據說還驚動了中南海，毛主席看到自己的詩詞出現在龜甲上，自是啼笑皆非。但看到「天高雲淡 望斷南歸雁」一時，不禁感慨說：「南人思鄉，何必見怪？」但也傳話下去要他別再刻他的詩詞了，偉大的毛主席看到自己的詩詞出現在龜甲牛骨上，心裡頭不免還是會有點毛毛的吧。

「讓他刻點別的吧。魯迅的文字也是不錯的。」

此後他就真的去刻魯迅了。但不知道為什麼，他對魯迅的舊詩沒興趣。雜文小說字都太多，他就只刻書名篇名。一片龜甲牛骨就只刻幾個字，像在做封面設計似的，一片片吊掛在牆上，好似在借那些篇名來敘述他從年少昂揚革命，到悽惶流放在中原的後半生：鑄劍。補天。理水。吶喊。藥。明天。淡淡的血痕中。無花的薔薇。祝福。狂人日記。示眾。阿Q正傳。孔乙己。白光。長明燈。在酒樓上。頹敗線的顫動。孤獨者。過客。一件小事。故鄉。傷逝。彷徨。死火。朝花夕拾。故事新編。采薇。野草。影的告別。赴死。墓碣文。墳。無常。（那些作品可都是我的童蒙讀物呢。）

越到晚年，他反覆刻來刻去就剩下那兩個字：祝福。多一個部件、少一個部件。兩個字之間的雙人舞：左右、上下、大小……精心打磨甚麼工藝品似的。

唯一一件刻滿字的是給娘的，是片特大的龜板（他說那一定是南洋龜，北方無此巨龜）都是日月水土草木禾年牛馬羊鹿魚鳥之類的象形會意字，像文明開始之前的原始叢林。娘是滿心歡喜的，每一樣她都認得，她常反覆欣賞，「熱鬧唄」。爹送給我們的祝福（我有數十片呢）的龜版的左上角都有小小的標記，譬如蘭姨的是一個禾（穗），紅姐的是一個小小的日，而給我的標記著新芽破土。他自己的簽署標記在右下角，一個小小的腳印或正、或反、或向

左、或向右、或向上、或向下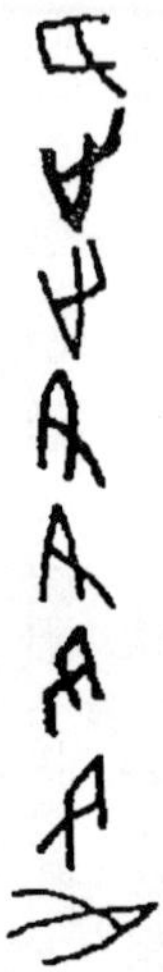。

那夜和蘭姨聊到這，伊不禁號啕大哭，我只好趨前輕輕擁著伊，伊身上有股淡淡的玉蘭花香味。這哭聲，或許導致書房門外好似有肉食性大爬蟲狂躁的拖拽著尾巴，還打翻了椅子。好一會伊恢復平靜，哽咽著說：「世間本來就沒有路，但人走多了就——」伊喉頭像被甚麼卡住，話說不下去了。

他們倆怎麼那麼像？怎麼都著魔於魯迅？我不禁問蘭姨。

伊說，我們革命青年個個都熟讀魯迅。

他們連名字都很像，感情也很好。否則妳爸也不會把我託給他。阿福原名叫永發，你爸叫再發，華人都希望子孫發財，取的都是那種名字，所以革命青年都會為自己改名字。但官方的身份紀錄還是原來的名字。

「改成阿福，是他和我結婚後的事了。也許是他看到我給妳爹送的悲傷的『祝福』；他搞革命時綽號叫老高，長得比一般人高，有一雙長腿，跑得非常快，要不是那場意外——」

意外的細節蘭姨沒講下去。可能是書房裡的躁動讓伊陷入沈思。

時局較好之後，爹或許被發現是個「識字」的，而被延攬到小學去教孩子們，雖然他的南洋口音很讓人不習慣，筆畫也常寫錯。

他畏寒，幾乎長年都縮在襖裡，天寒的時刻，好像恨不得有個溫暖的殼讓他把身子縮進去，但家鄉寒天長。雖然那裡是北方的南方，但卻是南方的北方啊。娘心疼他，給他縫製了厚厚的夾襖，春秋夜裡都燒著炕，屋裡也隨時生了火讓他安定。但他每每望著戶外的大雪，長長的嘆一口氣。

幾乎每年初雪時都會聽他自言自語：不知道過不過得了這冬天啊。

只有盛夏時他才敢讓身體露出來曬曬太陽。

他的背影很好辨認。走路時一腳高一腳低，多次批鬥留下了傷害；總是低著頭，若有所思，久而久之就微駝了。我最喜歡看著他孤獨的彳亍於麥穗成熟時節的麥田間，那背影，雖有幾分孤獨，好像也有幾分小小的、確鑿無疑的幸福。

他始終戴著副厚厚的眼鏡，看人時神情有一點恍惚，好像要努力回過神來，才有辦法回應眼前的現實。眼鏡如果拿下來，就是一臉茫然了。

一切的風波過去後，他也不年輕了。他的知識基礎不足以讓他轉型成一個學者，農民的生活更消耗掉他太多的時間，鄉下也沒機會讓他進修。他很留心和他一樣的歸僑的消息，每每感慨：我們這些當年回中國的——不論是自願還是被迫的——幾乎都是虛度一生，毫無成就。

因此他特別期盼我可以唸個大學甚麼的，但我還是讓他失望了。我只勉力當上個小學老師。

小魚的婚禮後，紅姐堅持要親自開車送我去機場，不止婉拒了小魚的隨行，也婉拒了蘭姨，我猜她有話要私下對我說。

阿福的《野草》抄好了，以棉布鄭重的包好。蘭姨給了我一個信封，裡面竟然是一疊美金，但伊堅持要我收下。「祖國苦難深重。好不容易重新起步，妳們可以把握機會去闖一闖。」小魚也送我一件禮物，是一本小書，她自己抄寫裝訂的，爹年輕時以各種不同筆名在報章上發表的，淺白爽朗的新詩。封面上題著《橡實成熟時》，用的是其中一首詩的篇名。字體工整娟秀，看得出她在書法上頗下過一番功夫。

一路上紅姐臉色有點陰沈，變得非常沈默，時時咬著嘴唇，欲言又止。而車窗外落葉蕭瑟，我有預感我不會再回到這地方了。向奶奶辭行時，她只要我代為問候我娘，感謝她多年來照顧伊流落唐山的兒子（紅姐的翻譯），感謝給為他生了個那麼乖的女兒，有膽（識）一個人飛越千里專程來看伊（紅姐翻譯時臉色有點難看），末了還給我一個用力的擁抱，給了我一小把沈甸甸的英女皇頭的壹圓銀幣，說是殖民地時代留下來的，「給妳未來的孩子做紀念」。

紅姐竟是一路無語。一路無話可說的尷尬。

我只好翻閱《橡實成熟時》。句子直白樸素，但語意含混，好像被抄漏了幾行，如：

橡實爆裂。
種籽彈跳，從樹枝
到另一根樹枝
再到樹根
或者落葉上
即使發芽了

過長堤時打開阿福抄寫的《野草》（題簽：畐敬抄），翻開後大吃一驚，這哪是《野草》啊，第一首即是〈花一般的罪惡〉：「那樹帳內草褥上的甘露，正像新婚處女的蜜淚。又如淫婦上下體的沸汗，」我問紅姐這是怎麼回事？她突然號啕大哭，差一點偏離車道，撞上分隔島。還好堤上一路塞車，速度很慢，但她還是兩手發著抖。過了好一會，才稍稍平息。

「我其實好羨慕妳跟爸生活在一起。阿福他，因為知道我不是他親生女兒……他有時簡直是個魔鬼。」

但上飛機前她交代說：「別告訴我媽妳媽或任何人。我媽她甚麼都不知道。她一直都覺得自己很幸福，也很感激阿福給她一個家，和安定的日子。雖然我知道她也很想念我們的爸爸。我也希望我媽幸福。」她還說，爹的訊息是她花了許多年，好不容易透過香港的朋友找上的。有好幾年她在跑單幫，常去香港。「那些年在我們國家，那都是些禁忌——甚麼馬共，甚麼遣返中國，提都提不得的。剛開始我以為爸在廣東的茶場，很多被遣返的都在那裡。查了沒這個人。後來以為去了湖南，馬共的高級幹部有一大批在那裡，但又沒有他的名字。他的階級沒那麼高。這些都是秘密，妳不知道這過程我花了多少力氣——很多事不是錢能解決的，還好那時我還年輕，也長得吸引男人——但我多次申請探訪被駁回，我沒辦法向官方證明我們是父女。」

她隨俗的送我一條金鍊（比奶奶那條輕得多，但看來精緻秀氣），說這裡的華人送女兒或姐姐妹妹的嫁禮都是這東西；奶奶給我的祝福也是這樣。

但她另外給我一小包東西，打開來看，是十來顆外殼溜滑、有著褐色斑紋或斑塊，拈起來沒甚重量的種子。

「這是橡膠樹的種子。爸一定很想念。可惜河南種不活。」

她緊緊的抱住我，流著淚說，「姐姐祝妳幸福。」

二〇一三年十一月十九日初稿，二〇一四年二月十五日修畢

山路

月光斜照的那條上坡路
有一段沒入
陽光也照不透的
原始林

伊的遺體火化成灰後的那些夜晚，阿弟就常夢到那條路。悄悄的跟著伊纖細的背影，一步步的遠遠的跟隨，但保持著警覺，隨時準備往樹後躲藏。路的前方有著母親的秘密。

但伊不曾回頭，也似乎一無所覺，在月光下邁著步子。

年輕的身影，依然曼妙，甩著根大辮子。

他時而警覺自己已然是個中年人了，那樣尾隨著少女一般的母親，總免不了有股怪異之感。

那條路幾乎純然是工人的腳和腳踏車的輪子走出來的——夯得硬實、泛白。那年代，摩哆車極其稀有。月光下，窄窄的路好似被覆上白沙，蛇一般的姿態匍匐穿過林子。在膠林裡，枝葉晃動的影子讓它好似座落於他人的夢裡，每棵樹身上的累累刀痕都在隱隱生疼、發出幽幽的嘆息。受傷的樹彷彿都在沈思，都在作夢，咬咬牙，是噩夢呢。枯枝墜落、摔斷成數截。

有的根猶橫躺在路上，高高鼓起的都被砍斷挖除了，以免絆到腳趾頭。路到那裡緩緩上坡，穿過那片多陰影的橡膠林後，是片大樹被清除掉的灌木林子，雜草地。但路突然就沒有了，伊也消失無蹤。好端端的，眼前突而是高高鼓起的坡面，鬆軟的紅土微潮，裸露的芒草根銳利得彷彿發著光。一株豬籠草垂吊著多個數指寬的醬紅色豆莢般長形的瓶子。仰望，是一片密林，高大的老樹間挨擠著小樹和高高的茅草。月亮在陰暗的樹冠後的天上。有時是大而圓的月，垂降在樹梢，那月裡幢幢的影子，讓他有一種錯覺，年輕美麗的母親說不定奔到月裡頭去了。但有時是一彎銳利的銀鉤，煥發出冷冷的殺氣。還有距它不遠處，有一顆明亮的安靜的星。

好像是一片原始林突然從天而降，阻斷了路。又或者是，接下來的路被莫名的力量移走了。紅土坡面就像是傷口那樣裸露。

到這裡，阿弟的夢就醒了。

腳底猶有灼熱感，是腳板和午後的硬路面激烈摩擦後的微微的刺痛。

那一天，在伊里安在也的一家多臭蟲的小旅舍和姐姐阿葉勉強通上電話時，聽到姐姐啜泣到話都說不清楚，就知道大事不妙。她說，媽死了，剛斷的氣。阿弟還以為是做夢，或接到詐騙電話，急得從椅子上跳起來。

——怎麼會這樣？伊身體不是一向硬朗嗎？

——我也不知道。大概一個禮拜前，伊突然不吃東西只喝一點鹽水。三天前吧，虛弱得幾乎說不出話來了，還堅決的交代我們不許趁伊昏迷把伊送去醫院打營養針。「如果妳那樣做，」她說「我會恨妳。」「我就只是不想活了。我活夠了。」伊也不讓我通知你，怕你囉嗦妨礙她，我不能辜負伊對我的信任。還交代說等你回來遺體立即火化，不要任何宗教儀式，不必花錢請師公，將來也不必超渡、普渡，甚至連墳墓都不必。伊是不信神的。伊甚至指定了骨灰灑落的地點。就在那棵芒果樹下。

——她說伊把一切都寫在給我們的信裡。

阿弟問姐姐那些天有沒有發生甚麼不尋常的事，阿葉說她女兒阿靜說禮拜五那天家裡來了個新加坡來的客人，她午前回來時有看到一下。但那矮瘦禿頭左眼上方有三顆大痣的客人看她回來很快就告辭了，那人有一張受盡折磨而憔悴的臉。阿靜察覺阿嬤臉上有淚痕，眼眶紅紅，像是哭過似的。雖是午飯時間，也不留人，只送到門口。那人走路有點跛，好像有點長短腳，走起來搖搖晃晃的，好像有一股狂風一直吹著他。我問時媽只說了句：「一個老朋友。中國來的客人。」阿葉在電話裡斷斷續續的說。

還有另一件事，禮拜日傍晚，電視新聞報導說，森林裡那些馬共和馬來西亞政府、泰國政府簽署和平條約，放下武器，走出大芭了。伊一看到電視裡出現的某幾個人，臉色就非常難看，手緊緊的抓住胸口的衣襟。那些人其實也不特別，有幾張臉孔油光滿面，吃得胖胖的，笑起來也像個大老闆；但有的就和我們街坊鄰居沒甚麼不一樣，黑而瘦，神情落寞。那天晚餐伊就吃不下了，直說沒胃口。叫阿清、阿靜（姐姐的兒女，都讀高中了）勸伊也沒用。這些年來伊一直和阿葉同住，阿葉從台灣唸師範大學畢業回來後，一直在家鄉的中學教歷史課。後來和教數學的同事結了婚，伊仍和阿葉一家住在一起。伊幾年前從學校退休，一直保持著閱讀的興趣。阿弟從台灣半工半讀唸了人類學，而後到澳洲繼續深造，唸了個博士學位。從此很少返鄉，教書時多在澳洲、紐西蘭，做田野時則在婆羅洲南太平洋，幾年前和一個洋妞結了婚，生了幾個孩子。伊退休後偶爾也會去看看他，看看孩子們，但伊住不慣洋人的地方。

那晚，夜很深了，她發現伊還沒睡，開著窗，在燈下寫著甚麼。時而望著夜空滿天繁星和那一勾月芽，輕輕嘆著氣。

禁食的那些夜晚也在不間斷的塗塗寫寫。

但她看慣了伊在書桌前盤髻忙碌的身影。經常是改作業，高高堆起的作業簿，隨著時間的流逝，一吋一吋的下沈，一直到深夜；或者攤開稿紙，一個格子一個格子的填滿字，為了補貼家用而用不同的筆名寫一些小雜感、文學作品的讀後感、雜文。孩子成年後，伊的擔子輕了，閱讀和寫作的時間更多了，但伊讀得多寫得少。房裡書架上增加了不少書，本地的、台灣的、香港的——姐姐乘船留學台灣時伊還給她開了書單，讓她到牯嶺街舊書攤去找，多是些絕版的三〇年代中國文學。但她也會自作主張，用省下的零用金給伊寄最新出版的譬如張愛玲的《秧歌》、姜貴的《旋風》、鄧克保的《異域》、王藍的《藍與黑》，及《文星》雜誌，給伊解悶。許多書看了就轉贈給華文中學的圖書館了，只留下有可能重讀的，而她自作主張寄的伊都還留著呢。伊有時寫了書評書介投寄當地的報章雜誌，換了稿費寄給她。

書扉頁且留下娟秀的註記：「××年××月××日小葉寄自寶島台灣。」

阿弟趕回來時，剛好趕上伊遺體的火化。一家人都很悲傷，阿弟心中甚至有一股難以言喻的憤怒。事情發生得太突然了，他完全不能接受。但姐姐姐夫的神情都很淡定，那最後幾天他們一定是仔細的溝通過了。

但他還是從部落裡向土人買了個外表有著眼鏡王蛇浮雕，錐形的小骨灰甕，不忍讓母親的骨灰直接和泥土攪和。姐姐也接受了。

葬禮過後，整理伊的遺物，不過就是那幾櫃的書——七〇年代伊曾追蹤過台灣鄉土文學，八〇年代熱中於大陸傷痕文學——和一小箱個人物品。數十本盡是流水帳、幾乎完全不流露私人情感的日記和一大疊信，日記只有姐弟倆生病或受傷時會寫上「阿弟又跌倒腳受傷脫皮流了許多血好心疼」、「姐姐感冒發燒徹夜難眠」、「當媽媽真不容易啊」之類的語句，否則便是詳列柴米油鹽，領薪水若干，支出孩子上衣長褲若干，收到某報稿費若干，同事某某兒子滿週歲送禮若干……大體反映了伊數十年規律而單調的苦行的生活。信呢，幾乎都是姐弟倆留台期間寄給伊報告生活及平安的。

只有幾封泛黃的例外。

姐姐去台灣唸書的決定是與母親商議過的，但臨別時她卻無限感傷。從不曾如此漫長的時間離家，那晚母親幫手收拾行李時她倆聊了一夜的話。阿葉那時毫不猶豫的問了母親，為甚麼願意為她們姐弟犧牲自己的青春、自己的人生？

「你們都是我的孩子，」伊用一種比較宗教式的說法。「不是只有親生的才是孩子。人不該受困於血緣。」

「但妳還是沒回答我的問題。」姐姐並不放棄。

她笑而不答了，只說：「有一天會告訴你們的，現在還不是時候呢。」

三年後，阿弟也跟隨姐姐的腳步去了台灣，有一整年時間兩個孩子都不在身邊。姐姐懷疑，應該是那空巢的寂寥時間讓伊興起寫一部小說的念頭。阿葉知道她有幾本十六開的筆記本，裡面密密麻麻的寫著字。第一本封面上寫著兩個大字：山路。但伊過世前幾天處理掉一些私人文件時，大概把它燒掉了。甫考上馬大的阿靜說，有看到阿嬤在燒東西呢，大概一個月前吧。伊用小刀把筆記本的裝訂線仔細的割開，向鄰居借來燒金紙的鐵桶，一張張的放進去燒。

阿靜好奇的問過伊，「那是甚麼？」伊說，寫的是伊未曾經歷的一生。伊有點不好意思的搖搖頭，「我不會編故事，寫得很平淡無趣，自己都讀不下去。」她要求留給她看，伊很認真、很堅決的說：「沒甚麼意思，還是燒掉好。」

然後伊微笑著談起伊年輕時，常和一個喜歡的男人緩慢的走在月光下的山路上，一路討論國家民族未來的命運……

伊的臉上難得的露出少女似的羞赧。

「然後呢？」

伊搖搖頭，「沒有了。別問了。」

專注的，像燒金紙給亡人那樣一頁頁的燒著伊的手稿。火光裡，伊年輕時的回憶應也如潮水般翻騰著吧。

燒盡後，伊提到那時故鄉有一棵高大的芒果樹。果熟的季節，夜裡，樹上的香氣會往下悄悄垂降。

「也許他在那棵樹下吻了伊呢。」阿靜說。

母親——但伊一開始禁止他們呼喚伊以母親之名（不論是媽、阿娘、阿母）——好像是甚麼禁忌。後來也漸漸的不在意了。他們確實毫無疑問的把伊當母親，就如同任何家庭的母親與孩子。但伊原只許他們叫伊「阿姨」，「長大了你就會明白的。」伊說。

為了這禁令，他在很長一段的時間裡憤憤不平，親生父母——阿弟真的不記得他們了，他們的樣貌只剩下牆上的遺照——年歲稍長時，伊告訴阿弟，他們在他年幼時死於一場意外（姐姐依稀知道的——「聽說給共產黨斬死了。」），祖父不久也死於悲憤，父母的親戚幾乎都共同背負著多子與貧窮的命運，更何況他們沒有遺產也沒有保險可以繼承。

年輕美麗的伊突然出現在他們家，就在孩子們唯一的依靠，祖母中風臥床時。那場景阿弟還記得（也許是他人生最初最明晰的印象），臨近正午，外頭是一片暴亮，門框裡突然出現一個黑色身影，擋住了光。伊短衣長褲，手巾擦拭著臉頰、額頭上的汗，氣喘噓噓的。還拎著一個不大不小的灰色皮箱，問明是阿明（李漢明）的家之後，伊很快就投入了打掃、整理家務、燒飯及幫老祖母清潔衛生等工作。

（反覆敘述過的故事）

伊對病癱的祖母和那些滿腹疑團的人說，伊是阿明的妻妹，離家多年，最近聽到噩耗趕來，希望至少可以幫忙照顧姐姐的孩子們。

姐姐還記得，剛開始姑姑們不無懷疑：這是誰家的女人？青春年華不去找尪嫁，跑來做這種後母的憨工作？敢是阿明外面的查某——但是阿明又矮又黑又窮脾氣又臭，有某又有囝，沒地沒錢（只有一間破新村屋），哪有可能有這麼好的查某看上他？看起來還是個讀書人呢——觀察一陣子後，發現伊非常認真，像個女傭似的打點一切。眼看那家裡沒有任何東西可以失去，即使滿腹疑團，也由得她了——「人有憨的自由！」這是她們最後得出的結論。

由於一整家子的生計都出了問題，伊並沒有像大部份人那樣到芭場裡去割膠，而是很快的在會館裡找到份兼差的文書工作。

姑姑們把老人接走了，但她不久後還是死了。

那之後不久，伊把他們帶離那個村莊，往南，到另一個新村去。伊在那個窮鄉的華文小學找到一份代課老師的工作。其後升為正職。就那樣數十年如一日的把他們撫養長大。伊自己漸漸老去，添了白髮，增了皺紋，走起路來漸漸不再那麼俐落了。

有時會望著遙遠的北方發呆。

展讀遺書。

阿葉阿弟：

當了你們的母親將近四十年，是該告別了。

這麼多年來，你們一定有很多問題想問我，就讓我仔仔細細的告訴你們吧。

我之所以會到你們家，最主要的原因是你們父母的遇害。阿葉那時六歲了，可能有聽家裡的長輩說過，是被共產黨砍死的。沒錯，那些人是我的革命同志，我跟著我喜歡的男人剛到部隊裡沒多久時發生的。

那時緊急狀態後沒多久，郊區的華人都被趕進集中營（新村）裡去了。部隊很快就出現後勤補給上的危機，亟需那些每天早上從集中營到芭場工作的工人偷偷帶些米、罐頭、鹽、糖、香煙、火柴、藥品之類的。工人們被搜查得很嚴，這我們也知道，我們的同志有的可能長期沒吃飽脾氣非常暴躁。甚至我那時的愛人，原本性情和順的他，到森林裡過上一段苦日子後（白淨的他特別不耐煩森林蚊子水蛭的吸吮叮咬），也變得很不好相處，好像隨時會爆炸似的，一直想抽洋煙。

我自己離開了家，也不知道是為了愛，還是為了主義。現在想起來，就像是任何十七八歲的傻女孩戀愛時的狀態。只要能跟他在一起，其他甚麼都顧不得了。我的父親是在鎮上開洋服店的，從小就很寵我，沒讓我吃過苦。他讓我受很好的教育，沒料到我高中還沒畢業就跟著大我沒幾歲的老師跑了。我知道他們一定很難過，但那時我真的覺得他們是階級敵人，是資本家，是鬥爭的對象。然而當你們的母親的這些年來，我每年都會給他們寄沒有附回郵地址的明信片，只為了告訴他們我還活著。我讓他們知道，為了我持續中的秘密任務，我們不能相見。我說的秘密任務，就是照顧你們長大成人。

你們的父母是老老實實的膠工，大概是因為長期不太配合部隊的託付，後來又被民聯檢舉向軍警通風報訊，以致附近幾個據點火速被抄了。你父親的脾氣又很犟，說甚麼都不認錯，「我沒做為甚麼要我認。」有一天，憾事發生了。以下的描述你們看了一定會很難過，如果能不說，我也情願能不說。不知道你們的父母對他們說了甚麼（好像是上回託他們帶的外感藥部隊裡的弟兄吃了一直拉肚子），夫妻倆被斧頭殘忍的砍死。「革命不是請客吃飯。為了殺雞儆猴，」我的情人和導師說著，用小刀割開他們的上衣，翻過屍身，在背上刻下「汉奸」兩個血淋淋的大字。刻罷還一臉得意。那瞬間我簡直呆了。

他還得意的對我說：「今天給妳上一課特別的！」

但那令我開始懷疑這樣的革命，這樣的暴力，是不是通向正義的道路。

但我的情人接著對我說了番布爾什維克的大道理，蘇聯十月革命如果沒有大規模必要的殺戮，怎麼可能搶奪政權、維持政權？「對敵人絕不能手軟！」而那天晚上，他像頭無比亢奮的野獸那樣的對待我（他厚顏無恥的說：「這也是一課！」），也令我夢碎。沒想到一走進森林，他好似就變成了另一個人，我完全不認識的一個人，一頭野獸。那讓我覺得非常恐懼。我不動聲色的想找機會離開。

機會來得比想像中快。不久的一個夜晚，我們奉命趁哨兵不注意剪破鐵籬笆潛入集中營裡，向潛伏在村裡的民運拿取糧食，在被發現前撤離。那是非常危險、經常失敗的行動，那陣子很多同志都在那樣的行動中被射殺或被捕。若不是斷糧了，我們不會冒那樣的險。

我那時就打定主意不回去了。潛入村子後，我很快就找到一個遠房親戚的家，要求她們讓我躲藏一晚，第二天換了衣服，借一點錢，就到鎮上搭火車離開了。家我不想回，父母應該都還在氣頭上，內政部那裡說不定也有我的資料，我也怕昔日的革命同志找上門。其實你們父母的慘狀一直印刻在我腦海裡，很快我就從報館裡打聽到他們蟄居的新村和住址。找到你們家去，看到你們絕望般的處境，更讓我下定決心。但我不敢在那地方逗留太久，只怕還是會被很快的找到。只好設法往南，到一處游擊隊已經被敉平的地方，這小鎮的新村。租了房子，重新開始我們的生活。但我從沒拋棄無產階級革命的理念。我只是不能接受那樣的把暴力施加在平民百姓身上，那樣留下的歷史傷口，要怎麼去處理呢。哪天如果掌了權，如果用的是布爾什維克的那套，人民豈不是血流成河？單單是這麼一個對他們來說小小的傷口，幾乎就必須花去我一輩子的時間啊！

那一年四月，萬隆會議在印尼召開，當我看到報上詳細報導了中國總理周恩來和東南亞國家簽署了「關於雙重國籍問題的條約」，宣佈不承認雙重國籍，而且呼籲華僑選擇在地國籍，我就感覺歷史已翻過新的一頁。

那年年底華玲會談召開（分明是萬隆會議的效應），我甚至以為馬來亞共產黨也要從此走入歷史、結束我們的歷史任務了。不料談判竟然失敗了。他們重回叢林。

也許我想得太多，從萬隆會議上周總理的發言，其實可以感受到中國準備對馬共和印共放手了，接下來只怕是我們自己的戰役了。但我沒想到他們會被困在森林裡那麼多年。

如果那時談判成功，也許我的人生也會有不同的變數。很快的，國家進入獨立的進程，我也設法找到我自己和你們的報生紙，以便申請公民權、身份證。我也接受了馬來亞，然後是馬來西亞。而你們也相當乖順的一路往上唸。只有阿弟初中時，有一陣子跟壞朋友抽煙打架飆摩哆，很讓我操了一陣心。還好還是回來了。那些年華文的處境非常艱難，因此我也希望你們無論如何要學好自己的母語、了解華人的歷史，以免讓人瞧不起。

我們的歷史處境非常複雜，處在世界歷史變動最急遽的一百年，身在浪濤中其實誰也看不清楚自己的位置。你們現在也到了中年，應該很可以理解我在說甚麼。因為有這樣的考慮，阿葉去唸歷史我是非常贊成的，雖然我對蔣幫很有疑慮，也知道戒嚴中的偏安政權是沒有歷史的。我們自己的歷史還得靠自己去努力建構。

阿弟因為讀了《南洋群島科學考察記》而去唸生物，而後轉人類，也是很好的選擇。他的關懷可以超出華人自身，而及於世界上被資本主義帝國擴張而毀掉的弱小民族，這也令我欣慰。在人人都想當工程師、律師、醫師賺錢以便成為資本主義體制大螺絲釘的年代，你們選擇了一條較少人願意走的山間小徑，我百分百贊同這樣的選擇，人生的路本來就該自己做選擇。可見我的努力總算沒有白費。

年歲漸大，我開始懷疑我們年輕時的信仰在這半島上還有甚麼未來。所有的人都欣然迎向資本主義，希望過上好日子。

而我唯一能顧守的陣地只有你們。

那些年，我一再告誡你們遠離政治，遠離紅色祖國的召喚。我知道我昔日的革命同志已被隔絕在北方大森林，但我過去熟悉的活動（譬如讀書會）仍然風行於校園。新民族國家的政府在殖民帝國的輔翼下依然經常發動掃蕩逮捕，用全然不合法的內安法令來整肅。我實在不希望你們因此被掃進去吃牢飯，浪費掉學習的時光。

而你們的不少同學就那樣被捲進無情的時代風雲裡去了，這讓我一直非常痛心。

多年來（在我還年輕的時候）我確實不乏追求者，同事中的張老師李老師，×校的林校長關老師，中華會館的李，中華總商會的楊，經營南北貨的潘……，都曾表示要照顧我，撫養你們。但我不想讓他們知道我的秘密，也相信自己的能力。如果連這一點也做不到，那還奢談甚麼革命！

這麼些年過去，你們漸漸長大了。從我到你們家，到馬來西亞建國，阿葉差不多高中快畢業了。那年，只剩一座小島的中華民國的僑委會來招生，蔣匪加美帝，我真的非常猶豫，但台灣有誘人的補助。而南大的學費那麼貴，我哪供得起。為了讓你們受高等教育，只有咬牙妥協，接受美帝的補助。但我也一再告誡你們要非常小心那裡的洗腦教育，更不要傻傻的介入那裡的政治，那可是個戒嚴中的激烈反共、動輒槍斃政治犯的地方，海峽時報經常有報導的。我也很不喜歡他們的中華文化號召，那根本違反周總理的「關於雙重國籍問題的條約」。新加坡被趕出去獨立建國後兩年，阿葉到台灣去，我手頭的積蓄根本不夠，只好去標了兩個會給妳做旅費。這大大違反我多年來對錢財流通的想法，但為了孩子，也是沒辦法的事。

就連我們住的這房子還是阿葉畢業後回來教書，向房東分期付款買下來的。

阿弟出國那年，同樣的事我又做了一次。還好前債已清，也省得向人告貸，看人臉色。如果向對我有好感的男人借錢，更怕對方此後糾纏不清。

你們長大離家了，我也比較有時間做自己的事，就想或許可以來寫一本書總結自己的一生。然而寫甚麼呢？我大半輩子過得平平淡淡，唯一緊張刺激的是進入森林的那三個月。

每當我想寫作時，腦中浮現的是那次大撤退逃亡，那條戰士們闢出來的山路。山林裡沒有路，都得靠開路的弟兄用巴冷刀劈開緊密挨擠纏結著長的灌木小樹野藤，還得隨時注意有沒有招惹到野蜂、毒蛇、暴怒的公野豬；風吹不進原始林，空氣非常潮濕因而一直流著汗，身上都是濕的。身體相互摩擦的部位很快就會疼或癢，非常難受。陽光也只勉強射進幾片光斑，在高處。沒有人說話。沒有心情，也沒有力氣。只有不斷的喘氣，重濁的呼吸聲。猴子和雉的啼叫倒是沒停過。

經常聽到水聲。

隨處都是山澗，山裡水源豐沛。我喜歡那水聲，水都非常清澈，經常可以看到奔竄的小魚。但我怕水蛭，但被水蛭吸血也是免不了的小小犧牲，小小的稅捐。就好比被蚊子、牛蛇叮咬。森林裡的蚊虻又凶又餓又多。

部隊也常停下來洗個臉，沖掉身上的汗水，泡一泡，喝幾口水，揉一揉腳，感覺勞累就去掉一大半了。

森林裡天黑得早。有一天傍晚前，熟悉森林的阿沙帶我們歷盡艱辛闢開一條路爬上一座山頭。山頭上成群的老樹，每一棵樹的腰圍二十多個人手拉手都圍不起來，都是上千年的古木啊。那時剛開始起霧了，遠眺四方，是連綿起伏的青山，盡是原始林。顏色深淺濃淡不一，雲霧繚繞其間，仙境也不過如此吧。

我還未曾見過我們成長的地方有那麼壯麗的一面。

那晚我們在大樹下搭了帳篷。夜風如細雨，拂過時，一臉濕意。但那不過是顆粒稍大的霧。天亮後它會化為雲，下山去，去到人間。

山頭上有幾個地方可以看到滿天的星斗，密密的光點，那也是我生平看到最多星星的一次。夜空的色調特別深沈，以致每顆星都很亮，好像都有話要說。我感覺看到了整個宇宙的星子。許多同志都很興奮，但我那時的情人冷冷的對著笑開懷的我說：「別那麼小資產階級情調！」

一過了黎明我們就離開那裡。但那晚我夢到了一條明淨的山路，雖然窄小，但很踏實。

沒想到下山不久，向芭裡的工人要求補給時，會出了那樣可怕的事。

但此後我忘不了那段路，那山上的老樹及一切，也會混淆我經歷過的和我夢到的——它在我的夢裡經常變奏著重現。

然而當我想用文字重組我的經驗時，我發現我讀過的中國三〇年代小說幫不上忙，《鋼鐵是怎麼煉成的》、《青年近衛軍》也幫不上忙；阿葉給我寄的那些台灣的反共小說——真是苦澀的嘲諷——當然也幫不上忙，那裡頭的共產黨員都是一些壞蛋。改革開放後，我也讀了不少傷痕文學，一樣幫不上忙——那些作品寫的是我們未曾經歷過的歷史階段，而且歷史處境全然不同。我也零星的讀了一些較早離開部隊的本地昔日戰士們的作品，回憶錄或小說，很多事我都沒經歷，也不好說甚麼。然而經歷過那些事的人，怎麼敘事都侷限在事實的表面呢？這一場結束不了的戰爭，到底有甚麼意義呢？為什麼沒有人有能力寫一篇屬於我們自己的〈論持久戰〉呢？這一場革命的終極目的是甚麼（是不是也要有一篇我們自己的〈論革命〉）？解放馬來亞？如何面對根著於在地歷史的馬來人問題（是不是也要有一篇我們自己的〈論民族問題〉）？而如果解放不了呢（是不是也要有一篇我們自己的〈論繼續革命〉）？

當然我也讀了我的同代人金枝芒的巨著《饑餓》（好不容易託人從香港買到的），在裡頭我也看到年輕時自己爬過集中營鐵籬笆的身影——也看到年輕的我的美麗和死亡。

是不是可以說，我們那代被圍困的共產黨人其實早已死於精神上、知識上的饑餓？

那天看到電視新聞裡簽署合艾和平協約的畫面，有幾張臉孔讓我震驚得說不出話來，他們都還活著！而且吃得那麼胖——嘴角那抹殘酷的微笑，是我熟悉的，昔日的愛人啊。年輕時怎麼會覺得那很迷人呢？那些臉，完全看不出是失敗者——臉上也沒有任何對革命的痛苦反省留下的刻紋。報導說，他們作為領導人，過去的三十年都在中國渡過，受到了毛主席的保護。即使在餓死千萬人的饑荒的年代，也過著舒適的生活，經營著「馬來亞之聲」日日廣播著教條與廢話的電台。

那一刻我的心臟幾乎衰竭了。幾乎沒法站穩。人真是不容易理解的動物啊。

稍早時，一位老朋友繞道新加坡來找我。幾年前，他不知道哪位朋友看到我在報紙副刊上發表的一篇散文，把剪報寄了給他，竟然還查到我家的住址。那文寫我年輕時的一位好友，被謔稱為「矮仔」的故事。他對我非常癡迷，多次許諾願意為我做任何事。我們一起參加讀書會，他也一再給我寫情詩情書。但我並不喜歡他，他長得很普通，既黑又矮小說話的聲音又難聽，文筆也很一般，充斥那時代的陳腔濫調。那時我愛上我前面提過的那位很受女人歡迎的，才華洋溢的老師。

但我離開森林後這些年來常夢到「矮仔」，夢到他的誠懇，也想到他的突然被捕以至「遣返」到中國說不定不是意外，而是被出賣——那時對我表達過愛意的男生幾乎都被捕了，被「遣返」中國。他被「遣返」後不久那最疼他的祖母就瘋掉了，每天都到警察局去，要求交出她的孫子，或吵著要回唐山找她愛孫。

我也常想起通向他家那條紅泥路，雨季時處處水洼，旱時紅土飛揚。還有他家旁邊那棵高大的芒果樹，果實成熟時，知道我愛吃芒果的他常一身汗的騎腳踏車給我送來一大包。（那篇題為〈他家的那棵芒果樹〉的散文稿費剛好支付《饑餓》的書款。）看到故人我當然很高興，聽到他過去數十年的遭遇卻不由得令人悲傷。

和許許多多被「遣返祖國」的華裔子弟一樣，最開始他被送到廣東的茶場去，共同經營種植與加工茶葉的工作（那和這裡的「新村」又有甚麼不同），反右時因為有「海外關係」而被劃為右派，被送到北方的勞改營，幾乎冷死在雪夜裡；文革時更進一步被指控為「殖民帝國的走狗」，不給他吃也不給他睡。很多來自熱帶的昔日的熱血青年就那樣凍死在寒涼的北方，他們的死活也不會有人關心。他說，他僥倖活了下來，但這輩子都算白白耗掉了。只怪自己年輕的時候太天真，連續多年申請返鄉定居馬來西亞而內政部一直不肯批准。如今他父母也過世了，即使回鄉也沒意思了。

他的故事特別讓我覺得心酸。作為女兒，這些年我也曾偷偷回去看自己的父母，當然，他們也都老了，對我也沒甚麼要求，只希望看看我的孩子——你們見過他們的。你們應該記得，有好幾回，我們坐著火車，北上抵達那多風的小鎮，我要求你們甚麼都別問，一切都依我的吩咐做……

但我一直不敢帶你們回你們故鄉的那個新村——但新村和新村之間其實沒有多大的不同。多年來，我甚至對膠林也心生畏懼。當年那場景過於震撼，那處決的現場。然而身為老師，常需要為常缺課的學生做家庭訪問，有多次我被迫騎著摩哆車走進膠林，走進那白色的樹影掩映的小路，心裡都會不自禁的發抖。

阿弟也許不記得了，你們那位慈愛而病癱的祖母的猝逝，其實不是自然死亡。很多老人在那樣的狀態下，往往還可以活上十年八年。為了不要拖累我們，伊選擇了偷偷吞了蟻酸自殺。

我雖然悲傷，但也佩服伊的理智。而今我也將步上同樣的旅程。

我這樣說你們也許會覺得好過些。兩個月前因為身體的不正常出血去看了醫生，檢查出來是第三期的卵巢癌。連續到了幾家不同的醫院，診斷結果都一樣。那位印度醫生說，沒生孩子的女人比較容易得這種病。

我也詳細的問了療程和醫藥費，如果沒有積蓄，得賣房子或賣地呢。而且康復的機率還不到三成！因此我想夠了——更何況，最近那幾件事讓我覺得了無生趣。我依然是個唯物論者，也常（在我那些用筆名寫的文章裡）主張人雖不能選擇生，但可以妥善的安排自己的死。在自己頭腦還清楚時做好安排，不必讓病痛把自己一口一口啃蝕掉，忍受痛楚與屈辱，就為了多活那一小段時間。一直到不能動了，或者整個頭腦都壞掉了，失禁，尊嚴喪盡的賴活著，既拖垮子女的生活，也耗盡了親情，那又何必呢？體面的死，那其實也是高僧們的態度。生有時，死亦有時。人生之路的開端容或無可選擇，但我們或許可以選擇路的終端。可以選擇畢竟還是幸福的。不要為我悲傷。總是有告別的時候。

這也是我給你們的最後的教誨。

母絕筆於八十九年十二月三十日

二〇一三年八月二十四日埔里初稿

隱遁者

隱遁者在晨霧中走出了樹林。太陽還沒出來，大霧瀰漫中不見人影。即便有人走過，也要靠得非常近方能辨識出來者何人。再一會，就會有割膠工人三三兩兩的走過，有的騎腳踏車，有的騎摩哆車。摩哆車速度快，又開著燈，聲音又大，是不難閃躲的。腳踏車卻近乎無聲，除非它的煞車出了問題。因此只有這時候他敢於把腳踩在路面上。好幾個月沒下雨，黃土路久經輾壓乾硬得像石塊，踩起來有一種分外的踏實感。最近他喜歡上這種感覺，每晨霧中出來踩踏路面，甚至在大霧庇護中走上一小段，到上坡處的土墩頭那裡，遠遠的眺望猶在夢裡的小鎮。

有時在霧中與馬來人、印度人擦身而過，都是很老很黑的人，也都會和善的和他點點頭。他們似乎並不以他的樣態為異。

大部份時間他都躲在樹林裡。多少年了？時間是他最早拋卻的事物之一。

自從戰友們接受政府的條件把鎗械燒毀之後，他就決定離開那些人，以自己的方式繼續未了的戰役。他是極少數堅決反對和平協議的人，認為那是投降之舉。因此竟然被抓起來，關在地洞裡的禁閉室，一直到他們簽了約、盛大的慶祝——他真不懂，失敗有甚麼好慶祝的。之後他拒絕和他們留在和平村，也拒絕向大馬政府填寫那一堆羞辱人的投降表格。還好邊境穿越對他來說不是甚麼難事。那麼多年的叢林戰爭，如果連這樣也失敗，只能說真是一敗塗地，也只好認了。就在他被從禁閉室放出來的那個夜晚，還好運氣不錯，是個新月的夜晚，勉強看得到離開的路。只帶著小刀、鑷子，戴了數十年的紅星帽，幾乎薄得快穿底的軍靴，自己剝了四腳蛇皮做成的皮帶（雖然褲頭帶已經嚴重的鏽蝕了）。他小心翼翼的沿著森林昔日作戰的舊道路，穿過那一小片叢林，摸索著來到標誌國界的斷崖，泅過冰冷的河，從一處隘口潛入——他預估，和平協議一簽，那些懶惰的馬來兵就會放假去了，只剩下空蕩蕩的崗哨。然而崗哨在清冷的月光下感覺荒廢已久，長滿野樹雜草。他驀然想起，部隊確實許久沒有跨越大馬國境了。

霧漸散，他退回林子裡。他的赤腳落在河岸的沙地上覺得十分冰冷，於是逆流涉水退到林子深處，一座小山丘上，那一帶有一片無主的雜木林，他在一棵野榴槤樹上築了個巢。廢木板和塑膠布都是姐姐給的，在千百次哀求他和她一起住讓她的兒女照顧他不成之後，他們做成的妥協。他還給自己做了道繩梯，僅供自己使用。

他有時躲藏在某棵樹上多時，靜靜的觀察從路上走過的人，儘管沒有一個是認識的；更多時候是泡在河上游盡頭的那一片沼澤，在深紫色的睡蓮田田的葉之間，模仿魚、蛙、烏龜和水獺。有幾窩水獺已完全接受他的存在，魚捕多了常會丟一尾給他分享。但他有點受不了水蛭、蚊子和馬蠅，一直想吸他的血，只好全身塗滿泥巴。那時他下身原本只圍一塊布了，但卵蛋常遭吸血蟲攻擊，只好套回破爛的內褲。為了吃食，免不了到處生火堆，叢林戰學來的鑽木取火，裝設陷阱抓山雞、水蛙和泥鰍。原以為隱遁的生活會很無聊，沒想到還真忙——如果一切生活所需都要靠自己去取得的話。因此他做了個艱難的決定：拒絕姐姐的一切糧食餽贈，除了鹽。這比當戰士時困難多了。那些年可是千方百計向民眾取得補濟。

開始那幾年，遇上連綿的雨季就慘了。生不了火，到處找山雞甚至四腳蛇的蛋。有時實在餓到受不了，只好摸到姐姐家，向伊要一碗熱粥吃，軟心腸的姐姐總是感動得流下淚來。已當阿嬤的姐姐一直叨唸說，阿爸阿母有交代，小弟如有回來一定要照顧他。那塊地原本是留給他的。但她其實也不常到這破敗的老家，她鎮上有房子，有兒孫，平日只騎一輛破腳踏車。膠樹都請外勞割了（隱遁者知悉後很有意見，認為違返馬列毛的教誨，堅持要姐姐獲利的成要分給辛苦工作的外勞——原本是園主外勞七三分）。伊原本就十天半個月才來一次，打掃打掃，同時檢查一下有沒有可以採回去的水果。弟弟回來後，她來得頻繁多了。但帶給弟弟吃的茶果餅乾他都不領情，兩個月後伊也失望得放棄了。

那時他滿臉鬍子、一身破爛的找到舊家——前前後後大概走了三個多月，沿路需（本能的）避開軍警（雖然紅星帽藏起來了），泰半走的是當年「七突」的舊路，靠的僅僅是兩條腿，在大山叢林裡亂繞。不料許多地方早就被開成油籽芭，他迷路了好幾回，還被迫剪開多處鐵絲網。還好隨身帶著鑷子，也遇到載油棕的好心的卡車司機堅持要載他一段，把他載往正確的道路。但一路上問東問西，讓沈默少言的他很不自在。尤其是「你是做甚麼的」、「為什麼跑到這裡來」這種問題。有一個華人司機自以為幽默，竟然問他「是不是演戲時脫隊了怎麼戴這種帽子、穿這身衣服？」所有人都質疑他的帽子，後來只好藏在背包裡。

緊急狀態後父母為了等待他的歸來而重建的簡陋鐵皮木屋，也為了割膠工作方便。他沒料到四十年不見幾乎不認得的老嫗姐姐，一眼就把他認出來了，而且又哭又跳，說這場景她夢到千百回了，沒想到弟弟真的活著回來了。但伊很快就弄清楚：他沒有經過合法的手續向內政部申請，因此可能會有些政治問題。伊試著和他溝通。但伊很快發現這個年紀一大把的弟弟不好溝通，他已到了一切都定型的年歲了。伊拉著他的手給父母的牌位上香，他乖乖順從。「有某囝麼？」

「十多年前在部隊裡有過查某，有過囝仔，囝仔就近送給人了。」

「可惜！」伊說，「為甚麼不送回來我幫你飼？有法度要回來嗎？」

「不可能要回來，也不知道送去度位囉。」

伊多半會認為他不孝吧。「這是革命咧！」他心裡叨唸。

「革命就要有犧牲！」

他表示不可能再結婚生孩子，也不可能搬到鎮上去，他絕不和資本主義妥協，也絕不向馬來西亞政府投降。他老了，要用自己的方式把戰打完。

「還打戰？不是投降了嗎？」

「他們全部投降了。可是我沒有。堅持了四十多年，怎麼可以說放棄就放棄！」他也拒絕與她同住，拒絕讓她挪用孩子給她的養老金來養他。他知道附近有一片原始林，他準備餘生都躲在樹林裡，靠自己過活。不再與世人往來。

他要苦修。

他要在森林裡挖個洞，快死時爬進去覆土埋葬自己。

「可是這塊地……」

「給妳！我是堅定的無產階級！」

他只要了必備的工具，除了蓋房子的廢建材之外，就是圓鍬（好挖洞）、水壺（燒熱水用）、開山刀（開路）、靴子（芭裡多刺）、火柴、繩子、剪刀（主要是剪頭髮、鬍子、指甲）、水桶、牙刷、肥皂……。隨著年深日久，他要的越來越少，牙刷用完了用樹枝，肥皂用完了用泥巴，靴子破了腳底綁廢輪胎皮，繩子完了用野藤。

他要求姐姐別告訴任何人他躲在這裡的消息。即使不得已告訴伊的兒女孫子，也要請他們保密，不要搞到讓軍警來搜山。他只剩下一把小刀，敵不過大軍，他也不想餘生都在坐牢。他還特別交代，如果有昔日的同志找上門，「尤其不要跟那些叛徒說我回來了。」

確實不曾有昔日的同志找上來。他們都忙著處理自己的餘生了。

原本在靠近姐姐的地上蓋了小寮子，夜裡以行軍時的方式燒火堆、掛蚊帳，但實在受不了姐姐的不斷騷擾，只好遷往深林裡的高樹。

後來更因為姐姐實在嘮叨，一直說幫他物色女人傳宗接代，柬埔寨的、越南的、緬甸的——雖然他聲言他的藍登記（身份證）早就丟了，伊還是糾纏不休說只要他點頭答應讓那女人懷孕其他的交給伊（伊暗示有錢好辦事）——隱遁者火大了，說妳不要逼我割掉自己那兩粒卵孵——同時宣佈他不再跟她說話。他這一生的話說完了。

此後也不再跟任何人說話，禁語。

常不免遇到附近的膠工，那些人剛開始有點警戒，後來就對他如隨處奔竄的四腳蛇，視而不見了。

他當然不知道，這是她姐姐努力的結果。她逐一向周邊園子的住戶或工人做了說明，她的神經病弟弟（adikku sulah gila）在神經病院關了幾十年，最近放出來了。病差不多醫好了，只是自以為是野人（orang hutan）喜歡住在山裡，不與人來往也不愛說話。但他本性善良，不會害人，不會傷害人，不必怕他。鄉人觀察了一陣子之後，認為他姐姐所言非虛，確實是個馴良的瘋子呢。

隱遁者也會阻止小猴子玩膠汁，亂打翻人家膠杯之類的。

他學習各種鳥叫的聲，可以跟一隻喜鵲聊一個早上，和犀鳥相互對罵，從母雉那裡騙出牠下蛋處；雨後和各種蛙唱和，蛙卵蝌蚪他真餓時也吃的，沼澤裡隨時都有；他認識的猴子更多，剛開始這裡的猴王還誤會他想染指牠國色天香的妻妾。（沒錯，有幾隻母猴屁股很紅時引誘過他，但他婉拒了。）牠們常造訪他樹上的窩，只是小猴子太常扯下遮雨棚害他淋雨；但他頭上鬍子上的虱子是猴友們幫忙清的，後來猴王堅持送他一隻被牠玩膩了遺棄的、身上多處掉毛的老母猴。看牠神情落寞，他一時心軟就收留了牠，還給牠取了個名字：Orang。後來他也常和猴王一起吃山蕉、山榴槤、山紅毛丹，及一大堆只有猴子和土人才會吃的野果。老母猴見多識廣，愛吃蜘蛛蛋，他後來連鹽都不需要了。此後幾乎和姐姐斷了聯繫。也很少生火。少殺生。雖然還是會偷吃蛋。老母猴教他吃各種昆蟲的蛹和蛋、吃蚱蜢、螳螂和水蠆。

Orang雖然老了，隱遁者還是趕不上牠爬樹、過樹的速度。從一棵樹到另一棵樹，他還是不敢直接在樹幹的尾梢上跳，還是得溜下來重新爬。還好老母猴畢竟薑是老的辣，有耐心，還教導他用樹藤，讓他想起在部隊裡看過的一部電影——《人猿泰山》，那是除了《鋼鐵是怎麼煉成的》、《長征》之外，戰士們最愛看的一部電影了。畢竟彼此都是山裡人。

還好牠屁股從來不紅。晚上睡覺時牠喜歡和他偎在一起取暖。看牠毛掉成那樣，他覺得很為難，覺得噁心，只好在人皮和猴皮之間夾兩片香蕉葉，以免被傳染皮膚病。那時他早已不穿上衣，內褲的破洞也和歷史的漏洞一樣多——連子孫根都包不住了，常被小猴子偷襲。

為了治療母猴的皮膚病，他曾經潛入姐姐家——她曾經告知鑰匙藏在哪裡，也為他準備了個藥箱，放了外感散喉風散治瀉藥等，以備他身體不適之需。不料小猴子大群湧入，翻箱倒櫃，還隨地便溺。他阻止不及。此後姐姐一度把房子換了鎖。他一直不定時的採些野果放在門邊的矮桌上，讓姐姐知道他還活著。

母猴畢竟是老了，皮癬不見明顯的改善，牠神情非常落寞。

隱遁者幫牠理毛時稍微用力，牠的毛就整撮掉下來了。他看到牠的老人斑，鬆垂的乳房，泛黑的屁股，老祖母般的哀傷神情，心裡有一股說不出的滋味。

而隱遁者自己，多年沒理髮也沒剪指甲了（猴友們幫他咬成適當的長短），鬍子幾乎包裹住了他的臉，只露出眼睛和鼻子。腳毛胸毛都變長變黑，腳底也厚實堅韌而不需穿鞋了。

那些年裡，姐姐一陣子就會到隱遁者棲息的那棵樹下叫喚他，但他不常在，恰好在的話會遠遠的朝她揮揮手。

他有時會躺在小溪裡，頭枕沙岸，讓水流過身軀。或像浮木那樣漂浮在沼澤上，想像自己是隻無害的鱷魚。

大雨時仰臥地上，大字型攤開承接。

或把自己垂直「種」在挖好的洞裡，只露出一個頭，好讓身體和土地更親密的接觸。他冥想，深呼吸，吐納。想像自己與大地融合。感受蚯蚓的觸探。那有時甚至令他感受到性的刺激，而勃起，亢奮得發出呻吟，甚至射精。守候在一旁的母猴會顯得不安，會更急切的撥開他的亂髮找虱子。

有時是把自己斜插在土墩中間的洞裡，臉向上或者向下。那可以看到全然不同的景致。

那些年他在山裡各處挖了許多洞，以便隨時躲藏或者自埋。但大部份的洞都被野豬和蟒蛇佔據了。沒關係，再挖就有。

他幻想有一天死了，他需要更大一點的洞。如果像植物的根莖那樣能長芽就好了，但顯然不可能，大概只有腐敗一途。

日子一天天過，也不知究竟經過了多少日子。

姐姐越來越少出現了。

有一天，天還沒亮就有人在樹下叫喚：阿舅、阿舅，阿母過身囉。他一下子沒意會過來。阿母，……是姐姐。他傻了一下，差點從樹上摔下。他吼叫數聲回應，引來滿山猴子回響。

他不知道的是，當那代人死絕之後，他姐姐的後人謹遵遺囑，把那小片地保留下來，讓它復歸森林。而不是如周邊小園主那樣都賣給發展商，開發成千篇一律的花園屋。幾乎已沒有人知道他是最後的馬共（包括他自己——他幾乎已忘了自己的名字），聽說「有個痟野人」的稍稍多些。但已經很少人有緣見到他，即使在大霧之中。

但有大清早開貨車來偷倒垃圾的人遭到他以石頭攻擊，車窗被打破了。但是沒見到襲擊者，只聽到某處樹梢搖響。黃昏時有個馬來少女放學回家途中被兩個埋伏已久的男子拉進草叢，一個壓制一個正待脫掉她褲子時，後腦遭到木棍重擊，隨後另一個也被打爆頭。少女回家時向家長說：一個味道很重很瘦全身毛的土人救了她。

在鄉村馬來人那裡，他已成了傳說的一部份。

野人的傳說。野生馬來亞人的傳說。

老母猴早就死了。他慎重的把牠埋進其中一個洞裡。臨死前牠對他笑了，還勉強伸手摸摸他的鬚髯，他俯身親了牠尖尖的嘴緣。

有一天，他覺得非常疲累，好像一切事物都往下沈，連自己的影子都像鐵片那般重那般冷。感覺有甚麼東西就要離開身體了，像蜻蜓離開水蠆的軀殼。他知道那天來了。他勉強跳進其中一個挖好的洞，坐了下來，屁股壓在軟涼潮濕的泥土上，失去意識。醒來時發現那是個無比漆黑的夜，無星無月，一點幽藍的螢光來到他兩眼之間，有一點蜂螫的灼熱感，他腦中突然浮起一個字：物。像浮水印那樣。隨即感覺一陣大歡喜，一放鬆，乒乒乓乓，卸下了一身骨肉。

二〇一三年七月二十七日初稿，八月二十七日修訂

註：本文中的兩句楷體引文出自七等生小說〈隱遁者〉。

泥沼上的足跡

魚

住得遠離都城的鄉間，沒事不會特別進城，因老覺得那麼多時間耗在交通上好像並不太值得。每回進城，照例在辦事前後逛逛簡體書店，買幾本書。但也不見得會遇上特別有意思的書。有的書買了很久都不會去看，彷彿是純粹的旅行的紀念，某本書見證了那趟旅程。但這回買了Benedict Anderson的《比較的幽靈》，倒是本很有意思的書。有時會約上在城裡大學教書的老友丙，一道吃個便飯，聽他聊學界的八掛。誰離職，誰升等，誰抄襲，誰和誰搞外遇之類的，住在城外的我在這方面總是後知後覺。雖然，那多半也都是些垃圾信息。

那天過了晚飯時間，丙和我都好不容易從廢話連篇的研討會中脫身。他說要帶我去家特別的餐廳，是他偶然發現的，但得走一段較長的路，說要介紹個特別的朋友給我認識。「他們的故事和你研究的主題相關，你一定會感興趣的。」

於是我們提著兩大袋書，在燈影裡走進曲曲彎彎的巷弄。老舊的樓房後頭，尋常人家，牆頭卻常架著帶刺的鐵籬笆，或嵌著碎玻璃，連瘦小的黑貓走過時都得戒慎恐懼的踮起腳，緩慢的移動。

終於到了。昏暗的燈光透過玻璃，但那門那柱那橫樑看來都是老舊紮實的木頭，木纖裸露，也沒有刻意打磨。丙說：「老闆三十多年前從大陸鄉下廉價買來的，他靠著在餐廳駐唱賺了不少錢，開了這家餐廳。裡頭的桌椅也都是。那時大陸還很窮，只要花點錢，門檻棟樑甚至大門、未出嫁的女兒、守寡的媳婦，都可以讓你帶走。」

丙指一指門上頭的厚木牌匾（「據說是金三角森林裡的原木」），兩盞小燈刻意打著光，蒼勁的兩個行書大字：「民國」署名卻不是常見的孫中山的東坡體或蔣介石的柳體，而是以草書把三個字畫成一條虬龍般難以辨識的□□文將軍。「民」字的那兩個鉤，「國」字裡的「或」那個「戈」都如戟鋒銳，彷彿有一股難言的悲鬱，那墨水想必如樹根那樣滲到木頭深處裡去了。

「現任主廚是老闆的不知道是堂弟還是表弟，多半是幫他打理而已。」

鈴響後我們進到裡頭，播放的竟然是羅大佑嘶啞、感覺拉長了脖子吟唱的〈亞細亞的孤兒〉。

櫃檯站著個瘦小、臉長，稱不上美麗但也算不上醜的女人，薄施脂粉，二十七八歲的樣子，有一種奇怪的神韻。一身黑，蕾絲上衣，身上飄出淡淡的香水味。丙和她似乎頗熟，向她介紹說：「這位就是我常跟妳們提起的戊己。」她嫣然一笑：「研究東亞共產革命的專家。」她的聲音很有磁性，像某位老歌藝人的嗓音。丙這才解釋說，老闆娘出生泰南和平村，是個藝術家，只偶爾會過來幫忙。她有個神秘的名字叫小夜。她給我們提了壺裡頭盛著幾片檸檬的冰水，然後轉身去招呼別的客人了。她及膝的裙子有黑色的流蘇，行走時微微的顫動著，如黑魚的尾鰭。黑絲襪、黑鞋子、甩動的烏黑長髮，她在昏暗的空間裡確實像流動的夜晚，有一種說不出的冷艷。彷彿那昏暗是她的存在造成的，而非刻意調暗了燈光；那股冷意也並非因為冷氣。丙偷偷說：「她用的那款香水叫罌粟花。」

店裡頭的擺設，確實如古舊的中國茶樓，桌椅都異常樸拙，四方桌、小靠背椅、明式扶手椅、文椅等，參差不齊的陳列著。客人並不多，而且帶著異鄉的口音，說話的嗓門也不小，似乎都是些認識的。

放下東西喝口水後，丙說要介紹在廚房裡忙碌著的廚師給我認識。

廚房擺了個三層的大水族箱，裡頭都擠滿了魚。有個老頭正把一尾手臂粗的魚的頭剁下，魚眼大而黑。一個婦女洗碗。一個少年把菜捧了出去。只剩一個大鑊下有烈火，烘烘作響。一壯實黝黑的青年在那裡揮動勺子，辣椒的嗆和金橘的酸混合成的煙，鬈曲的髮和一臉的汗，他向阿丙和我招招手，「要吃甚麼？」丙大聲說：「來個魚頭！其他的老樣子。」「馬上好！馬上來。」他的口音很明顯，尾字沈得很低。

等待期間，小夜過來招呼。和她略一對視，這才發現她的瞳仁異乎尋常的黑，是那種密林裡全然無光的夜色（那只要有一點螢光就是救贖）；彷彿整個人都會被吸進去似的——第一次領悟成語「深不可測」是甚麼意思——她眼裡儼然懷藏著一整個瘋狂的夜晚，有潛伏的野獸的氣息，令人臉紅耳赤——兩耳不自覺的發燙，而且有點喘不過氣來。「怎麼了？」一男一女先後在他不同的耳畔發聲。

「好像……有點過敏反應。」我尷尬的捂著發燙的臉。

「可是都還沒上菜啊。你是對我過敏嗎？」她突然笑得有幾分輕佻。

丙掏出手帕，猛擦汗，灌了一大杯她遞過來的涼水。

被嚇得回過神來，腦中浮現的是那廚師強勁的手臂，不自覺的望向廚房的方向，而他適時走來，緊跟著是托著菜的工讀生。三菜一湯。砂鍋魚頭、蝦醬空心菜、酸辣湯。「叫我阿龍就好。」定過神來，這時熱騰騰的飯也送來一缽，即一面吃一面聊。

阿龍半敞開衣襟，五官深邃、臂膀厚實、胸膛寬闊，眉毛粗濃，臉上有股堅毅的神色。

出身泰北的阿龍，是孤軍第三代了。在當地勉強唸了幾年華文，循著前輩的足跡，來台灣讀僑中，混了幾年，到僑大先修班去混了一年，分發到某國立大學去，也幾乎都在混。「要養自己啊，每天都要打工，一有空就去踢足球，對我來說每個科目都很難，只有體育一百分。」他說是打工讓他學到一技之長，尤其是跟他遠房表哥在廚房，從殺魚、切肉學起，兩年後幾乎就可以獨當一面了。「我一點都不特別，她比較特別。」他深情的望著妻子，「妳說。」

「我哪特別。」她突然轉身離開去給客人結帳。

「她有點害羞。」阿龍攤開手，望著妻子黑色的背影。自言自語。

「很神秘，是不是？」

「她有時會不喜歡說話。好多天都不說話。那時櫃檯只能讓我表叔來顧。」
「遇到她我才找到人生的錨，否則都不知道自己要做甚麼。」
她竟然消失在他們的視線內。也許到洗手間去了吧。
阿龍只好繼續自言自語。
「像我這樣的孤軍後裔來台灣的不少，前後期的會互相照應，有麻煩也會相互照應，不致太孤單。她就不一樣，她幾乎是絕無僅有的。我們在僑大時就認識了，那時只知道她是泰國僑生，她話不多，就以為是一般的泰國華人。但她身上流露出的某種氣質——我那時並不知道是甚麼——深深的吸引了我。那時並不知道，對她而言，我也一樣。那是一種受過傷的表情。」他親暱的伸出五指輕輕抓了抓小夜骨稜稜的肩膀，小夜輕輕的把身體挪開了些。「此後我們也一直很容易受同類的人相互吸引，並不需要用語言。」他和小夜飛快的交換一下眼神，笑容裡有幾分歉疚。那互會的眼神裡頭好似有許多不言而喻的故事。
「當然像我這樣泰國孤軍的後裔處境好一些，有泰國身份證。那些流落在緬甸的孤軍後裔就慘得多，一直是無國籍，用假護照進來，在台灣工作也得偷偷的。還好近年有些放寬，也終於解決了他們的國籍問題。我們算幸運的，可以合法居留。可以返鄉探親，對我來說身份證最重要的是，可以和她結婚，她可以居留，可以繼續她的夢想。（丙小聲在耳畔插話：「小夜是有名的裝置藝術家。」）我對人生沒有太多要求，和心愛的女人組個家庭安穩的過日子就好。」

阿龍臉上露出陽光一般明亮的笑。

「馬共的後裔會來台灣真是件稀奇的事。他們應該都還是認同中華人民共和國的。」丙搭腔。

「看她頂多二十三四歲，應該是合艾和平條約後在泰南和平村長大的那一代。戰爭結束，方敢養兒育女。」我自以為是的說，故意把預估的她的年齡下調幾歲。

「沒錯，我們是和平的子女。」小夜又悄悄出現了，聲音像夢深處的呢喃。

「但和平時我都五歲了。在我出生前幾年就很少有戰爭了。我們和泰國軍方有默契，他們不會真的對我們採取行動，我們也不會主動對他們發動攻擊。大馬軍方也不敢真的越境過來進攻。」說得像個在現場的戰士似的。

「你們知道這是甚麼魚？」阿龍突然岔開話題。

「鱧魚，哦，不是多曼吧。」那魚頭雖是剁成一塊塊了，看來原來有手掌張開那麼大，看那眼睛和鰓就知道了。魚眼旁還有大圈細嫩可口的肉。

「沒錯，台灣人叫魚虎，日月潭最多，碧潭、石門水庫也有。其實有很多品種。在老家時常從河裡沼澤釣來煮了吃的。留台期間最懷念牠的美妙滋味。我們那裡有的這裡也有，真奇怪。不知道為什麼台灣人和美國人那麼怕牠，抓來吃掉不就好了。我們店專賣這個，和供應商約了，釣客釣到收集了直接送過來，要活的。也算為水庫除害。筍殼魚這裡也有的……」

話題繞一繞又繞回小夜身上。

最令人好奇的是，為什麼她會做出這麼與眾不同的選擇？她父母不會反對嗎？她到底是想來這裡追尋甚麼？

（歌曲換成了唱得軟趴趴的〈龍的傳人〉）

她說她唸初中那些年，常有大馬出生的台灣學者走訪和平村。有的為了研究，有的純粹觀光，有的自稱許多年前曾經有親戚走入森林。也不知道為什麼他們會對馬共特別感興趣，好像去動物園看老虎、獅子那樣。「那些留台人常會不自覺的訴說台灣的好，那兒的自由、民主，鼓勵我們年輕人到那兒走走，說有獎學金可以申請；還有許許多多的工讀機會。他們嘗試為我們編織夢。但我們村莊裡認真唸書的人畢竟不多，我可能是僅有的。受電視影響，我曾想過要當舞者。但我來台唸完高中上了大學後，才發現我要當舞者太老了。」

她的唇的皺褶，也有一抹神秘的黑色。

「但小夜還是去學了藝術。這也很稀有。華人都很現實的，像我就讀化工。」阿龍插話。

和平村父老們對偏安台灣島的民國沒有好感。但中國的留學收費太昂貴（「收美金的」）。而且她父母認為女人不必唸太多書，反正都要嫁人的，會生孩子就好。「還好阿蘭阿姨（她脖子有著神秘藍色胎記——小夜細長的指掌在脖子前微微張開成花朵綻放的形狀，認真的比劃著）支持我，送了我一筆錢。有一位很喜歡她的中國退休教授過世時遺產給她留了一份，當成她為革命付出一生的退休金。她分了部份給我當旅費，和第一年半的學費。」

不知怎的話題被她帶去他們父母為了他們的婚事而起的爭執。

為了與彼此的父母、父老相見，他倆可是做過仔細的沙盤推演、充份的交換情報。

各自的村子都為了他們的婚事嚴肅的開過會，那時他們其實在台北相濡以沫的在一起已經好多年了。男方女方都曾帶著對方到自己的村子住上幾天，和家鄉父老交流交流。

阿龍的父親和他們村裡的人真的就曾稱小夜的父母他們是「共匪」，而小夜的父母和村裡的人真的把孤軍叫做「叛軍」。譬如和平村的父老曾對阿龍咬牙切齒的控訴，「你們這些國民黨叛軍」怎麼可以幫著泰國政府消滅了他們的兄弟、北方的泰共？做足功課的阿龍委婉的反駁說，馬共也因協助泰國政府抵抗北大年游擊隊，而被接受為泰國國民的。不都是一樣有貢獻於泰國政府方得到承認而獲得國籍的嗎？

相較於北方被民國遺棄的十數萬人軍，南方的困軍只有數千人，一樣被自己的國家遺棄。但遺棄馬共的是未來的大馬，與及他們不願意承認遺棄他們的，被視為父親一般的中共。

北方的村子有群山環繞，層層疊疊的。老人家曾向小夜遙指，某座山下就是他闊別數十年、再也回不去的故鄉，說罷老淚縱橫。小夜說，一時之間她也不知道誰比較可憐。是南方的馬共孤軍，還是北方的民國孤軍？

最後父老們終於各自決議讓孩子自己決定他們的命運，長輩不會橫加干涉，也祝福他們在那一個中國能得到幸福。這在和平村方面尤其不容易。

南方的村子總是被森林圍繞，村民還是有一種難言的戒慎之感，阿龍住了幾天就有那種強烈的感覺。雖然有少數外出做生意，有的獲准回到馬來半島，但大多數在泰國政府給予的土地上當了農民，割膠維生。言談之間，還是會不自覺的流露半生被白白消耗掉了的憂傷。

往南，其實望不到馬來半島（被森林阻隔了）；往北，也看不到共產中國，畢竟太遠了。小夜說，小住泰北的那一段時間給了她很深的衝擊。「我會不由自主的去想『被歷史遺棄』啊、『革命的意義』啊之類的大問題。」

聲音竟然哽咽。夜漸深了。

「別想太多。」阿龍伸出大掌輕輕拍著她的背。

（音樂適時的切換成悲涼的二胡名曲〈二泉映月〉）

告別前，我們去了趟廁所。丙小聲的在阿龍耳邊吩咐甚麼。

而月亮果然就在天上。趁如廁之便，丙說，帶你去看個東西。

這才發現這房子很深，裡頭別有洞天。

廁所後方，穿過一道小門，我們來到一個中庭，竟然清楚聽到間歇的蛙鳴。有半輪明月，月光朗朗。

地上舖著黑色白色的石子。踩在石板上，可以隱約聽到石板和承載它們的沙子之間的磨擦的沙沙之聲。

再過去，有大石，成列的唐竹，瘦勁挺拔。

牆柱兩頭打著燈光。牆上一開始畫著連綿的青山，雲霧繚繞。再一面，是大樹和聚落，房屋都是南洋常見的鐵皮屋，顏色很沈，有一大群赤足的孩子在奔跑。再一面牆，竟然是座墳墓，逼真的從牆裡頭往外突，好似那兒就有座墳墓似的。

墓碑上以老練的顏體楷書寫著雷雨將軍之墓。大墓的背景，龜殼般層層堆疊著的無名墓塚，造就了一座座山丘，好像那不過是龜之墳場似的。但畫小了，遠觀如群聚的龍虱。

池畔立著座人高的巨大黑色石碑，竟是兩面都光滑無字。平滑得可以映現月、雲，照見觀者的臉。但邊銘上有字，拳頭大。一邊是孤軍，一邊是馬共。都是工整的篆體，如墓碑上的字那樣塗了血跡般的紅漆。

水池過去有幾口大陶缸，養著荷花或蓮花，觀音蓮香水蓮的苞都閉合了。再過去，是一叢茂密的莎草。繞過它，是一座水池，形狀像個鴨梨。牆邊的裝飾燈投照出明亮的光，讓它明暗了然。淺淺的水數吋深，底下是厚厚凹凸不平的爛泥，至少有半尺厚（依水池凸出地面的高度保守的估算）。水中有蝌蚪和快速游動的小魚，左邊一叢野薑花，右邊一叢野鳳梨，水面有槐葉萍，一端漂著幾盤布袋蓮，淡紫色的花都收斂了。

仔細看，那凹凸不平的爛泥，竟是深深淺淺層層疊疊的腳印，朝向不同方向的腳，有幾處還可清楚看出鞋跟的印子，或腳踝的形狀，張開的腳趾，腳底的紋路。斜照的光讓它明暗更顯分明。或更多的是胡亂的重疊，以致看不出那究竟是甚麼。有的興許踩得太深，整個腳脛都埋了進去；當腳抽出來後，就只留下個洞，表泥往內崩塌，成為某些水族的巢穴。浮萍的陰影點狀的投照在泥上，隨著輕風移動，像某種神秘的腳印。從水的清澈程度來看，那些人的足跡已屬久遠的過去，塵埃落定。

局部深陷進泥裡的落葉，往往一頭會翹起，蝌蚪和小魚每每棲息在裡頭。綠紅相間、艷麗的雄鬥魚突然從葉影下竄了出來，搖動長長的尾鰭。但下一回，牠卻猛然靜止了——宛如被凍結——尾鰭徒然的抽動，但位置沒改變。仔細瞧，原來牠被一隻琵琶形狀、有幾分像蝎子的昆蟲暗影似的大鉗子給牢牢扣住，也許還穿過了身體。那是隻肥大的水蠆，蜻蜓的前世。胡琴曲終，燈突然熄滅，那牆邊的世界猝然都陷落在暗影裡，水面只有稀微的、夢幻似的光。

暗處有人說：「小夜的作品，泥沼中的足跡。」

冰涼的夜空，只有一勾鋒銳的下弦月，尖梢發出芒光。遠處高樓竟然有鋼琴聲，赫然是貝多芬的〈月光〉。時斷時續，聽得出是生手在練習，反反覆覆，好似錯亂的腳步。

池的某處有細細的流水之聲淙淙如泣。

突然隔牆一陣嘩啦啦強勁的水聲，有人暢快的拉了一下抽水馬桶，甚麼東西被那漩渦捲走了。一股化糞池的臭味飄了過來。

二〇一三年十月二十七日初稿

方修遇見卡夫卡

母親在隔壁和L一家談雞眼和寄生蟲。L先生的每個腳趾上都長了六個雞眼。

——《卡夫卡日記,1912/3/24》

也許因為連續幾週上課都在談卡夫卡的小說，又看到有人拿莎士比亞來比擬方修甚麼的，還讀了討論六八世代的研討會論文；時值東北季風季，多雲時雨，就做了那麼樣的一個夢。

其實是先夢到這標題，「方修遇見卡夫卡」。是個老舊金屬招牌，用粗鐵絲掛在簷角，隨著河風搖晃——時時輕輕敲擊著鐵架，嘎啦嘎啦作響。藍灰色的油漆剝落，用毫無個性的香腸體寫成。背景中的河上瀰漫著濃霧，時時有船的影子黑幢幢的緩緩經過，幻影似的。

風中時而傳來隱隱的金屬撞擊之聲。鏗、控、康、古……好似巨大的槌子默默的敲打著基樁。

夢境是舊照片的色澤，茶色的背景，建築物是灰褐色的，像抹了一層厚厚的灰。只有街邊的郵筒是殊異的艷紅，猶如樓房旁的芭蕉葉竟然是翠綠，顯然經過刻意著色，或者擦拭。

河邊茶室裡十幾張方桌，幾乎每張都圍了客人。吃著，喝著，比手劃腳的大聲說話，方言夾雜馬來語、英語單詞。

特寫：巨大開數的《馬華新文學史稿》擱在沈沈的方桌上，一任河風翻掀。書有點老舊了，紙質泛黃薄脆，密密麻麻的字像螞蟻又像芝麻，風吹時有的紙頁就被刷的撕開了。有個穿著整齊上班族模樣的無髮的老頭子在讀報。盛在寬口瓷杯裡的咖啡烏升起熱騰騰的煙。

赫然讀到這樣的粗黑體字，至少有四十級大：

藝術並不能將真實的實在宣佈為無效的。它只提供了一個位置，讓人可以從這位置出發來觀察真實的實在所具有的習性、它的嚴酷和艱辛，它的平庸與乏味。在店家關門之前，我們還是得去購物——不管我們現在在藝廊還是在創作。

顯然前一晚邊看電視（反覆播送日月明宮一群蠢人虐殺詹姓高中生案）邊讀著的那本厚厚的德國理論家鱸鰻論藝術的著作，「自我指涉」、「異己指涉」、「遞迴」、「再進入」這些名詞也像走馬燈那樣閃亮亮的跑著，紅的綠的耀目。畫面裡那個老頭子一臉老人斑（那時他應該還沒那麼老的），書也不該那麼舊（攤開的《星洲日報》最上端印著一九六八，那書出版沒幾年呢）前一晚方檢索過他的資料，看到的都是很老的照片，因此在夢裡錯置了吧。

鄰桌有個皮膚黝黑、臉圓肉厚、大眼、身材五短的年輕人，好像剛從蘇門答臘游過馬六甲海峽，額間的水珠黏附著幾莖粗硬的黑髮。與他同席的是個更年輕的（高中剛畢業模樣）非常瘦、可能經常沒吃飽的小伙子——藍格子上衣，一頭草帽式的亂髮，還蓄著八字小鬍子，專注的聆聽高談闊論。桌上有一本薄薄的冊子，封面寫著《巨人》。字旁畫著一頭巨角羚羊，誇張的羊角轉了多圈，不成比例的比身軀大上數倍，羊身瘦弱得露出整副可口的羊肋排。

（那晚偶然瀏覽到一條資料，此君剛告了一位故友妨害名譽而獲得大筆新幣賠償。）

那話語裡有不少「r」深喉音，似乎是法語。但他們說話的聲音一直被那「方修遇見卡夫卡」招牌的嘎啦嘎啦干擾。典型的華人茶餐室，客人幾乎都是華人，而且工人、小職員模樣的居多。

老先生小口小口的在啃蝕一個白色大包，露出看來很可口的閃著油光的餡肉。轉眼間，報紙變成了《人民日報》，毛體紅字（唉，我的《南洋人民共和國》）。

裡裡外外的，沒有看到貌似卡夫卡的人。只有不斷搖晃的招牌。船行時的水聲、馬達聲。夢外的雨聲。立椿之聲。

夢切換頻道。

也許在幽暗的課室裡，女孩拉著我的手說，我們偷溜吧。

（夢中的我自己知道這是場外遇）

大概因為最近整理舊照，我的年歲也被倒溯回數十年前，煩躁多情的青年時代了。

階梯教室，後門。我一隻腳被椅子絆著了。女孩使勁拉著我的手。她的手瘦細如鳥爪。濕冷。脆弱。

然後我們離開那地方，女孩不知為何逕自在一旁哭泣。

離開那地下室般黑暗的空間後，日光刺目。只見那一旁有火車改道後留下的舊枕木，生鏽的鐵軌，和反射著陽光的磊磊礫石。

我們沿著一條石子路離開，路的兩旁有大樹，細細的葉子篩走了陽光的熱力。路的一旁有圍籬。走著走著，經過一戶人家。驀然發現整齊的兩列樹的後方，那房子非常熟悉。我跟她說，等我一下，我想進去看看，那房子怎麼那麼像我的舊家（舊照片裡的舊家）——除了那兩排高大的樹。樹幹分割了畫面，讓我看不到房子的整體。兩邊窗的位置被樹幹擋掉了。夢裡看不出那是甚麼樹，只看到兩排哨兵似的整齊的木然的樹幹。

那屋子裡似乎住了不少人，有燈光，有笑聲、話語。我的到來顯然讓他們受到驚動。當我稍稍走近，裡頭頓時一片靜寂。一看清楚那房子，我就後悔了——相較於我舊家的簡樸破落，這房子未免太精緻了，門是門，窗是窗——木窗上有精細的雕鏤，窗櫺；兩旁各有四個金色流麗大字「詩禮傳家」、「聚德厚生」。門上持械翹鬍子大紅袍門神大漢狠狠的瞪著我。灰瓦的屋頂（我家可是破鐵皮）——我正待退出去，厚實的大門卻一聲「咿呀」打開了。

一個長相斯文、梳著油頭、戴著黑框眼鏡，身著長襯衫西裝褲打著金色領帶中年男人走了出來，親切的向我打招呼，「敝姓方。」他說（如果父親寫作……）。我抱歉說我看錯了，遠遠看真的很像我舊家。他說沒關係，誤認也是一種緣份，進來喝杯茶吧。我說我朋友在外頭等著呢。他說，請他一起進來吧。我回頭一看，女孩的身影已經不見了。遠眺，路的兩端都不見人影，看來生氣走遠了。

屋裡像個標準的辦公室（那些說話的人都不見了），有一張大辦公桌，一堆堆一摞摞的文件。桌子後方是一大片玻璃書櫃，裡頭塞了滿滿的書，緊張端肅的被夾著，好多書脊都脫落了。

地上還鋪了深色的木地板呢。

好像是個校長辦公室。

辦公桌上有一疊攤開的稿紙，藍色的鋼筆字爬到三分之一處。看來他正在寫作，被我的到訪打斷了。我正想告退，一個中年女人拎了一壺茶進來，熱切的招呼著。

那位方先生抱歉的說：「請喝茶。讓我先把這段寫完，我的小說人物剛掉進水裡了，放太久會溺死。」他嘴角笑出深深的、親切的法令紋。

然後他回到位子上，像常見的那張照片那樣，低頭專注的寫作。清晰的是黑而濃密的髮，粗黑的鏡框，臉和筆和稿紙上的字反而模糊了。

坐在靠窗的椅子上，那窗，不協調的是洗石子的堅實的牆。玻璃窗上安著漆著綠色的鑄鐵的凹凸起伏的框──那是另一張照片了。年輕的妻身著藍青色毛衣，依著女生宿舍的窗，抿嘴輕笑。穿過玻璃的是二十多年前的略微陳舊的明淨的台大的陽光。從衣服看，那是在冬季──有一點寒意。

看那人如此專注，而且運筆不輟，我也漸漸眼皮瘆疲。而我竟在那夢裡睡著了。那筆和紙的磨擦聲一直延續著，像操持著老式的織布機，縱橫交錯；像綿綿的細雨，像老樹的根鬚小心翼翼的滲進水泥牆縫裡，絞碎了皮還完整但內裡已朽空的屋樑。

微涼的風從窗外吹來，夢中的我也不自禁的有點憂傷，興許是想家了。那些年常那樣。

瞬間的夢：一場木偶戲在演出。滿頭白髮的小個子年輕人，為一尊巨大的光頭木偶嘎啦嘎啦的上著發條。一放手，它快步走，卻走得東歪西倒的，走沒幾步就摔倒了，又爬起來。復摔倒。倒下的某個瞬間，我看到它栗子狀的後腦勺大大的寫著2.0。

驀然醒來。還在那夢之套盒裡，那個客廳。茶涼了。

但那辦公桌後寫作的人已換了。換成個光頭老人。仍垂首寫作，金框眼鏡，頭頂都是老人斑。啊，不就是夢中那個木偶嗎？他不是在河邊吃著大肉包嗎？難道你又掉進另一個夢裡？（年輕時你就曾寫過這麼樣的一篇小說，敘述者陷在返鄉之夢的無限套疊裡沒法真正醒過來。）你猛力搖搖頭想說是不是可以把它抖掉了，但你聽到自己脖子也發出嘎啦嘎啦響，不禁一陣心驚。

但頭好重，鐵鑄似的，一時竟提不起來。

好似躺在一張床上，睜開眼，白紗似的蛛網層層疊疊，從縫隙透進來的扁平的光，斜斜劃開空間裡的浮塵。浮塵輕擾著光，蛛網裡處處黑點，有的是飛蟲，有的是母蜘蛛，有的是被吸乾了的蟲屍，兀自掛著，像個小小的「了」字。

你聽到身旁有細微的「的」、「的」、「的」，幾隻火橘色的大螞蟻爬到你臉上，伸長了觸腳灼熱的探觸著。牠們磨著巨大的口器，發出那懾人的爆烈聲。

房裡的擺設也有股強烈的熟悉感。然後你看到屋樑上厚實如壯漢膀臂的樹根，像隻巨魷張著板狀的爪。連屋裡那幾根大腿粗、像柱子的都是它的根，它們一定是沿著縫隙撐開水泥地板，直插進土裡去了。

你想那棵巨樹一定是一屁股「坐」在屋頂上了，而你正位於她寬大的胯下。

房子有被火燒灼過的痕跡。那些樑、柱、板壁，接縫處都是焦黑的，只有極少數地方可以看到木頭的原色。許是火燒得正旺時，又遇上了大雨。

感覺頭變輕，手一撐，你突然就成功坐了起來，弄壞了好些蛛網。

體內一陣輕輕的嘎啦嘎啦響（是胃？）。

環顧四週，沿牆都是破裂的水缸。一地焦黑故紙，燼餘的也泛黃破碎，字跡漫漶。

好似被雨反覆反覆的淋過。

活著的螞蟻零星十來隻，看來年事已高，步伐遲緩。爬到你身上那幾隻，好似努力的在向你報訊——時而搓搓觸腳，時而發出枯枝燃燒般的聲響。

有一面牆有一方霧漾的鏡子。

鏡子裡頭有個模糊的影子，像三星堆出土的人面銅器。

鏡旁有一幀金框小照，影中人是年輕時的妻。那時的目光柔和多了。

從已然脫落的窗可以瞧見，隔壁房子裡，燈下，有人在寫作。

照理不應該是這樣的角度——從這裡看過去，應該是側面才對，可是視角卻是你坐在那客廳窗邊的視角——你醒悟，那其實是張照片。

燈光誇張的反射出他一頭濃密油亮的黑髮。

然後你人就在門外了。

像被棄置的缺了個腳的椅子，你垂著頭靠著牆。門關上了。是舊家那沒有表情的門。下方破了一個洞，依稀可見裡頭的殘破黑暗。粗陋脫落的窗，冰涼的水泥地，一輛舊腳車輪胎已然熔化得露出紅色鏽骨來。

一個中年男人出現在柱子後方，好像剛從土裡爬出來似的，下巴有泥土。

頭戴一頂土色的帽，帽子上有一大二小三顆紅星。似曾相識。但。

他探出頭來，說，我帶你到處看看。

你們從屋子旁邊繞過去，繞到屋子後方，廚房。你瞧見屋裡赫然有鍋爐，火赫赫的燒著（那不是北國才需要的裝置嗎？）；幾個老人在忙碌著，添柴加火的，似乎在烤著麵包。

你聞到一股懷念的味道。焦香。

那些年，除夕前母親和姐姐會準備好麵糊，或打好蛋，燒了炭火，熬夜以銅製厚重的鑄模——總歸是魚，金魚，金文魚字那樣的魚形，或者小鳥——烤小蛋糕，或用模具在大鍋油裡炸出脆脆的麵食「蜂窩」。

有時因貪饞而半夜裡從床上爬起來守候，卻難撐睡意，枕柱入眠。

次晨醒來人在床上，肚子裡咕嚕作響。

又瞧見那屋頂下方好似有綠色的機械手臂，看得仔細些，是盤根錯結的一整套機械裝置，從上方撐持著房子（不是的，不是這樣的）。然後你們踱到屋後，竟然有一座高大的白色的墳墓，被樹根絞得變形扭曲碎裂的碑，只認得出個殘缺的

「方」字，一個字被撕裂成三份。

一旁有兩棵高大的樹，樹幹像油加利一樣白。你問他，「這是甚麼樹呢？」「橡膠樹啊。」他說，撿了葉子給你看。羽狀葉，那不是相思樹嗎。你擡頭一看，右邊那棵樹所有枝椏都被鋸掉了，只剩一根光禿禿的樹幹，截斷處兀自流淌著白色汁液。確實是橡膠樹，鋸下的枝幹葉都堆在一旁，一個大堆呢。

「這棵不要了。」他冷酷無情的說。

左邊那棵枝葉茂盛，樹大根深，把墓龜包覆，根系且和那墓塚幾乎連成一體了。樹身雖寬大，但卻異常矮小，不過兩米左右高，好似截斷後重長的。而且葉子是長柄掌狀的闊葉，從葉子看來倒像是麵包樹。樹上有香蕉大小的波羅蜜似皮上帶著軟刺的果實。

但仔細瞧，兩棵樹的根其實相互交纏，難分彼此。你甚至瞧見崩裂的褚色陶盆碎片大塊大塊的被它們包進根的肉裡，露出尖銳的角。

你離開時並不是循著原路，而是走過一片黃土坡。一個著棗紅色裙子的小女孩遠遠的跟著你。你記得她，舊照片中的你的姪女，那時剛學會走路吧——猶包著尿布——此刻卻一隻手孔武有力的舉起一截繫著膠杯有著大面積刀痕的橡膠樹幹（這不是你那本書被廢棄的封面設計嗎？），表情似笑非笑，跌跌撞撞的朝著你奔來。

不知怎的，你不敢停下來，你印象中照片裡的她拿的可是盛著半瓶牛奶的奶瓶。

你終於逃離那裡。穿過一片茅草坡，聽到水聲，就到河邊了。幾片木板併成簡陋的木棧，草間閒擱著艘老舊的獨木舟，一雙泛白龜裂的長長的槳，像女孩的腳那樣斯文的併合著。

你上了船，緩緩划向河中央，那裡水黃濁洶湧，因此相當費勁，小舟一直被水流帶著走。帶到離上船處相當遠了，來到一處較廣闊的流域，轉個彎。突然就看到那個搖晃晃的招牌。那臨河的茶餐室，裡頭仍然有許多人，也依稀還是之前看到的那些人。但景象很快就被大霧淹沒。

河道有時分岔，有時浮露出小小的沙洲，有一棵木瓜樹的葉子被甩向南方。一株香蕉長長的葉子被撕得破爛成條狀。霧稍微散時，左邊的景象竟然變成在右邊——右邊在左邊——好像被風偷換過了。

甚麼東西撞擊著，發出「方（fong）、方（fong）、方（fong）」（廣府語）的聲響——那原該是「空（kong）、空（kong）、空（kong）」帶著K子音的金屬撞擊聲，被霧剪裁，移易為F子音的「方」——那粵語發音的方（fong），讓霧把它弄得柔軟了。聽起來就和華語裡的風沒兩樣。

奇怪的是，好幾回你明明很靠近岸邊了，怎麼努力划卻接近不了。老是被暗處擾動著的水流帶走。嘗試了不知多少回，直至筋疲力盡，雙臂痠軟。

驀然浮現一顆巨大的棕色多毛的頭，濕淋淋的，睜大了眼睛。「獅子！」你內心驚叫，隨手一槳打了過去，結結實實的打中牠顱頂，立即往前潛了下去，翻起一截綠色的魚尾，打了水之後復潛沒。水花濺了你一身。

你更其疲憊。

甚麼東西飛了過來。颼的擦過你的髮際。似乎是塊拳頭大的石頭。但背後還是著了一下，有骨頭斷折之聲。其後你聽到體內有空洞的回音，響徹體腔。

你偶然瞧見水中倒影，是那個著了大大小小黑斑老人光頭的影像。腦中又響起一陣陣喀啦喀拉。你枯瘦的雙手上也滿佈老人斑。喟然放下槳，任水漂送。

霧張開大口，包圍過來。前端後端都被大霧籠罩了。

你驀然醒悟，這段河其實是沒有岸的。

又一團甚麼擲了過來。眼看避不了，就要打到額頭了，你只來得及一驚。哪裡伸來一隻冰涼的手把它接了過去，拇指背輕觸你發顫的鼻端。那綠色的手迅速縮回霧裡，消失前攤掌把那東西放在你船梢。原來是一塊淤血色、稜銳的紅磚。

雲狀的大霧中，突然隱隱現出幾根撐天的桅的暗影、三五片多破洞的帆，啪嗒啪嗒的迎風作響，逆流而來。船首是張開大口的舊皮鞋頭的形色（露出四個帶黃泥的腳趾），但左右各有兩隻巨大的翻車魚眼睛。那上頭兀立著一尖耳尖頭的青年男子，高瘦，西裝筆挺——竟然是他！

有火蟻的房間裡那面鏡子裡的形象突然在腦裡清晰起來——輪廓從鏡的深處浮現，凸出了表面，變成了銅雕的臉——神情有幾分陰鬱。

那人以一種機器翻譯器的嘶啞聲說：

就某種意義來說，我還活著。我的死亡之舟迷航了，船舵轉錯方向了，或是船主一時的心不在焉，也可能是被美麗的河山吸引……我不知道這是這麼一回事，只知道我還留在人世。我的冥船從此航行在人間的五湖四

海，往返於夢幻與現實，出入於各種語言之間。（卡夫卡，〈獵人格拉庫斯〉）

二〇一三年十二月二十八日埔里牛尾

在港墘

那是個濱海的小漁村，就在世界最古老的航道旁。

我和蓄著長髮、嬉皮模樣的文藝青年H（他出過一本薄薄的詩集，且是魯迅雜文的愛好者）抵達時已是下午，日頭明顯的西斜了。一下車就聞到一股腥風，是海邊常有的，魚蟹海藻之類的屍骸混合著海風與鹽份的氣息。一條窄而多破洞的路，兩排低矮的鐵皮木屋，木板蒼白而鐵皮苦褐。一間半敞開的茶餐室裡隨意的坐著十數個中老年人，在那裡抽煙、喝茶、高談闊論。高大的芒果樹庇蔭著，老樹結實纍纍，樹蔭裡雜亂的停了十幾台摩哆車。我們隨機的向喝茶的人問了路，幾個老頭七嘴八舌的把手向海那邊一指，「是李老師家哦。在港墘那裡，從這裡梯級一下去就可以看到了。」幾個年輕男人交換了眼神，露出一抹詭異的笑。

沿著芒果樹與茶餐室之間的小路，有簡陋的石階梯往下。這才發現茶餐室的內側是高腳的，一排水泥柱沿著水泥溝圳而建，溝中多的是食物殘渣，麵條魚骨飯粒菜渣，十數隻黑色羽毛的馬來雞在那裡啄食，三五隻花貓，還有一頭旁若無人的黑毛豬。

那已經很靠近沙灘了，可以聽到海濤一波波起伏，喘息似的。沙灘邊第一、二棵椰子樹間有條曲折的小路，沿著小路，遠遠的就看見一間鐵皮高腳木屋，依稀有人，一白髮男子，一著紗籠的高䠷女子。白髮人遠遠的向我們招手。

靠近時兩隻黃狗狂吠，主人喝止，且快步迎了出來。但女子似乎快步的閃到後頭去了。

確實是L沒錯，雖然多年不見，他的樣子還是不難認出來，只是變得成熟了；倒是那一頭白髮教我們吃驚。不過二十多歲，竟是白透了。

整棟房子都是歪七扭八、大小寬窄不一的漂流木架起來的，明顯有拼湊之感；好似有浪逼近，而略略向一邊傾斜，無怪乎遠看像艘擱淺的棄船。

房子再過去有條蜿蜒的小河，有清水穿過椰影流向海。

他美麗的妻子給我們沏來一大壺唐茶，伊披著濃密的黑髮，身材姣好，二十來歲模樣，光著腳。伊眼睛睜得大大的，目光明澈卻似有一絲空茫，臉頰有幾分羞紅。L說，她耳朵聽不見的，也不會說話，小時候燒壞了腦。他愛憐的撫摸她的長髮，有股淡淡的椰子油的氣味飄過來。伊轉身時，L突然伸手惡戲似的拍了拍伊翹起的屁股，伊輕吟一聲隨即快步離開了。「很可愛是不是？她是大海給我的禮物，」他點了根煙。「為了她，要我信甚麼宗教都可以的。即使要割掉懶叫皮——」他吐著煙，望著海。海上有三五漁船，隱約有零星的小島。「再過去就是蘇門答臘了，」他悠悠的說。於是我們一面抽煙，一面喝茶，一面敘舊。啃食著我們帶來的故鄉小鎮著名的豆沙餅。

長長的木屋就是他的畫廊了。

樑柱地板都是略微彎曲的原木條併成的，高低起伏不定，稍不留神可是會絆到腳的。穿過洞隙可以清楚看到下方堆置的各種東西：廢木頭、廢腳踏車、浮標、魚網、瓶子……。窗子上方掛著他的畫，都是黑白素描。我們立即被吸引過去。「經歷那些事後，我很難忍受繪畫裡的色彩了。」他說。「一直到遇上她……」

那些畫，右邊是幾幅陌生女孩臉，眼睛無助的睜大著，凝視著看畫的人。臉孔有的正常，有的像曾受重擊而凹陷，或被強力弄擰了。或純粹是一雙雙眼睛，瞳孔深處有一個破碎的世界。左邊展示的清一色都是山壁的裂縫。各式各樣的崩裂方式，野草、灌木，以極狂野的筆觸塗抹，但每一幅都像是草圖。沿著長廊往裡走，裡頭有數百幅裸女草圖，各種姿態的，有的用上色紙，或淡淡的著色，女孩美麗的胴體邊緣都微微發著光，明澈無邪的大眼，映現出雲影天光。在某個角落，H率先發現有幾幅女陰的素描，有的精準呈現出細節，纖毫畢露。有的草草揮灑。那女人放肆的張開的腿，好似在情人面前，毫無顧忌。仔細觀察，有的竟似動情後濡濕、或是激情歡好後風吹草偃的陰部哪。

看到我們仔細欣賞，L也不以為意，繼續抽他的煙。

畫的展示爾後被一堵亂木纏就的門擋住了。我們只好再度回到他身邊。

百碼外，女子赤足到椰樹的蔭影裡，一大群貓跟著伊，伊蹲下來接受貓們的禮敬。「好美。」我和H都忍不住讚嘆。立即掏出速寫簿、炭筆，快速的畫起來。

L是我們從小學到初中的同班同學，我們因著畫畫的共同愛好而特別要好。他和我們不同的地方是，他素有美術神童的美譽。小學時就已是美術比賽的常勝軍，從縣、市、州到全國賽，都得過大獎。而我們數人（包括後來放棄美術改學工程的G）即使略有天份也明顯的遠不如他。他不止可以精準快速的畫下眼前的事物，還可以畫出不可見的事物。因此我們都心悅臣服的當他的綠葉。但我們對畫的熱愛是真的，並不是為了巴結他而畫，也不吝於下工夫苦練。但天賦的差距令人沮喪。

但初三那年，開學不到一個月，他人就突然不見了。

再不久，竟然聽說他走入森林。在那位來自中國、喜歡談反殖、反資本家、待他如子的華文老師被逮捕後。L家境極貧困，父親死於日本手，靠著母親割膠養活他和妹妹。供他唸華文學校已經夠喫力了，還要兼顧他的天份，更是困難。這部份一直是老師在支援他，從小學到初中，工具和顏料都是老師贊助的。也多虧他（她）們屢屢向他母親曉以大義，要求給他時間畫畫，不要一直叫他幫家裡做工。不然他早就放棄了。他得的獎品也多是些畫紙顏料畫冊之類的，也有實際的幫助。

那些年，他音訊全無，而我們平凡不過的繼續往上讀。

高中二那年，聽說他不知道是被捕還是出來投降，還好沒被遣送中國，他母親擔心得都快心臟病了。據說他在牢裡表現優異，深獲典獄長賞識，提供他原料工具好讓他為獄中所有的囚犯畫水彩或粉彩肖像，高價賣給家屬為國家賺了不少錢。他為典獄長畫的巨幅油畫還一直掛在典獄長的辦公室，因表現太優越據說連柔佛州的老蘇丹都請他給他畫像，還考慮請他畫新版馬幣呢。他因此獲得特赦，提前出獄，蘇丹還給他一筆皇家獎學金讓他到法國去學畫，吃了幾年的法國麵包和起司。這些訊息太傳奇我們也僅僅是半信半疑，但此後就沒他的消息了。

那些年我們唸完高中，依著不同的家境做不同選擇。我和H都沒得選擇，連留學台灣都不敢想。憑著一點繪畫基礎，出來工作幾年（畫廣告板、電影院看板、教小朋友畫兒童畫等）存了一點錢，就到吉隆坡美術學院進修。畫藝略為精進後，又到社會上工作了。有了學位後就可以到華小、獨中去兼差教書了。我和H歷程相似，課餘就畫自己想畫的畫，期盼有朝一日可以開個畫展甚麼的。

有一天，遇到一位在馬六甲一帶小學教書的老同學Z（她因為馬來文很好，唸完初中去考師訓）說在書局遇到一個長得非常像L的人，她跟他打招呼但他沒搭理（她變化太大了，結婚生了兩個孩子後胖了三倍，其實我也幾乎認不得她，一樣雞婆三八），但她幾乎確定就是他。「他的目光，讓你感覺你沒穿底褲似的。」其後她雞婆的到處打聽，終於讓她查到他的落腳處——他在幾間小學兼差教美術（也許因為有著皇家特許狀吧），她還熱心的為我們查到那些小學的地址。隨即知會我們：「你們以前的感情這麼好，應該很想見見他，瞭解一下這些年他經歷了甚麼吧。哪天記得告訴我哦。」

於是我和H個別給他寫了信，約定拜訪甚麼之類的，陸續寫了幾封都沒回音，也就失去耐心了。不料時隔半年，突然收到他寫給我和H的明信片，說願意一敘，給了我們他家附近的住址：「我家沒電話沒地址，到了海角茶餐室那裡再問人吧，不難找的。」

女孩褰起裙腳在小溪裡涉水呢，露出一小截白白的大腿。黃狗陪著伊，在溪岸間跳過來跳過去。

說起他母親，他說她跟他妹住，幫她帶孩子。「她不喜歡我的女人，嫌伊不會說話、不會生孩子、不愛穿褲愛穿紗籠、生得像生番，姣。」他苦笑，一時間額上擠出密密的皺紋。「但伊是我的一切啊。我媽沒有我可以活下去。沒有伊我就活不了了。」他突然露出當年我們都是孩子時的神情。一旦他做了甚麼決定，臉就像幅木雕那樣定格了。

「伊也不是不想要孩子，伊其實很想為我生很多孩子，但就是沒有。我們一直很努力。我知道是我的問題。我被詛咒了。那件事改變了我一生。」

L說那年他跟著老師留下的指示走進森林，以為真的可以改變世界，讓他這樣的窮人翻身。經過一番訓練之後，他被帶去出任務，隨著兩個資深的同志P和Q，說是要去剷除漢奸，那傢伙不只不幫忙帶吃的，竟然還跟英國佬通風報訊，害死幾個革命同志。

那天天還沒亮，L隨著他們到森林邊緣的膠園，那是一對年輕夫婦。和一般的膠工夫婦沒甚麼兩樣，身上穿著破舊的衣服，頭上頂著燈火在默默的割著膠，專注的做著膠工們謔稱的「拜樹頭」。夫妻倆一人割一排，保持固定的距離。然而有一處地方有竹叢，那是他們選定下手的地方。待他們一被竹叢隔開就分頭行事，同時從後頭捂住他們的嘴、用刀架住脖子。在他們耳邊咬牙切齒的說了聲「漢奸」，就割斷喉嚨了事。連慘叫聲都來不及發出呢。

血噴得到處都是後，L被叫過去，他看到Q把被割喉的女膠工上衣的扣子割開、奶罩也割斷了，露出一邊猶然美麗的乳房。他抓著伊的頭髮，把鋒利的刀子遞給L，說：「來，把這粒奶割下來。給那些不聽話的一個警告。」血從伊被割開的脖子一直往外噴。頭燈的暗影裡，伊的眼睛圓睜著，瞪出恨意；唇似乎還在無力的抽動，好似有話要對他說，或發出詛咒。L嚇到一直發抖，他感覺有一股熱流沿著大腿內側往下，一直流進鞋子。Q接著說：「人都死了，不會痛的。」P用力握著他發顫的手，一手抓著女人的奶，刀尖用力一戳，一拖、一旋，半顆奶就血淋淋的剝落下來了。「這樣就可以了。」P說。「這女人常在村莊裡說我們的壞話。」接著把掌上的血在樹幹上擦一擦。

「戰爭是殘酷的，」Q說，「對敵人絕不能手軟。」

「對你這是個磨練。」P補充說。

「我肚子好痛，我想大便，」L向他們哀求。他們一臉不屑的走到兩棵樹外，

「手腳快一點，有人來就麻煩了。」

L朝竹叢邊走邊脫下褲子，還沒全脫下來屎就噴出來了，還好沒噴到褲子，但其實褲襠已尿濕了。

L發現自己上半身也濕透了，臉上也都是汗水淚水鼻涕。兩個死者的臭土頭燈都熄了，嗆鼻的臭土味。雞啼，天濛濛亮。就在L撿拾竹葉擦屁股時，不意瞧見右邊草叢中有個身影。是個女孩，露出白白的屁股，兩手抓著野草在那裡發抖，許是大便大到一半目睹這一切。L聽到P和Q在叫喚他。女孩轉過頭來，看著

他，沒出聲，扭曲的臉上都是淚水，眼裡空茫一片。

L說，他匆匆拉起褲子跟他們走了，一路上P還嘲笑他怎麼那麼沒用竟然又是屎又是屎的。那一刻他就下定決心要離開他們。

幾個月後趁著一次被派去放哨的機會，就向邊區的警察投降了，還供出幾個殘忍嗜殺者的名字、他們躲藏的位置。

「我忘不了她的眼神。我一直夢到她。也始終忘不了刀子劃進那女人乳房的那種感覺。其他的事你們應該都知道了，但我沒去過法國，也沒為蘇丹畫過像。倒是典獄長很喜歡我，問我願不願意接受割禮皈依穆斯林，他可以把一個外甥女嫁給我，幫我弄幾張文憑、幾個學位，以後說不定可以到大學去教書。」

「但我不知道為什麼非常悲傷，甚麼都不想要。」他的話像蛙從甕的深處發出的絕望悲鳴，顯得非常疲憊。

女孩回來了，在廊下乒乒乓乓的弄著大大小小的各色玻璃瓶，口中發出海豚似的輕快的吟聲。房子下方堆滿了她撿回來的東西。

「她喜歡撿東西回來。木頭、瓶子、貓。只可惜沒有棄嬰。」他笑一笑。

「有的瓶子裡頭真的有信，用世界上各種文字寫成。我準備用那些信做一幅大型的裝置。」

有的是被遺棄的，但有的來自海難沈船。

「有一回竟撿到個裡頭泡著根陽具的瓶子。媽的好大的一根，手臂粗，粗看還以為是大熱狗。仔細看才知道是洋鬼子的大傢伙。泡久了皮都爛了，而且看起來是被拔下來的。想不想開開眼界？」

盛情難卻，我們就到他的另一間小儲藏室去開開眼界，那裡藏著數百個各式各色的大小瓶子，小的像鼻煙瓶香水瓶，大的幾乎可以裝嬰屍的巨樽。

但有專屬的陳列架供起來的就是他說的那件他取名為流浪的洋屌者。

「哇靠，不會泡了一百年了吧，媽的。」

「說不定是以前東印度公司的哪個官員的，還刺著幾個花體字母呢。那是不是Landon的L嗎？」H說

「不無可能。但瓶子是荷蘭製的，你看，」L小心抱起瓶子，瓶底有浮雕Rotterdam, 1800。「很厚很結實的瓶子，將近兩百年了還那麼結實。」

「不知道是甚麼技術讓那傢伙隔了那麼多年還可以保持那麼硬。」H說。

然後我們回到餐桌旁。

L說出獄後他不敢馬上回家，他也怕那些人會報復。在島上流浪了一兩年，帶著空白的畫本隨處素描，有一天黃昏來到這裡的海灘，看到一個女孩很快樂的在玩沙。靠近些，一看，她在認真的做著沙雕，還是個躺臥支頤的美人魚呢，沙雕望向大海。她有著長長的頭髮、美麗堅挺的胸乳，但尾巴尚未完成。「女孩看了我一眼，那瞬間竟讓我感動得流下淚來。不就是那草叢中無助的女孩的那雙眼睛嗎？當伊為我拭去淚水，我就決心為她留下來了。我細心為伊雕好美人魚的魚尾，每個鱗片都做到逼肖的地步。當然很快我就發現她不會說話。但那又有甚麼關係？我們之間還需要人的語言嗎？」

天黑時伊叔叔來找她，帶來一串魚。竟然是個馬來人，「他們就住在那裡。」L手一指，椰林再進去有一個十數間高腳屋群落。「他們很好客，那時就邀我去吃晚餐，還答應讓我借宿。」L當晚就向馬來夫婦提出娶她的決心，即便是要成為穆斯林——「叫Ahmad的馬來人說，伊其實是個華人棄嬰，這一帶華人常把有缺陷的孩子拋棄。那天早上捕魚回來聽到椰樹下有奇怪的嬰兒哭聲，裹了幾條毛巾，裡頭還放了個紅包。那時我們還只有一個兒子，正想有個女兒，不料阿拉就給我們送來了。」因此他們給伊取了Mantanani（馬來語：美人魚），簡稱曼坦。Ahmad很坦率的告訴我，伊不只有說話的問題，他指一指自己的頭：「她的腦阿拉做了不同的安排。」他說她生得那麼美麗，又不會保護自己，像kanja（鼠鹿）那樣愛到處亂跑，從小就有很多男人想染指她，讓她受傷害……但甚麼也阻擋不了L，「我會保護她！」他幾乎是用吼的。他忍痛接受了割禮，甘榜裡給他舉行了盛大的儀式。母親不肯出席他的婚禮，結婚前來看過他們一次，臭著臉罵他「不孝」離去後，就沒再來了。肥得像顆大洋蔥的典獄長倒是來了，給他送來一份厚禮：一輛新的黃色爬山虎（摩哆車）。

村裡人還熱情的協助他們拼拼湊湊的蓋了這棟房子。他就那樣的落腳下來。

「伊也喜歡做些小東西呢。」

黃昏，有少許遊客。女孩出現在沙灘，走進海裡。L邀我們到沙灘散步，遠眺蘇門答臘。但黃昏的霧氣讓我們只看到一片迷茫。沖了涼，L熱情款待我們到茶餐室吃肉骨茶，女孩換了另一襲紗籠，胃口很好，很豪邁的吃著，好像也沒有甚麼忌諱。

那一夜，我們天南地北的聊著。過了九點以後，伊幾度出現在他身後，伸出細長的手臂環抱著他，於是後來，L只好向我們抱歉，說老婆催他去睡覺了呢。

長廊一角有兩張簡陋的木床。剛躺下不久，就聽到L房裡那頭傳來一陣陣女人的呻吟聲，驚濤駭浪似的。每每停了一會，然後又是一番壓低了聲量，然而仍是驚天動地的歡愉吟叫。一直到遠方傳來回教堂誦經聲，浪濤也靜寂下去了，還有間歇的喘息聲。H嘆了一口氣，小聲的說：「唉，賽蓮之歌。」

天剛亮，伊仍是圍著紗籠，笑吟吟的燒了熱水給我們沖了一壺咖啡烏。

L被伊喚起來了，洗了臉，仍不斷打著哈欠，一臉的疲憊。

我們喝著咖啡，吃著豆沙餅。

伊又光著腳、圍著紗籠，在晨光的椰林裡蹦蹦跳跳了。

L惺忪著遠眺。沈默的抽著煙。「最近完成了一幅畫，是我近年的代表作。」

他帶我們到他臥房，凌亂的床畔，牆上有幅巨畫，約3mx8m，竟然是油畫。仍是裸女，只是比真人大上好幾倍。仍是那女孩天真無邪的笑顏，目光向下。伊張開雙腿，坐在沙地上，大腿外側沾黏著栩栩沙粒。伊纖長的手指逗弄著胯下的大群小人兒。伊的女陰綻開如微微腫脹的一梳petai－果莢，翠綠；果莢開處走出百數十個紅色古衣冠的男女，那不就是年畫上的「天官賜福」裡歡天喜地穿著紅袍的中國諸神嗎？細看不只呢。華人葬禮上必出現的諸仙、家家戶戶拜的眾神、扛著十字架的那個大鬍子瘦乾巴老外、包頭怒目圓睜的大鬍子阿拉伯人、鐵桿穿頰的印度人、鈔票上的Agong[2]……。像一長列螞蟻從蟻穴中井然有序的走出來。

我們都驚嘆不止。女媧嗎？H自問道。

我們回到餐桌坐定之後，不知怎的都覺得有點亢奮，好像逢年過節那樣，好想喝酒，但又還太早。有點依依不捨。也羨慕L找到自己的繆思，畫出了巨著。

突然下起小雨來，遠遠的，女孩快速的在浪間來回巡游。

H突然拉高聲調說——「我來講個笑話」——「是魯迅說過的一則笑話」：

> 有一高僧病篤，即將圓寂，但似乎猶有未了的遺憾。親近弟子仔細探詢後，原來高僧自小出家，平生未曾接觸女人，不解男女之事，深以未嘗一睹女陰為憾。眾弟子商議久之，眾出家弟子無計可施，後來一位原本經商的許姓居士倡議，何不招個妓女讓大師一了平生之願？許遂從熟悉的妓院叫了個年輕貌美的妓女到禪房，把一干出家人都趕到外頭。把大師平素打

坐坐的寬大禪椅搬到病榻旁，讓她坐下。那妓女趨身掀起裙子、解下內褲，奮力向大師張開腿，撥開毛露出重要部位，高僧睜大了眼驚叫道：「哦，噫，嗯，啊，原來和尼姑的是一樣的啊！」高僧美鬚髯，妓毛濃密。一老虱母見機不可失，一躍而至僧髯。妓女猶未離廟，高僧即含笑圓寂矣。[3]

二〇一三年七月二十日埔里牛尾初稿
八月二十七日補。某日又補

---

1 俗譯球花豆、臭豆、巴克豆，南洋群島森林裡常見的一種非常營養的豆子，味道強烈，煮辣椒蝦醬（sambah）非常美味。喬木，樹高數丈，豆莢一整把結在一塊，長七八吋甚至盈尺。學名Parkia speciosa，見http://en.wikipedia.org/wiki/Parkiaspeciosa; http://zh.wikipedia.org/wiki/美麗球花豆。北馬常見，泰南和平村外Betong（勿洞）菜市場即常見擺設販買。馬來導演Amir的紀錄片《最後的馬共》即曾仔細拍攝它的影像。余二〇一二年北訪和平村時亦親見該景象。

2 馬來西亞最高元首。即皇。

3 典出唐弢，〈記郁達夫〉

魚

古今中外文士均不乏自輓之詞，或關於「我」死亡的夢。儘管用的是不同的文類形式表達（甚至電影），箇中的敘事結構總是相似的：「我」和一群人參加一場葬禮，去時大家都哀傷，畢竟是死別。但屍體埋葬或火化後，回程就時有點歡樂的氣氛，尤其是關係比較疏的那些親友，有鬆了一口氣、「終於了結一件麻煩事啊」那樣的心情。如果是自輓詩文，往往「我」作為敘事人，在畫外（也只能居於那樣的外部）感傷的觀看整個場面，看看誰哀慟逾恆，誰一路說著「我」的壞話或流言蜚語，誰企圖欺負孤兒寡母或雪中送炭、伸出援手。灰暗的色調，山如屍骸。素服，寒涼。宜乎有大風，小雨，被吹得披散的長草，風吹過谷地聲聲哀鳴。

如果是夢或小說，那結局會是這樣的：混在朋友群一塊送葬甚至喝著酒的「我」，突然被朋友辨識出來了：「咦，你不是死了嗎，怎麼還跟我們回來？」你立時被那話語留下。獨自面對那冷風、那草、那新覆的黃土、那壘壘的墓塚。然後他們繼續往前走，走出畫面，回返熱鬧人間的柴米油鹽。鏡頭裡，不是他們遠去，而是你被推遠，愈遠愈渺小，終至如沙一般細微不可辨識。

你會認得哪顆沙子嗎？

雖然「我已經死過一次」這樣的說法往往只是個爛熟的比喻。但我的朋友丁告訴我的這個故事，每當我喫魚時都會想起它。

很小的時候，有一天晚上，在熄了燈後無邊濃稠的黑暗裡，丁突然想到死亡這回事（也許白天又弄死了甚麼昆蟲），隨即感到一股無端涯的空茫——黑暗牢牢包覆著「我」，終至不可見——一旦這胡思亂想的「我」消失了，它將消遁到哪裡去？還是就此不見了？隨即陷入一種莫名的恐懼，消失殆盡的恐懼。還好那時他睡在父親與小哥之間，可以清楚感覺得他們手臂的體溫，與及清晰均勻的呼吸聲。也經常可以聽到一板之隔的鄰房大哥大聲說著夢話，或者大聲斥罵、警告，或者虎頭蛇尾的說著長長的句子。心裡暖暖的冒起一個念頭：他們都在呢，別想太多。於是他就安心的睡著了。

此後像感冒那樣久久會重來一次，那種無邊黑暗的恐懼。

那些年，對丁而言，最刺激的活動是偷偷拿著畚箕到不遠處（但也隔了大片油棕園）的一處水塘（據說是河流改道後留下來的）去抓打架魚。水塘有一個角落常年漂浮著布袋蓮，擎著串串淺紫色的花。四方的園地都挖了水溝通向它。那覆著青草的踝深淺溝，是最多打架魚的。有時瞧見水草間有白色的泡泡，就知道有公魚在駐守。有一回丁從溝畔還看到兩隻鬥魚在展鰭火拼，畚箕一插，一撈，兩隻都手到擒來。

那水洼多深沒人知。目測則不見底，水底應是無盡的爛泥。但他們去抓魚都會避開深水區，水邊有草的地方才有鬥魚——多年以後他方知那是馬來半島原生特有種，秀氣扇形小圓尾，不像泰國鬥魚尾巴那麼大而無當。不論是藍鱗還是翠鱗，尾鰭一般都是艷紅的。每每當畚箕從水草下撈起（水草歷經一番踩踏）——看到淺褐色竹篾上紅的藍的綠的魚在掙扎跳動，心中不由一陣狂喜。

但丁在那裡抓到過黃尾的、黑尾的，還看到過一尾一身白的、背脊略帶粉藍色，簡直是前所未見，也未曾聽聞哥哥們捕獲過。

發現時牠出現在小水溝與水洼的交接處。當丁從水溝那端追趕牠，畚箕一撈，不中。

就在那時牠脫離水溝的區域，從倒伏的水草間滑向那一汪黑水，然後牠鑽進水邊的草莖下方。那是另一種不知其名的草，莖堅韌而互繞著，根鬚且相互糾結纏抱著，然後整團漂浮在水上，尖細的葉子朝上，連綿的挂著塘壁。

丁把桶子掛在左肘上，右手將畚箕拋在草上，他試探著踩了上去，草漸往下沈，蜘蛛青蛙紛紛跳走。水很快就浸到他大腿，但那糾結的草像墊子那樣承載著他，沒再往下沈。於是丁輕輕撥開草，繼續尋找那尾遁走的魚。他熟知鬥魚的習性，牠們不喜深水。有一瞬間他幾乎就看到白影一閃；半浸著身體撈捕時，多次抓到往昔常抓到的那幾款鬥魚，但丁都把牠們倒回水裡，就像平日抓到母鬥魚及「假的打架魚」那樣。長大後方知曉那「假的」其實也是珍貴的馬來半島原生種鬥魚，只不過鬥起來沒那麼兇，色彩的變化也沒那麼戲劇化。他那時全沒想到（也全忘了大人的警告）這種水草間因多蛙而有蛇。

一尾青竹絲突然就竄了出來，牠的顏色和綠草一模一樣，甚至光影明暗也相彷彿。把牠的輪廓從週邊環境區隔開來時，牠已經非常靠近他。雖然蛇身竹竿般瘦小，卻好似可以一口把他吞下似的，目光懾人。

一個驚慌，丁後退了一步，腳下就踩空了。

然後呢？

裝著鬥魚的鐵桶被打翻了。畚箕不知為何被拋向水中央。人下沈，沒頂，咕嚕咕嚕喝了幾口帶泥巴味的水。小腿好似被甚麼東西撞了一下。鼻孔痛。然後是一陣混亂。鼻腔嗆痛。好似被水底下的甚麼力量給推出水面。然後人竟然在塘邊，兩隻手都緊抓著裸露於塘壁上的樹根。猛咳嗽，把自己的身體從水中給拖出來；爬到岸上，吐了幾口濁水，仰躺。而後喘著氣，重新看到雲影天光。天光刺目，乃伸掌遮著雙眼，渾身疲軟，動也不想動。

丁驀然想起，大哥曾說過，有一年枯水，附近的馬來人來這爛泥裡撈到許多肥大的鱧魚[1]，還從這泥巴裡丟出幾塊厚重的木頭，他發現那是三尊灰頭土臉的土地公。他以一張紅老虎[2]向他們買來。把它們沖洗乾淨後，兩尊醜的破損的拿去和附近的拿督公擺在一起，不久前給白蟻蛀得僅剩薄薄的木心，其餘化成泥土了。另一尊被他鄭而重之的重新上漆、訂製新袍、換了新的鬍子，供奉在他自己房間一角，初一十五、逢年過節必拜。讓他中了幾次馬票，換了新車、新老闆和新女友。是祂們的關係嗎？或許不過是迷信。

但丁在雜草上清醒過來後，發現天怎麼有點暗暗的，不過正午，卻好似黃昏；或有人燒火堆讓煙濾掉了陽光的尖銳。畚箕和水桶都沈到水底去了。全身滴著水回到家，免不了捱母親一陣藤鞭狂掃。以前她憤怒的鞭子掃在他屁股及小腿上時，身體都會試著扭動閃躲。但這回，丁的感覺卻像是打在別人身上，聲音很清晰，但一點都不痛。母親雖然很靠近著他吼，聲音卻像是從隔壁房間傳過來的，非常的不真實。她的臉色也顯得比平日灰黯，像舊照片那樣。

丁不禁懷疑：是世界改變了，還是他的眼睛變了？

那是丁唸小學的前一年的事了。

沿牆擺了一長列的矮玻璃瓶，水均半滿，瓶口蓋著木片，每個瓶子裡頭都各養

1 當地俗稱生魚，即近年台灣及美國視為恐怖外來種之「魚虎」者。味極鮮美，是淡水魚中極少數魚肉無土味者。
2 馬幣十元之俗稱。

著一尾雄鬥魚。瓶與瓶間有紙片隔開，一旦拉開，牠們就會隔著玻璃耀武揚威，搞到筋疲力盡也不會罷休。那是丁多日來累積的，有的養在不同的甕裡。丁每天花很多時間欣賞牠們的美麗。抽開隔板，看牠們無傷的炫耀；餵食。但那天，丁只想到應該把牠們全放回棲地去，因牠們都顯得無精打采，即使拉開了隔板，也死氣沈沈。身軀與水面垂直，口朝上，時不時掀開水面吸一口氣。尾扇摺起、下垂，好似經歷了一場激烈的打鬥，或激情的交配（交配時，母魚雄魚有時會吐盡鰓中氣泡，宛如死魚那樣在水中漂浮良久）。

一瞬間，一整列的空瓶，有的倒下了，有的盛著少量的塵泥死水，游動著細細小小的蟲豸。瓶壁著滿厚厚的塵土，勞蛛綴網。

丁突然發現眼前這一切應該只屬於回憶，或遙遠的未來。他被推到久遠的時間之後，那時甚至父親已過世多年，哥哥們負氣離家，母親衰疲蒼老（難怪鞭打也不覺得疼），走起路來搖搖欲墜，獨自一吋吋的啃嚙寂寞的餘年。那木頭房子被白蟻徹徹底底的蛀成一攤黃土，樑柱崩垮，鐵皮朽爛碎裂，只有水泥屋基是完整的。那感覺令丁十分悲傷。還好那只是一瞬之間，一切又回到正常狀況。

狗突然搖著尾巴站起，遠眺，一前一後沿著小路奔跑。只見遠遠的，路盡頭那端，父親騎著腳踏車，從樹林的光影裡不慌不忙的回來了。然而過了好一會，還不見抵達。莫不是途中耽擱了？像往常那樣，停下來，摘一顆初熟的黃梨，檢視皮色變淡的紅毛榴槤；或撥開草，撿幾粒芒果。但不是的，他還在路上，仍然踩著腳踏車，臉的輪廓已經可以看得頗清晰。他確實已過了那株樹型有點側彎的紅毛榴槤樹。努力越過三棵樹的距離後，狗也維持奔跑的姿勢，四肢張開，側首，歪著耳朵，好似飄在空中。

屋前光裸的地上一向是白色的大片光斑，也突然變成茶色。丁再度擡頭。往昔如果是這種景觀，不只天空會有濃煙（太濃也不行，會不見天日），多半還有絲狀的灰燼，一碰就散。但這回不是的。沒有煙，只有雲。雲在更遠的地方，略顯朦朧。可是好像有甚麼東西不對勁。光穿過時丁彷彿看到天空有甚麼阻隔，那事物好似有「形狀」、有「彎度」。丁移動身軀到不同的位置，可可樹下，水池旁，水蓊[3]樹下、楊桃樹蔭眺望——確實，天空好像有甚麼怪怪的。

母親呢，她的身影也被推向了遠方，一個小火堆的白煙後方，她在那裡掃落

3 即蓮霧。

葉，但也彷彿突然靜止不動了。雞不啼、狗不叫，沒有聲音。而父親和狗也都凍結在光影裡了。有一股寒氣不知道從那裡暗中襲來。

哪裡有個聲音催促他：逃！

從天上的光的「形狀」和「彎度」，看出下降的地方是南方或北方——丁一向只認得東西，不辨南北——日昇日落好辨別——丁只好往那低處奔跑。雖然身體好像在大風裡呼吸都困難，但還好還能動，逆風似的，在那凝膠似的時空裡。感覺經歷了許多辰光，赤腳踩過枯枝敗葉，尖銳的橡膠果殼（刺痛）、茅草筍尖（灼痛）、根瘤……或軟土陷落，踩扁了一個白蟻窩、蝸牛、烏龜。丁知道他腳底有了傷口，在流血，移動的速度也減慢了，但後面疑似有甚麼東西緊緊追趕著，讓他不敢停下。

不知道消耗了多少時間，天也愈發昏暗，但聽得見甚麼地方有水聲嘩嘩。草上隱約有一條獸徑，穿過密林。身上這裡刺痛、那裡灼熱，野藤的尖刺，毛蟲多彩的毛。穿過密林，就看到光亮；再跨出一步，就看到海了。風好涼好舒服。那是一處沙灘，浪濤拍打著，捲起白色泡沫。回頭一看，有一個略微彎曲的茶色平面反射著刺目的光。

丁退至防風林樹蔭裡，看得出那是個巨大的瓶子，有著女人的腰身和屁股的形狀，半埋在沙裡，單是瓶口就比他還高了。瓶口外側有一圈金屬環，雕著花，寫著丁不認識的藤蔓狀的字。

信步往前走，這沙灘多的是各式的巨大的瓶子，以酒瓶居多（還有殘存的醋味）。還有各色像巨大房子的破船，船身的木板錯落，底部都垮掉了，剩下殘骸，可以鑽進去感受它如峽谷般的巨大（雖然那時他還沒看過峽谷）破漁網和浮球就隨意的拋掛在船壁。成堆的老椰子，每顆都有他家那口鑊那般大。絕望的擠在一起，泰半都抽出長長的綠色的芽，有的還攤開成葉子。

再往前走，是個河口。有淺淺的清水，奔竄的魚，許許多多的寄居蟹，然後是巨大的腳印。

大地震動。移動中的巨足，高聳入雲的身軀，帶來片刻的黑暗。風中有一股海藻的氣息。丁看到一個身體只圍了一塊布的女神朝向岬角那頭飛快奔跑。她的頭髮是金色的，下體圍著的布是草綠色的，渾身散發強烈的腥味。

爾後聞到一股腐臭味，成群的大蒼蠅在專注的嚙食，高草中十數尺長的一塊甚麼。靠近些，竟是一截巨大的魚尾巴。翠綠色的鱗片剝落，露出白色的肉，被咬得一個洞一個洞的，吸附著紅頭綠身的蒼蠅。

這讓丁想起他曾經落水的那片池塘。雖說深不可測，但也有乾枯的時候。有一年好久沒下雨，橡膠提前落葉以「斷尾求生」，好多樹都枯死了。大哥說他造訪過那裡。那時不止乾到看見底泥，底泥的表層且都被曬乾了。躲在裡頭等待雨季重臨的大鱧魚迎來了牠們最悲慘的命運。被馬來人抓走的之外，剩下潛得更深的都被四腳蛇給吃掉了。由於牠們頭往深處鑽，爛泥變硬後，身體就被桎梏住了，動彈不得。聞到魚味的四腳蛇來自四面八方，就挖開土殼從牠們的尾巴吃起。活生生的一截截啃蝕，只剩下空的魚頭兀自插在爛泥深處，著滿蒼蠅。蒼蠅飛走時，就露出一個黑色略帶血紅的洞。魚體愈大洞就愈大。他彷彿可以聽到頭埋在爛泥深處、身體無奈的被慢慢啃食時，老魚悲哀的鳴叫。

被那鳴叫聲喚醒的丁，發現自己不止滿臉淚水，褲子黏糊糊的涼透了。依舊是無限黑暗的夜，伸出被子外的左手冰冰涼涼的。父親並不在身邊，也許又摸黑潛入母親的房裡去了。母親房裡傳來一陣陣壓抑的神秘的啜泣。

丁知道那時他已死過一次了。那時可能就溺死在那裡頭，數日後腫脹浮出，眼耳口鼻都被泥鰍啃嚙殆盡。有人說，從那樣的經驗裡過來，生命會被剝蝕掉一部份。

多年以後他離鄉在外，每每會夢見到那小水溝去抓美麗的鬥魚，經常在夢中把牠們帶到他卜居的他鄉。甚至參與綠色和平組織在太平洋阻止不要臉的小日本捕殺抹香鯨時，在那些只有短暫睡眠的夜晚，那熱帶魚五色的華麗，依然巡遊於他夢中故鄉的水塘，布袋蓮開著串串淡紫色的花。

而在心理受到傷害時，他就會在夢裡，或想像裡回到那水塘，光裸的沈到水底，躺在爛泥上，背被它吸吮著。不必呼吸，像一具屍體。那些生猛的大魚歡悅的啃食著他發白的肉身，直到只剩下白骨。想像被那尖銳的齒牙撕扯、啃食時，他有時會感受到一股悲哀的歡愉，而讓他產生強烈的生理衝動。他說，他老覺得自己有一副幼小的骸骨沈在那水底，陷埋於爛泥中呢。

然後他就看到那尾在他的童年中逃走的白鬥魚，拖著寶藍色的長長的尾巴，像王像流星那樣從水面划過，拖曳出一片水花。或者在布袋蓮葉影裡瘋狂的交配，母魚尾鰭前的開口擠出一顆顆白色的卵，大部分被牠準確的銜著，游過去，吐在葉下的泡泡裡收藏著。但有的遺漏了，竟掉到他骸骨埋處的爛泥裡，令他一陣陣悲欣交集。

據說未來會一直來一直來。但長大後我們就知道，未來可不一定會來。如果那是「純粹」的未來，甚至可能永遠凍結於時間之外，是處於永遠不來的狀態。它好像是某種過去。純粹的過去，因其純粹，在來之前就過去了。因此未曾來。因而他總是困惑，到底哪一個才是他的未來：那副骸骨，還是那尾逃走的魚？

二〇一三年九月十二日於埔里，十月補

火與霧

將近二十年前你偶然寫了篇小說，虛構了一位敘事者和他那因左傾而被軍警圍剿重傷、以致孤獨的死於叢林的沼澤裡的哥哥；而受困於獨自發現的秘密的敘事者此後自我流放於中華民國台灣，自囚於中國上古文字的隱微幽秘，再也不曾返鄉。

沼澤

那片沼澤原始林是真的存在的。

你每回返鄉，都有想再去看看的衝動，如同探視故人。

那片沼澤一直都在的。因位於火車路旁，應該是受保護的國有地，這一帶僅有的雨林畸零地，照理應屬於鐵道局。而那條建於殖民地時代、連接新加坡與吉隆坡的鐵路，數十年來沒有甚麼改變，依舊單軌，依然鏽色。不管這幾十年來大馬賺了多少外匯，鐵路和公家醫院還懷舊似的維持著殖民時代的超低水平。據說它還在默默的在等待北方崛起的帝國把它升級成高速鐵路，好讓暴發的北方客人可以從西伯利亞一路奔向新加坡，那古陸塊盡頭、天涯海角極致繁華的現代城市，那裡有最新、最豪華的賭場。

但如果你念舊，那也許是好的。那火車和鐵軌不只是舊時代的見證，簡直就是舊時光本身。它沒有變，依然緩慢，慢慢老去。

幾乎每回返鄉都會去看看舊家遺址，雖然舊園的面貌已面目全非。

它早已是三哥的火龍果園了。

有一年返鄉，臨到園子，突然發現怎麼眼前是那麼一片明亮的天空？小哥說，來不及通知你們，樹都推掉了。樹的屍骸遍地。

大概是怕你們囉嗦吧。

三哥是母親眾多兒子中，唯一不曾離家到外頭闖蕩的。小學畢業即到鎮上去當店員，換過幾家店；年歲稍長，隨二哥做燒焊鐵工，做了好多年。在你成長的年歲，常看到在二哥調不到工人時，他都忠心耿耿的陪著他哥哥加班，再怎麼重大的假日都不例外，再晚都奉陪——甚至忙到凌晨。有時凌晨即出發，往北直奔向國北邊陲的園坵，因紅毛人的油棕廠只有那樣的假日休息，需在那國定假日期間把工作做好。兩兄弟回到家時，均一身油污惡臭。

兩兄弟均因暴食而腆著大肚腩，吃得既快又多，數十年如一日。大概是勞苦工作之餘給自己的補償吧。

但每年年終，二哥多賺的錢足以讓他換一輛進口車，舊車直接折抵給車商。而多年來，三哥都只騎一輛很普通的機車，後來你們騎的舊機車也是他留給你們的。不只一次聽他不無羨慕的說，他的工人朋友某某因為有車子就載得到女孩子。多年困在樹林裡，也不曾聽說他有女友。

母親屢屢感慨說：三哥賺沒錢。一直為他的婚姻操心，心疼他「頭燒耳熱」時沒人照顧，髒衣服在幾個姐妹出嫁後即沒人幫他刷洗。

而他每個月會拿出大概十分之一的薪水貼補家用，下班時偶爾還會順道買塊燒肉回家。

在你們成長的歲月裡，許許多多的週末或假日，他都會邀你們這些弟弟大老遠的摸黑穿過林子到鎮上電影院去看電影（多是些俗濫的港片），看完電影去吃雲吞麵，也都是他付的錢。

一起到外頭吃飯，一貫是由他買單的。

他也一貫的以你們作為他虛擬的談話對象，心情好時滔滔不絕的說著他自己感興趣的話題，政治議題，執政黨或反對黨某某的私事，明星的緋聞，富豪的私生活……很可能直接來自工作時同儕的閒談——也不管那些話題你們感不感興趣。

但如果他心情不好，就會板著一張殺人犯似的臭臉，彷彿可以看到那上頭冒著一股熱騰騰的黑氣。

之後他不跟二哥做了，轉行做「土水」，仍舊住在樹林的家裡。家裡發電機壞了或甚麼特重的東西要搬動，都依賴他的力氣。深夜暗林中有甚麼風吹草動，相較於瘦弱衰老的父親，他是真正安定人心的力量。

畢業那年，在等待留學的空檔裡，你隨著他到建築工地去當雜工，希望可以賺到一些旅費。

因你反應非常遲鈍，交代的事一轉頭就忘了或記錯了，老闆屢屢當你的面說：「做工要用腦，你哥的腦真好，講一遍就會了。」

而哥哥看到你又犯錯時，便趕緊過來示範一下正確的做法，只輕輕的說了句：「以後不要那樣做，而是這樣做。」那時纔知道短短數年他已深得工頭兼老闆的器重，把全部功夫都傳授給他了。

午餐的錢，茶點的錢，他都會毫不猶豫的付了。

但不知道後來為什麼他又放棄了水泥，回去和二哥做鐵工。母親的說法是，二哥長期工人不足，一直叫他回去。他一直是個很聽話的弟弟。

「沒有人願意陪他假日加班，只有這個弟弟不計較，肯陪他做最髒最辛苦的工作。」

也不計較工錢。水泥工頭也多次稱讚他不計較的美德。

二哥繼續換車，且買了大房子。

聽說三哥貸款買了輛小車，非常開心。且排隊買了間廉價屋，左鄰右舍都是貧困的印度人，一家子擠在小小的空間裡。

又一年，聽說他把廉價屋出脫，貸款買了間新蓋花園屋的角頭間。

母親說他工作時從四樓墜下，幸虧一隻手搆到鷹架，沒摔死，但脊椎卻嚴重拉傷了，再不能提重物。一直猶豫要不要去動手術。但如果動手術，會有一段很長的時間不能工作，擔心房子會不保。

那時你已出來工作，還沒有任何貸款。你跟母親說，如果他要開刀，療養期間房貸就由你幫他繳罷。但他還是沒敢去開刀，他聽說馬來西亞的醫院一向成功率不高，很多病人即使能僥倖活著離開病房，也癱瘓了。痛時吃止痛藥撐著。後來也一直一跛一跛的。

年歲漸大，不能再做粗活，考慮轉行。

在父親死亡的次年，母親透過管道幫三哥娶了老婆，是個印尼華裔。他辭了鐵工，打算轉行務農。母親為此向可能出錢的孩子徵募基金，對象都是他的弟弟妹妹們，說來組個公司吧。以父親留下的那塊地為基礎，在務農有所成的小哥的協助下，他的專業訓練可以提供技術支援。

因而那年返鄉，發現記憶中的樹和房子都不見了，「吃驚」兩個字不足以形容那種震撼。那父親手植呵護成長起來的果樹，那十數棵榴槤，那芒果，那山竹，那紅毛丹，可可、咖啡，都高大扶疏，已到大量結果的年歲，但均毫不留情的被剷除了。如果父親還在，一定不會是這個樣子的。但如果他還在，一定也是老病纏身，且飽受親人的冷漠的折磨，一如他生命的最後幾年的狀況。母親病後的這些年，一定也深深的領略了，已成家的子女無法滿足伊對於愛與呵護的需求。

當然沒有人會問你的意見，連事後的知會都沒有——幾個弟弟妹妹結婚，你也是事後看了照片才知道的。往好處想，那是為了讓你免於奔波之苦。

自離鄉唸大學後，每回見面，都可以感受到某些哥哥日益增強的冷漠。有時甚至流露出遠超過冷漠的嫌惡，「你們這些出國唸書的，哼！」

也許平日母親經常在他們面前熱烈的稱讚你們在社會上僥倖得到的一點虛幻的名聲吧。

聽說他當了爸爸。嫂子生了個女兒。又一個女兒。再一個女兒。有一年適回鄉，聽到母親和她女兒在電話裡說，「沒魚蝦也好。」

聽說他確診罹患糖尿病。暴瘦。

為了防盜，那園子被鐵籬笆圍了起來，進出都要開鎖、上鎖。裡頭養了一大群狗，聘了兩位印尼外勞看顧，就住在園子裡。

大馬經濟起飛後，急速都市化的南馬治安急遽惡化。你問一位老朋友，怎麼突然間到處有人打搶？他說大馬引進大量外勞，取代了原本在園坵工作的印度人，飯碗被搶走後，只好靠搶劫過日子。

猴子

那年因二姐夫猝逝，二嫂乳癌復發病危、母親中風病倒而隻身返鄉看看。駕照早已作廢，閒來無聊，仍偷偷騎著機車到處逛。想到舊園看看，也向正要到園裡去的三嫂說了，她開著車先一步到園裡去。離鄉太久，不免生疏，拐錯了一個彎，拐到另一塊長滿雜草的園子去了。待到找到正確的路，機車在軟爛的山路扭來扭去的抵達時，卻發現嫂嫂已把鐵門的大鎖牢牢的鎖上了。

你原以為她會虛扣著，等你來。

熄了火，依稀聽到狗吠聲，但沒有看到人的動靜。

他們工作所在的鐵皮寮離鐵門、離你在的位置有數百米遠，兼之有狗吠，喊叫也是徒然。你發了一會呆。鐵籬笆內側，從前父親種了幾排咖啡樹，花開時蜜蜂嗡鬧，白花馥郁。你身後那片膠林，樹都很老了，樹身的傷痕縱橫交錯、墨黑，大概也榨不出甚麼膠汁來了，有一種說不出的衰敗的感覺。那膠園裡的舊寮子還在，還是水泥的牆，陳舊如廢墟。

園主是一對恩愛夫妻，妻子微胖，見到人總是笑嘻嘻的，臉膛紅通通的。夫妻倆每日一起割膠，同進同出。但多年前那年輕的太太心臟病猝逝，留下許多個孩子。那位先生從此愁容度日，獨自割膠、收膠，經常坐在陰暗的寮子裡發呆。大概也免不了喝燒酒澆愁吧。

那是下坡處，你只好艱難的倒車。只聽見乾涸溝渠層積的落葉堆嘩的一聲響，一隻四腳蛇正仰頭往隔壁園裡灌木叢猛竄。機車發動時，草叢裡更驚起一窩雉。公雞拖著長長的美麗尾巴，飛到高枝，灰撲撲的母雉和小雞落在較低矮的樹幹上。

與舊園毗鄰的那塊膠園，父母口中的「潮州芭」，地主是潮州人，子女分散在多個國家。據說因產權問題複雜一直沒被建商買去「開發」，因而一直處於較原始的狀態。多半也因為不臨路。多年來雜木密密實實的長起來，有的長成和老膠樹一般高的大樹了。高高拔起的麵包樹、芒果、榴槤、尖刺懾人的黃藤、果實幹生纍纍的無花果，還有許多不知名的熱帶雜木。

那裡仍然有人割膠，就在樹旁劈出獸徑般的窄道。

這一帶都是小園主，土地都整齊的切成一塊塊。

潮州芭旁是另一塊膠園，那裡雜草都被除草劑清除得乾乾淨淨的，地上盡是褐色落葉；膠樹的割痕也是新的，林中的小徑也清晰可辨。打從機車一進入林子，就發現有一大群小猴子沿著樹梢從四方悄悄的圍了過來。仔細看看，小猴子還有大小之分，最大的不過是土地公大小，小的如小貓，由母猴抱在懷裡，看來是一家子，有二三十隻之多。一度牠們靠得非常近，圍繞著你移動，也許是來觀察甚麼人闖進了地盤。

頭頂上的樹梢不斷發出聲響，枝葉彈動，從一棵樹跳過另一棵樹，一點都不怕生，牠們和園主之間的互動應該很好。像這樣的膠林已經很少了，泰半都賣給發展商推平了蓋房子。面積大一點的，多翻種成油棕園了。應是老輩還硬朗，還堅持幾十年來習慣了的生活方式。割那點膠談不上有多少利潤。

經過園中的小工寮，鐵皮屋頂外，三面鐵皮都圍了半截。裡頭空蕩蕩的，大概只作為停機車、放膠桶之用。

到路的盡頭你停下，停好機車，猴群也就止息在機車旁的幾棵樹上，彷彿在竊竊商議。

牠們沒有跟上來。

撥開灌木，你信步走進右側的潮州芭，但雜樹實在太密了，根本不可能趨近舊園。連籬笆也近不了，蚊子又格外多。想想也沒甚麼意思，就退出來了。

沿著那膠園路的盡頭再往裡走，橡膠樹沒了，零落的幾棵大小不一的雜木，一看那葉形，那掌狀，竟是台灣也很常見的江某。憑著記憶去尋找那條源自沼澤的小水溝，雜草間凹下去有一汪綠色的小水窪，一棵老而矮的江某樹，枝繁葉茂的守護著。

小水溝淺淺淌著流水，穿過草莖，厚厚的一層鏽皮。當然看不到甚麼魚，看來許久沒下雨了。但多年以前，尤其是雨後十數日內，清水滿溢，游魚歡快。水溝上方依然架著根廢枕木。更遠處，壘壘堆石處，鏽紅的鐵軌隱約可見。

小水溝源頭的那片沼澤就在不遠處，就在右邊那塊膠園的末端。

幾年前返鄉，拜訪一位在附近租地種植玉米的姻親時，偶然發現他租的那塊地的盡頭恰是那片沼澤，但那地方已騰出一大片明亮的天空。他逕直把租來的地延伸到鐵道旁的國有地，用挖土機把那一小片僅存的雨林給剷除了，連同滿園的老膠樹。

老樹的屍骸，連根被掀起，一堆堆的帶著土，樹堆之間是老樹被拔除後留下的一洼洼綠色的死水，也許會有魚也說不定——畢竟這是熱帶，到處都是生命，有水就有野生的魚。但誰還會有那心情一探？

魚池

返程順道去看了二嫂。

二哥搬了新家，原有那間堂皇的雙層排樓角間便宜賣掉了。新居比較偏僻，是個新社區的寬大平房，但後方挨著一小片灌木林。他領著你參觀他的房子，原本置於舊家客廳的大玻璃魚缸如今放在後院鐵架上，一尾瘦弱的金龍在藻綠色的濁水裡漠然的游動。這和鱷魚、鯊魚一樣古老的化石魚族曾經是他最呵護的寵物，他每天晚上都要坐在魚缸旁，花許多時間欣賞牠像把金色刀子一般的貼著水面、伸展著下巴游弋，獵殺小魚。刺殺的瞬間，魚身激烈擺動，水裡一陣暴響，而後小魚只遺幾片殘鱗。

他舊居門口挖了個頗深的大魚池，養了四五十條錦鯉，往年每回你造訪，幾乎都看到他在餵魚，也都會向你重新介紹水池的排水過濾循環系統，那是他自己精心設計的。十多年來耐心餵養，隻隻都有兩尺多長，都是價值不菲的美麗大魚了。水池加了壓克力頂篷，也許就是防貓頭鷹吧。他說水池下挖四五尺，看來近乎沼澤豬水的茶色。有人靠近時，牠們會挨擠著慢悠悠的把頭貼近水面，嘴一張一合的，討吃，但也像在和他無言的閒話家常。但他匆匆賣房子時，因新居來不及規劃那麼大的魚池，只好當成贈品送給了新的屋主了。

早年住膠林，幾乎每個哥哥都有自己的魚池。

大哥二哥的規模最大，是他們兄弟倆合作，以水泥製模後併起來的，其中一面是透明的玻璃，裡頭一直養著魚。他們養的魚規模也與你們不同。大哥有個魚池寬大而淺，擺著許多枯樹根，是從伐除的原始林撿來的，不曉得原來養著甚麼魚。大哥離家後二哥在裡頭養過神出鬼沒的淡水鯊，但有的在夜裡被貓頭鷹叼走了。

二哥自己的深池裡養過行動快速、尾鰭紅艷的蘇丹魚。那池裡有一尾凶猛的白暹羅鬥魚，時時拖著美麗的寶藍色長尾，驅趕著池中所有大大小小的魚，以為自己是王。有一回，一夜暴雨後牠就不見了，判斷是池水滿溢，牠隨著流潦逃走了。即使順利游到水溝甚至河道、沼澤，但要在野地存活並不容易。

二哥期盼換了房子就可以改善風水，但二嫂乳癌復發治療仍舊失敗。已是癌末，瘦弱軟癱得無法站起來，化療讓她幾乎落盡了猶未白的髮。她家寬敞的客廳擺了張牀墊，白日他把她從房裡抱出來放在那張墊子上，不停歇的開著電視裡馬拉松的播放著台灣連續劇，風水世家，娘家，親戚麥計較。

她再次發病後你從台灣跟她通過電話，為的是母親的狀況。她在電話裡談到自己的狀況，「醫看看，又不包死。」

已婚的美麗姪女帶著三個孩子陪伴她母親，侍候她吃、喝、拉、撒。

不到五十的她，被迫無奈的等待自己的死亡。

那年她嫁入門，不過十八歲。清秀纖細，披肩的黑髮，儼然還是個少女，但已經懷孕多個月了。二哥用傳說中的「先下手為強」的絕招把她娶過來，在膠林裡與他脾氣暴躁的弟弟們、嚴苛的母親同住，在他去工作時，她幾乎是孤立無援的。多年裡，她辛苦的適應他們多年養成的生活習慣，他們的口味。因而被塑造得逆來順受，隨遇而安，也幾乎是個幾乎百依百順的妻子和媳婦。

你還記得她剛來時把菜燒壞了被你們白眼時的情景——後來又因幼兒夜啼而被嫌惡，最後甚至因而被迫搬離，到外頭自立門戶。那些帶不走的魚池，只好留下了，由三哥接手。心愛的魚，倒是帶走了。

也難得看到二哥溫柔的時候——俯身在他眼神略顯渙散的妻子耳畔小聲的說著

話，輕輕撫摸她女尼般光裸的頭顱。

初長出的短髮，髮根已是雪白的了。

芒果樹

那回，返鄉那些天，你每日的標準行程便是如此。早上去看看母親，之後去看嫂嫂，接下來的時間便空蕩蕩而百無聊賴了。有時回頭去陪母親，聽她一再重播她的抱怨。

中風後的母親情感上變得非常依賴，那陣子她住三哥家。

角頭間的單層花園洋房，還算蠻寬敞的，屋旁還有一小片地。門口種了棵芒果樹，你記得那棵芒果樹。對你而言，它即是他家的指標。不常返鄉的你，並不是立即找得到他們家，總要重新找一找。每趟返鄉都看到那芒果樹的成長，從小樹逐漸長高長大，一直到結實纍纍——而後總是懸掛著沈甸甸的綠果，彷彿要以一身的豐盛來迎接你的探訪。但你從來沒吃過那棵樹的果實，可能都沒遇上果熟的時節。

三哥家打從鐵門一打開，從車庫開始就堆滿雜物，各式各樣的機械零件、電鑽、馬達、割草機、鋤頭、鐮刀……油漆機油、肥料、農藥、包裝紙等，彷彿是隨意的堆置，一直堆到屋裡。再從客廳堆到廚房，好像災劫之後還來不及整理歸位，但每回造訪都還是那副景觀。從一罐罐的茶葉到不知道甚麼大包小包的（也許是普洱茶，那陣子聽說他在經營相關的副業），牆角深處有個空玻璃魚缸，裡頭一包包的塞滿了雜物。偌大的客廳，只剩下窄小的空間讓人勉強進出。

三個不打招呼也不理人的小女孩們，大的小三了，小的還未入學。如果不是在吃飯、邊看電視邊做功課，就是在打電動，放牛吃草似的活在自己的世界。

如果早上太早去，或晚上過去，三哥夫婦都會在的。他已恢復以前的胖了，總是專注的看著電視。他們經常帶外食，席地而吃，在一堆報紙茶壺間。你們沒聊上幾句話，好像都天性沈默寡言，或是初識。

母親住在整理過的雜物間，每天重複的報怨兒子媳婦不孝，抖著嘴唇反覆說：「人真的會變！」她親手挑的，曾經情同母女的媳婦。你只能靜靜的聽她抱怨，勸她要看開。後來從姐姐那裡得知，她擔心嫂嫂覬覦她賣地的錢，也懷疑三哥與其妻同謀。

你們都覺得她其實恢復得不錯，雖然腳比較沒力，但中風前也就那樣了，而今手腳的活動都還算正常；發音雖有一點不清晰，但說話還能讓人聽懂。在陪她說話的某個瞬間，她認真的盯著你說：「□□，我沒錢給你你知不知道？」

你一時反應不過來。是懷疑你返鄉的目的嗎？一向只有剩開會順道返鄉，專程也許有所求？像她那某個兒子那樣，有所求才會出現？

然而最近有一回返鄉，她竟然看了許久也認不出你這個兒子來。

浮生

而那回你在二姐那兒借住，兩地距離不到一公里。

喪夫後的二姐非常忙碌，她在宗教團體那裡找到安慰，每天行程排得滿滿的。不是為亡夫唸經就是當義工煮飯，其實不太有時間理會你。

你原以為你的返鄉可以給她一點安慰，但顯然是多此一舉了。她已從最糟的狀況中走出來，五十歲，準備堅定的面對她的另一段人生。

出入她家門，她都會緊張的立即把門鎖上，也一再的交代你千萬別忘了。後門也是一道道的鎖，洗個衣服也要開鎖關鎖。她說，很多人就是被人從後門翻牆進去砍倒的。以前的歹徒可能只是搶東西，現在是先衝去砍人，先砍後搶。那幾天讀報看新聞，頭版頭條都是打劫殺人的消息。甚至有人只因出門丟個垃圾就被歹徒衝進家裡搶錢砍殺。二姐說，限水時，夜間水車來分水，她每回去取水都很害怕。姐夫故後，家裡只剩下她，和一個還在唸高中的小女兒。

玻璃魚缸空著。她說有交代女兒別忘了餵魚，但她可能忘了。回來時魚都死了。

到處都是外勞，還有因經濟成長而湧進城市的吸毒者、暴民，失業的印度人。

「割膠工人以前天沒亮就開刀，現在都要等太陽出來才敢進芭。」她說。

姐姐陪她先生北上首都治療時，為了女兒的學業，只好讓不過十多歲的她獨自留守，有大半年之久。中年時意外懷孕獲得的這可愛的女兒，中文名字還是委請你幫她取的。

「還好他生病前教會了女兒開車，還考了駕照。」姐姐說

親戚裡最重視養生的二姐夫，紅肉一概不吃，一直維持著高瘦的標準身材。不煙、不酒、不嫖、不賭。定期和妻子去爬山，節儉度日，一部車子用了幾十年都捨不得換。但幾個孩子毫無例外的，都受高等教育，他為他們規劃好未來的道路。

多年來你返鄉都沒敢驚動家人，早些年甚至不告知準確的日期，因你知道不會有人到機場接機，也從來不敢有那樣的期待，不像大哥返鄉那般勞師動眾。尤其兄長們都有自己的工作，自己的生活，自己的想法。長幼有序。

你都是自己從機場搭車、拖著行李轉車，到家鄉的車站再轉計程車，筋疲力竭的返鄉。因此行李箱的損耗也快，有時只要一趟，新箱的把手就崩毀脫落了。

離去時也相彷彿，頂多從家裡到車站那一程由家人載送。妻娘家的親戚、五哥之外，只有二姐夫會自動請纓。有一回凌晨，帶著兒子返鄉探親的你給妻娘家的親戚送到火車站後，正在憂心一向不太準時的國家鐵道局這一班車究竟會不會讓你趕不上飛機。二姐和二姐夫突然趕到火車站，堅持要請你喝杯咖啡吃個簡單的早餐。

他說，趕飛機最好還是不要坐火車，巴士比較準時。

二姐只唸到小學二年級就被迫輟學了，是你家兄弟姐妹中學歷最低的，她一輩子深以為憾，對母親更是一肚子怨氣。而她輟學的那年，就是你出生那年。你很小就知道生了太多孩子的母親讓她輟學，是為了讓她照顧你。因此你心裡老覺得欠了她一份情。也知道她和母親之間互有敵意，雖然她很常去看望母親。你常聽母親抱怨「妳二姐尪某講話很會諷刺人」，批評他們「最鹹澀」（最吝嗇），在親戚裡面「尚有」（最有錢）。大概也因為母親的態度，你們幾個年幼時她帶過的弟弟妹妹，也都長期與她相當疏離，返鄉也不會主動去她家。

她曾抱怨母親送他們的瓜果蔬菜，常常是「已經爛掉的」，他們每每在回家的路上就把它全部丟掉了。

有一回返鄉聽了二姐如常的抱怨母親拼命生，回台後你給他們夫婦寫了張明信片，要求她試著放下多年的積怨，不要再怪她。「不該生的也都生了，也都長大了，也沒辦法收回去。對於妳的犧牲，我們也只能代媽媽向妳說聲抱歉。」依她交代，字沒寫成豆芽（「老花，看冇。」），而是寫成一塊塊整齊的豆乾。

因此知悉二姐夫罹癌後，你一直想幫點甚麼，但竟是甚麼也幫不上。託學生帶過去的一點錢也被退了回來，她說她不能拿你的錢，她們自己早有準備。不料事情發生得那麼快，從確診到化療到死亡，不過數個月間。

腦癌，前一次你返鄉就聽說他南下新山中央醫院求診，那時醫生的診斷是鴿子糞引起的腦部感染，說吃吃藥應該就沒事了。

你們都沒料到，從他住院到死亡這期間，二姐娘家這邊的人，竟沒一個北上去看看他。都說忙，遠。二姐沒有任何抱怨，顯然她也習慣了家人的冷漠，沒有任何期待。他死時不足六十，二姐也剛過五十歲。一輩子靠著養雞維持生計的他，退休也不過數年。幾年前返鄉，那時他剛結束工作，平日例行的巡一巡園子、逛逛號子，特地去撿了自家園裡的榴槤請你們吃。夫妻倆神態非常放鬆的坐在客廳沙發上看台灣的電視劇，偶爾就劇情交換一下意見，聲音都是細小輕柔的。電視旁有一個比電視略小的玻璃魚缸，養著幾尾尋常不過的金魚，而過濾器時時刻刻嘎嘎響著。

「很乖，很好養的。」每日清晨你看著她餵食，肥魚笨拙的搖著裙尾到水面領取飼料。

因此你在前面提到的明信片裡稱讚說：「你們是家族裡少見的模範夫妻。雖然不見得賺甚麼大錢，可是懂得經營自己的生活，各方面都值得學習。也很感激姐夫讓二姐在婚姻裡找到幸福。」

在那幾個漫長的下午，或晚上，偶爾有機會向她確認一下那些過去不是那麼確定的事。

二姐說，死於你出生那年的祖父很疼她。她永遠記得他過世前挽著她的手，語重心長的叫喚她的名字，對她說：「要聽恁阿母的話，要不伊是勿會給妳讀冊。」她說，果然，祖父一過世，母親就派父親來把與祖母同住鎮上的她騙進膠園裡，此後多年都在做苦工，再也沒機會讀書。帶小孩、煮飯、洗衣、掃地、餵豬、餵雞、撿柴……而母親持續每隔一兩年就再生一個小孩。一直到了小學畢業的年齡，有一天母親突然對她說，家裡太多嘴要吃飯，要求她和大姐去給人帶小孩，當幫傭。「晚上都不敢睡，怕給人欺負。」二姐抱怨說，母親都不管她們死活，十幾歲的女孩去幫人帶小孩，住進陌生人的家，都會給人欺負。「欺負」是強暴的婉詞。

你看過一張二姐那時的照片，穿著短裙，眼大臉圓，非常清麗白淨。

一直她遇到彼時仍遊手好閒的二姐夫。

你一直很納悶，母親為甚麼要生那麼多孩子？從小被問及家裡有多少兄弟姐妹後，接著的問題一定是：你們有幾個媽媽？那看起來不像是一個女人做得到的事，即使是兩個女人也很吃力，三、四個女人分工則比較合理。往昔你不止一次問過母親，她總是笑嘻嘻的說，「不然怎麼會生到你們這幾個會讀書的？」你每每爭辯：那幾個被放棄的哥哥姐姐，如果用心栽培，每個都可以很優秀。大姐二哥的小學成績都好得不得了。他們的資質都好得很，都是父母年輕時的產品。如果只生六個，個個都可以栽培到大學畢業。如果只生六個，三哥將是個受寵的么兒，唸個博士也不會有問題。如果生四個，二姐就是么女了。

不管怎麼算，你們這後面的八個根本是多餘的。而八個之中，兩個哥哥一樣是被犧牲的。

你把你的疑問拿去問二姐。她說，還不是多子多孫的觀念作怪。當年大哥一再罵她，叫她不要再生了。到公家醫院生給護士罵，就跑到私人診所去生。

難怪有的哥哥總有一股難以解釋的敵意。難怪他們不喜歡你們。母親硬是把你們生出來去擠壓他們的生存。

一早出門散步時，那花園社區裡，每每看到許多馬來人的屋前空地上種著一種長得像楊桃的樹。結的果實也像，只是小得多。你曾向某個屋主要了一顆熟果，一嚐，非常酸。問其用途，說可加在咖哩裡。

你帶了種子回來，但發不了芽。

火與霧

離鄉的前一夜，騙姐姐說到老同學家去住一晚，到鎮上去買了蚊香、蠟燭、打火機、睡袋、礦泉水、手電筒，要了一疊舊報紙。十點以後又回到那林子裡，到那故園隔壁膠園的寮子。停好機車，熄火，沿著點了幾根蠟燭，點了兩卷蚊香。撿了柴枝落葉，生起小火堆。

舊園的方向傳來一陣狗吠聲。那兒的燈光並沒有被潮州芭完全擋掉，穿過某些縫隙，勉強抵達時，已黯淡得連落葉都照清輪廓了。

夜凸顯了它的明亮。

當年母親重點栽培的大哥從台灣學成歸來，深更半夜家裡重新點起大光燈，像太陽那般明亮。還買了十數包宵夜，把熟睡的你們全都喚醒，迷迷糊糊的吃著變糊了的雲吞麵，聽那位陌生的青年在刺目的光芒裡滔滔不絕的談他的偉大夢想。

樹梢有細微的響動。牠們也來了嗎？

週遭盡是蛙鳴，蟲唧。

多年以前只要鄰園有一點微光，就會引來狗吠，與及一整夜的焦慮。

那煙，那火，那夜的微寒，好熟悉的感覺。

母親曾說，那聰穎異常的大哥，很小就很懂事了。

那時他還不會說話，睡夢中她就把他抱到膠園裡。在如此這般簡陋的寮子裡掛了搖籃，把他放在裡頭他會乖乖的繼續睡，不哭也不鬧。睡醒了自己會找東西玩，乖乖等她割完膠過來給他餵奶。

又撿拾了若干較大的柴枝，還抱回幾截枯木，好讓火堆的壽命可以長一些。在寮子外鋪了舊報紙，再鋪上睡袋，躺下。

夜從四面八方襲來，風吹動葉梢時依稀可以瞥見下弦月的一抹寒光。

不知何時鄰園那裡熄燈了，工人也就寢了吧。

回憶翻湧而來。

多年前，年輕的二姐夫婦在另一片膠林裡守著他們的雞舍，而彼時非法移民肆虐。一盞黯淡的油燈，一家四口或五口窩在蚊帳裡木板牀上的那家人，勢必夜夜守著恐懼睡去吧。多年前你曾把那份恐懼寫進〈非法移民〉那篇小說裡了。

溫暖的家是他人窺視的脆弱之光，暴力之風輕輕一吹可能就熄了。

後來有前輩批評說你那樣的寫作是歧視、污名化非法移民。

還好那些年他們平安的挺過去了。

不知道甚麼時候，那一排蠟燭燒到盡頭了，掛著一排軟癱的蠟淚，逐一熄去。彷彿看到二姐夫神色慘澹。在昔日的煤油燈旁，那極簡得只剩下線條的客廳，他以未曾見過的沮喪對你說：「這次代誌大條了。」慨嘆世事難料，人生無常。「我原本把退休後的生活都安排好了。」他有氣沒力的說。「等小女兒去唸大學了，就帶你二姐到世界各地吃風。」

甚至說好要來台灣找你們。

火堆剩下燒紅的炭，風吹時乍亮。不知何時就一片漆黑了。

乍醒乍睡。雖然點了蚊香，還是飽受蚊子的攻擊。半醒半睡間，你聽到腳步聲，踩著枯枝落葉圍了過來。光束打在你臉上。身隱沒在黑暗中的那些人，手上提著長刀，刀刃泛著光。強光讓你睜不開眼睛，刀鋒彷彿劃進肉裡。

是一根樹枝，翻身時小腿被戳了一下。

火車呼嘯而來，鐵軌咣噹咣噹，大地震動，一列燈火疾駛而過。

眼睛睜開時，腳步聲卻遠去了。

樹林濃黑。你的目光穿不透那片黑暗。

又睡去。又聽到踩著枯枝落葉的腳步聲。

火堆乍亮，是三個年輕人。提著刀，兩個拿著手電筒。提刀的人那臉怒容，蒸騰的殺氣，不是年輕的三哥是誰？站在他身後那兩個身影模糊的人，是他的弟弟吧。

你聽到雉的啼叫，在不遠處，幾處不同的地方，呼應著。啼聲比一般大公雞尖細，沒那麼雄渾。而天還沒亮。是因為站在樹的高處，提前看到日出嗎？

氣衝雲霄的穆斯林誦經聲。

林子間大霧迷茫。白霧像一條龍那樣湧動，從沼澤那兒緩緩襲來，寒涼如深秋。天微微的亮了。火堆只剩一點餘紅。東方初日，巨大的紅輪從雲霧間慢慢顯現。這才發現，方圓十米內的樹上，蹲坐著一隻隻小獼猴。像雨後林子裡突然長出的蘑菇，目測至少有上百隻，紛紛打著哈欠。其有一隻明顯的比其他的體型稍大些，居高臨下，瞇著眼看著你。神情肅穆，儼然就是個土地公了。當你發動機車，牠一揮手，轉身，所有的猴子也都朝昔日大沼澤的方向散去。

踩熄僅剩的炭火，騎著機車沿著昔日的小路離去時，三哥的卡車剛好沿著後來新闢的大路駛來，迴轉時恰隔著一叢浸泡在霧裡的雜木林。

他大概不會看清楚是誰與他交換了方向。

大路上，大霧裡，割膠工人三三兩兩騎著機車來上工。

約莫兩個月後，輾轉聽說三哥的果園加強了警戒，因為鄰園的地主好心的告訴他，他的寮子有人去住過。留下燒過的蠟燭、火堆的痕跡、舊報紙、打火機、蚊香，泥地上還有很多很多的腳印。不知道是白粉仔還是逃跑外勞。不管是甚麼人，可能都是在認真的窺伺著他的園子。

二〇一二年十月初稿

二〇一四年五月補

生而為人

每想到亡友寅君，腦中就會浮現一大片茅草地，青灰色的天空。一間破舊的鐵皮屋，屋頂鏽色橘紅帶褐，一端也長了一叢小草。小屋陳舊的板壁倒顯出惶然的灰白。整片的白芒花朝天顫動，像一列微明的火。輕風拂動，把草浪推向一邊，隱隱浮現巨大的虎背的金黃與黑色斑紋。

虎年生，宗族裡不知哪個「有讀冊的」長輩給他取了那樣的名字。毫不意外，他最愛的動物是老虎。他晚讀，我屬龍。因此我喜歡龍。沒有龍，龍魚也好。那也是我現在從事的行業：開一片小小的玩魚店，主要是賣三四吋長的幼龍魚，紅龍、金龍、銀龍，當然還有其他常見的熱帶魚，小孩喜歡的。龍魚的買主主要都是些大小老闆或想發財的俗人，我自己愛的是市場上沒人要的青龍。

而寅常恨不生而為虎，而為人。

他常夢到老虎，夢到老虎出沒在他家周圍，待他如貓一般溫馴，會以粗礪的舌頭舔舐他背上的傷口。但那其實是祖母敷藥的手。

他家在夢裡也被移到那片荒蕪茅草地。

他常夢到老虎把他父親給吃了，連骨頭都啃得乾乾淨淨，只剩下一張攤開的老皮。

但他家其實並不是那樣開闊的地方。而是被夾擠在別人的房子的陰影裡的破敗小屋，全由廢棄材料建成。那原是人家豬舍的遺址，緊急狀態時他們一家被軍警從芭裡趕出來，向親戚求援勉強覓得的，一處不堪的落腳處。緊挨著排水渠，因此他家人都向陌生人用閩南語描述他們住「挨港墘」（「挨著港墘」省去著成了名詞）。

他小四那年轉到我們班上來時，就是一臉憤恨的神情，即使笑，也僅僅是嘴角微微的牽動緊繃的臉頰而已。脾氣火爆，動不動就與同學打起來；因此常被老師使勁鞭打，不論打腳、打背、打屁股，他都是一派輕鬆，彷彿不以為意。熟識了後方知道，相較於他父親酒後對他的施暴，老師的手勁就像搔癢而已。每當體育課，打球時他極其爽快的脫去上衣（那是我這種白淨如女生的油胖身軀不敢做的），就可以看到他背上層層疊疊縱橫交錯的凹凸瘀黑杖痕。即使他的皮膚曬得像印度人那樣黑，也還是可以辨識出那更黑的沈降。打球也是他難得放鬆的時刻，人也變得靈活得像隻猴子，臉上會浮現比較完整的笑。

但他成績總是不好，常向我借作業去抄；我常耐心的要教他，但他會說他不是不會，只是不想做。後來知道他爸常一早就叫他到芭裡當他助手，一直忙到正午，才讓他匆匆忙忙騎著那輛斷了一臂的腳踏車去上學。課後返回港墘的家。

那地方認識他一年後他才讓我走近——前此，有好幾回我陪同他一路步行返家（他推著那輛吱吱作響的腳踏車），從柏油路拐進塵土飛揚的紅石子路，每間房子的屋簷牆板五腳基上都積了厚厚的紅土塵。拐了兩個彎後，過了一間好像埋在紅土裡的小雜貨店，右邊是一間香蕉批發商，散發出濃濃的臭土味和爛熟的香蕉味。「回去吧。」他說，每每要確定我的身影退回到柏油路的界限那裡，他才會繼續自己剩下的路。

小五那年所有班級都是上午班，看他總是吃不飽的樣子，我每天把自己三分之二的早餐都給了他（祖母自己做粿來賣，總是給我過量的食物），反正我即使不吃也不餓。他才告訴我兩年前他父母離異，是被他爸打跑的，她帶著兩個妹妹回蔴坡娘家去了。此後壞脾氣的父親脾氣更壞了，打零工賺的錢還不夠他平日抽煙喝酒打牌。父子倆一槓起來，他就會挨揍。

他的一日三餐靠的是他祖母養雞鴨，賣了，或用蛋去換一點米肉。伊每天早上都到菜市場去撿菜葉魚肚魚頭蝦殼，剁碎了做雞鴨的飼料。菜葉只要有局部可食的都會挑出來，老豇豆則把種子剝下來煮。菜市場裡的人都認得伊，都是伊唐山祖籍地，或伊早逝的先生的同宗晚輩。都知道伊是來自唐山的那代人，也知道伊的窘迫。常會以低廉到不可思議的價格把太久無人買以致軟癱的菜賤賣給伊，殺豬的老陳更常贈與豬頭肉、雞冠油之類的。

有一天日暮他破例讓我到他家去。

我們拐過最後一個彎，沿著大排水溝邊潮濕的石板，一路向下，盡頭的小房子即是他們家隔壁人家不斷有人探出頭來，石板路挨著別人家挑高的廚房。還沒進門就聞到一股撲鼻的雞鴨屎味，公鴨的嘎嘎聲。緊鄰房子廢鐵皮隔出雞寮，簷下淺淺的水泥小水溝橫過，流著水，水底有飯粒和沖得散開的雞屎。

排水溝邊一棵高瘦的椰樹拔起。

他家沒有門牌。屋裡小而逼促。水泥地板高低不平，有裂痕也有破洞。客廳只有一張桌子，一個神檯，一個燈泡。一屋子都是雞鴨屎味。牆板過去就是雞寮鴨舍，牆腳木板間常可看見失眠的鴨子伸進扁扁的嘴，顫動著覓食。他說另兩面牆外鄰居也養著雞呢。

他的小個子祖母，挽著髻，黑袍子黑長褲，禮貌的問了聲「吃飽未？」動作隨即迅速的消失在黑暗裡。伊幽暗的房間裡飄出一股強烈的尿味。

再晚些，摩哆車咆哮，吱吱嘎嘎的煞車聲，車燈直照進屋裡。寅的父親帶著一身酒味回來了。高大但眉頭糾結的男子，他的頭高於燈罩，以致半張臉陷於黑暗中。但仍可以看出他一臉的不快，好像連續吃了許多場敗仗似的，對我這個陌生的客人也視若無睹。寅的祖母小心翼翼的問他吃飽了沒，歛手微曲著上半身，像個資深的女僕。爾後他暗沈的臉走向廚房，不久響起沖涼的水聲。

那屋裡有一股說不出的潮濕陰涼，兼之那讓人喘不過氣的味道，讓我感覺好似置身爛泥河底，連呼吸都覺得困難。那濕氣，那微細的雞糞人尿粒子，在我每一次吸氣時，都進到我肺的最細微末端處，好似會滋養羊齒植物，讓它發芽生根。

那個夜晚，讓我多年以後還牢牢記得，深深的摻進我對寅君的印象裡去。猶如我深信，那古怪的氛圍必然也日積月累，滲入他的個性裡。讓我有個錯覺，似乎他們一家人都是古老黏濕的魚，有著粗大的墨綠色鱗片，往返巡遊於光影明暗之間。

寅還帶我到他工作的芭裡體驗體驗，他協助他父親清理新芭，建立防火線、燒掉推倒的大樹頭，砍除小樹、雜草亂藤，拉線定位，挖洞植下一排排橡膠樹苗。沒一會我就癱軟了，坐在樹蔭裡喘氣。

他說他爸如果不喝酒倒是個不錯的爸爸，不知道為什麼一喝就變鬼。

工餘我們到河裡嬉戲抓魚，對我而言，那一切都是新奇的。看到他大膽的從高處「澎」的一聲跳進河裡，自在的潛游著。而我，看到那麼樣咖啡色的水就覺得害怕。誰知道那深處藏著甚麼。他說深處有著各種魚呢。

這才是他的世界啊。

他還帶我去偷摘水果喫。我早就把祖母「不可偷東西」的叮囑拋諸腦後。那些馬來人種的紅毛丹樹都只比成人略高。半生熟的紅毛丹變黃了刺扎扎的結在樹頭，只需把樹枝下壓，伸長了手就搆得到。咬開來果皮猶帶著澀味，但果肉咬起來特別有滋味。我們還偷偷爬上鄰園枝葉濃密高大的山竹樹。他交代要穿著鞋子爬上去。山竹樹的分枝對稱得像梯子，很好爬，只是得隨時注意是否藏著蛇。我們隨意摘著果吃，果殼往遠處拋。他說要讓園主以為是猴子吃的。

忽然有人聲。一個中年人騎著腳踏車靠近。我嚇得想快速到樹下，他卻示意不要動，再往上爬。到一個位置後，他用手勢表示別動。「連屁都不要放。」他在我耳邊悄聲說。那人把腳踏車停在樹下，從後座搬下若干工具，到園子裡東摸摸西摸摸，檢視他的作物，砍了一梳香蕉、摘了幾顆紅毛榴槤。園子裡沒有草，一旦我們從樹上溜下，必然會被他瞧見，只好耐心等待。

天有點暗了。我們聽到寅的父親在遠處叫喚他的名字。

然後那人回到樹下，收拾工具，也曾抬頭張望。還好他並沒有看到我們，我卻被嚇出一身冷汗。非常刺激。

那人終於離去。他走遠了我們方溜下樹，在樹頭痛快的撒了一大泡熱尿。

那是我平生最快意的一泡尿。

寅說，常有附近的孩子來偷果。大家都窮，沒東西吃。但他們喜歡賴說是他偷的，害他被他爸揍。

當然，我也帶他到過我家，新村裡的一間小屋。我的巢穴很單調，堆滿了打打殺殺的漫畫，武俠小說。父母過世得早，祖母獨立拉拔我長大。祖母很喜歡他，說他長得真好，一臉聰明相。

我有時會應寅的要求帶漫畫去學校給他看，因此被老師警告了好多次。

幾個月後，他有幾天沒來上課。第二天我就忍不住往他家跑。在辦著葬禮呢。是宗親會館和福建會館聯合操辦的。寅穿著孝服默然的摺著金紙，我看到他母親和妹妹也回來了，最小的妹妹還是個走路還不穩的小娃娃。看到我他勉強牽動嘴角，問他發生了甚麼事他竟說：「老虎咬死的。」有一股嘲諷的意味，但難掩幾分落寞。到訪的賓客在那裡亂講，有人說是車禍，喝了酒撞了囉哩（lorry）；但也有人悄聲說他酒後摸了某某的老婆的屁股，被人亂刀砍死在山芭裡。後來確認是挖土機出了意外，把他給壓死了。

之後寅就輟學了。葬禮後他就再也沒到學校來。那年頭那樣的學生很多，反正也沒甚麼人在意。聽說他母親要帶他到蔴坡，但他不肯。是不捨得丟下老祖母嗎？也許。我到過他家，他祖母淡淡的說他去做工了，告訴我他在巴剎的哪個麵檔當學徒。我遠遠的看到他的身影，頭低低的被老闆斥罵著。不久又換了個檔子。

就那樣跌跌撞撞的過了許多年，從洗碗、切菜一路做到拿鑊拿杓，人也漸漸長得高大結實，算得上好看，兩眼有神，但有時神情中帶有幾分邪氣。

有時和家人去吃宵夜會驚訝的發現他在裡頭。我會到廚房去和他打個招呼，但他不會在同一個地方待太久，因此不常見到他。

而我一直索然無味的唸著書，初中，然後高中，成績普普通通，也不知將來要做甚麼。寅倒是勸我趁年輕到國外去走走，開開眼界。

有一兩年，聽說他到外坡去了，流浪在半島各鄉鎮，有時聽說人在新加坡。也有人說他和一些幫派有來往，和一些年紀比他大很多的女人關係曖昧，常因女人與人爭風吃醋，打架。

偶爾聽昔日的同學說他在哪裡火大摔了鍋子，不幹了；有一回差點揍了老闆，和態度惡劣的客人差點打了起來，菜刀與凳子對峙。經常被帶回警局。

聽說他祖母過世，我走訪港墘時葬禮結束已多日。小屋關起門略顯歪斜，更像是處棄置已久的破寮子了。幾張冷漠的臉出來張望一下。但有個五官凸凹不平的婦人，竟然清楚的知道寅在哪裡工作，聲音刻意顯得親切，一副和他很熟的樣子。

但寅此後顯然再也沒有回到那小屋。

有一次我心血來潮信步往那兒走去，看到它完完全全的變成鄰人的雞舍了。

那天找到寅工作的「和記」茶餐室，就在河邊大樹下。他那背上有巨大Tiger啤酒標誌的、油漬處處的上衣右邊袖子上，用銀色別針別著一小塊藍色的布。他正處置一尾兩尺左右長的多曼魚，正揮動木棒猛擊牠的頭，一直打到牠嘴裡湧出血來，不再動彈。隨即刮除魚鱗、剖肚、拔除魚鰓，洗一洗，再一手壓著側擺的魚身，利刃刺進魚背，俐落的水平移動剖下一大片漂亮的肉，露出與粉紅魚肉密合的魚刺脊骨。

「想吃甚麼？」他叼著煙含混的問著。我說我吃過了。

「你怎麼都沒長高？」我無奈的笑笑。上高中後，班上嘴賤的同學就紛紛叫我「小矮人」了。

「我阿嬤死了，」他隨即知道來意。手沒停，持續快速的切著魚片。不知是有點感冒還是有點哽咽，還是嘴裡含著煙的關係，聲音有點混濁。「也是解脫。她最後這幾年，晚上眼睛差不多看不到東西了。家裡燈也沒開。一整晚就坐在黑暗裡等我回家。我收工回到家最早也要一兩點。」

「也好，」他吐了一大口煙，揮揮手，「我在這世間沒有牽掛了。」

寅老成的話語讓我覺得陌生，也有一絲不祥之感。哪部爛片學來的台詞啊？我們不是都才在二十歲邊上嗎？他確實大一些，有大人樣了。但我都沒甚麼長高，一直還是小六那個高度。甚至一直到今天。

隨即想到他的母親和妹妹，便隨口問起。他把手邊的工作交給副手，給我開了瓶可樂，拉我到餐桌旁坐下。「她幾年前改嫁了，我還送了份禮去給她。蘇坡那裡有個雜貨店老闆死了老婆，留下四個孩子，很需要個媽媽。」他表情一時放鬆了。「那男人我見過，看來還不錯，應該比我爸好。不過你也知道的，知人知面不知心。所以我那天就私下警告他：如果哪天聽說他對我媽或我妹不好，我一定拿劏豬刀找他算帳。」寅笑開了，一臉的得意。「不過我也叫我媽別再生了，要照顧六個小孩已經夠辛苦了。但她大前年的中秋前竟然又生了個女兒。媽的女人。滿月還給我送紅雞蛋來。那時我人在馬六甲學做肉骨茶，她老公竟然找得到。」

「我只好再跑一趟蘇坡，買了兩隻大公雞給她送去。原本是要去警告她別再生了，但我從來沒看過她那麼開心，讓我想到那兩個到今天我還會寫錯的字，『幸福』。我就把我剛拿到的薪水包了紅包給了她，她紅著眼眶推辭了很久。」

寅向我炫耀他的新摩哆車，紅色的「爬山虎」；說他正在存錢，開始在為自己供一間房子，將來打算開一間小餐廳，娶個老婆。他說他「平生無大志」，大概又是哪部港片裡學來的台詞。寅還拉開上衣給我看他胸前色彩鮮豔的虎頭刺青。齜著牙，好似試圖威脅每一個看牠的人。「為了這個，」他得意的說，「不知道給警察找過多少次麻煩。笨警察以為我是黑社會，我說這是藝術品，你看，有簽名的。」他笑著指出右腹側，一處開過刀的暗沈舊疤。

一時興起，他把整件上衣脫下，背上赫然刺了個青色的羅剎鬼頭，這才發現他這些年膚色變淡了。鬼額頭彎出兩支羚羊似的長角，嘴裡交錯著四根獠牙，背上的舊創痕成了自然的暗影筆觸。

他側身悄聲用夾雜著馬來語與閩南方言辭彙的話說：「你不知道女人有多喜歡這個。」他還說他最喜歡三十多歲的女人，玩起來才夠味。

這時，店裡來了一家客人，四五口。他緊張的穿回上衣，趨前接待。

那嬌小的女孩，一襲青色洋裝，目光冷冽的和我目光交會，只數秒一瞬，視線即移開。

是她。有一次走錯路偶然看見她後，每天早上上課，我都必然繞一大圈刻意經過她家門口。那一帶可是高級住宅區啊。但也只敢看她一眼，有時經過後，轉彎前，再偷偷回頭看一眼。唸初中二或三吧，她的五官精緻得不可思議，白上衣白裙子，身材纖細甚至可以說是瘦弱的。每天早上都有一小段時間在五腳基上等著父親用Volvo載送，是我每日早上最憧憬的一瞬。有時時間沒拿捏好，稍稍晚了些；或她因事未上學，經過那空蕩蕩的鐵門前，心就會很難受的糾結著。

有時晚上，刻意騎腳踏車經過那一帶。運氣好的話，會遠遠的看到她在二樓陽台眺望遠方的身影，雖然看不清楚，但還是有說不出的喜悅。她家常傳出叮叮噹噹的鋼琴聲，但我對音樂毫無認識，不知道那是甚麼曲子。只傻傻在樹下聽，兩隻腳被蚊子叮得滿是包。

我後來知道，像我這樣刻意繞過她家的男生不在少數。步行的，騎腳踏車的、摩哆車的、甚至開著小轎車的——只差沒有騎著馬的。雖然沒有人在她家樓下拉小提琴，但吹口哨者不計其數。夜裡摩哆車叭叭數十輛疾駛而過，常鬧得她父親衝出來叫罵，甚至找警察來追捕。

彷彿在她家外頭不遠處的樹影裡，看見過類似寅的爬山虎，那躲在黑影裡抽煙的人是不是他，我就不知道了。

但我未曾那麼近的看過這一家人。她的母親，和她有幾分相似，卻像是她的臉孔的扭曲，有一種難以言喻的衰老——感覺像是過早摘下而老去的瓜果那樣的皺縮了。體型也差不多纖弱，穿著素色洋裝。她有個唸小學低年級的妹妹，依稀可以看見她幼小時的模樣，和一個過於秀氣的學齡前的聒噪的小男生。而她父親，是一個聲音宏亮、熊一般高大的男人，穿著很正式，西裝長褲，抻起長袖露出結實多毛的手臂。我彷彿聽到他點了水魚。

和寅道別時，我看到他在廚房地板上，手起刀落砍掉一隻鱉的頭，還把它拎起來，朝著我，帶著幾分邪氣的笑著：「有像麼？」

幾個月後，聽說那女孩失了蹤。連續數日早上經過她家不見人影，晚上刻意繞過也不見陽台上的身影。只感覺她家裡有股說不出的焦躁。甚至可以聽見她父親的咆哮，母親的啜泣。有警車在她家門口，屋裡有警察的身影。

那些天，無聊之餘我也繞到和記，去瞧一瞧寅。看他也是副心神不寧的樣子，煙一根接著一根，鬍子多日沒刮，神容憔悴。甚至聽到老闆在斥罵他在發甚麼呆，×號桌、×號桌怎麼都還沒上菜，有肉沒炒熟，有的鹽放太多。切肉時竟然還傷了手指，被迫休息了幾天。

然後女孩的屍體被發現了，是被勒死的，還被切成幾塊丟棄在附近的大河裡，被不同的釣客發現。陰道深處有大量精液，陰道口有撕裂傷。

報載，傷口切割得非常俐落平整，研判兇手有屠夫、廚師或外科醫師的背景。

那天我去找寅，在他宿舍旁的臭水溝邊，他點了煙但一臉的淚水眼淚鼻涕，整張臉好像溶蝕崩塌了。沒看他那麼傷心過。

很快他就被警方帶走了，而且快速宣佈破了案。有人指證當晚女孩確實上了他的摩哆車，奔馳在七英里外那條黑暗的路。他的廚師背景對他非常不利。他母親和繼父為他請了律師，但他還是很快的被判了死刑，也快速的被處決了。傳聞女孩的父親在警界政界有很多朋友。據說他對所有指控不承認不否認也不辯解，神情很平靜。

行刑後不久，我收到他從監獄寄來的一張明信片。寥寥幾句，沒頭沒尾，字很醜，很多錯、漏字：「（連串的塗黑、劃掉）我們吵了架。（連串的塗黑、劃掉）我不（應該）把她丟在那裡的。那裡很黑。（連串的塗黑）我回頭去找時她已不在。我以為有人（送）她回家。（連串的塗黑）我不敢去他家。（連串的塗黑、劃掉）」

我彷彿記得那天在茶餐室，女孩經過他身邊時在他耳畔輕輕說了句：「膽小鬼！」

那事過了二十多年後，警方破了另一宗分屍案，逮到一名獐頭鼠目、頭臉油油黏黏的老頭嫌犯，是個在地的狗屠者。他坦承那一宗、還有別的幾宗印度妹的也是他幹的，面對鏡頭涎著臉侃侃而談。「看到那美麗的女孩被嘔氣的男友丟在路邊，不好好的抓來玩一玩太可惜了。」那是他幹的第一宗。他還大言不慚的說，真不知道警察為甚麼那麼笨。他住的地方其實離棄屍地點並不遠，還以為很快就會被抓到，跑路了幾天。不料竟抓了一個替死鬼。

玩了那麼多個，縱使被槍斃他也覺得值得。「好美，好美，一輩子都忘不了。」他竟說他最懷念的還是那第一個。

問他為甚麼強姦了人家還那麼殘忍的把她殺害肢解，「就是想切切看。」一開始他吊兒郎當的說，後來又補充道：「你們不知道她有多『惡雞嬤』，抓得我全身是傷，還很用力的咬人呢。」指著肩膀上的疤痕，說被她咬了一個大洞，流了很多血。

但誰還會記得那些可憐的女孩呢？

寅故後不久我養了條青龍魚，給了牠他的名字。那時青龍幼魚還很便宜。我自己做了個長長的水泥魚缸養著牠，看著牠一年年長大。牠小時我只以小魚餵養牠，但長大後主要就是吃蟑螂壁虎，而今牠也是一尾老魚了，鱗片大而墨綠，鱗紋清晰，有一米半長了。鎮日背貼著水面巡游，吊著眼瞄著日光燈下的壁虎，水族箱兩旁圍了網，以防牠躍上來咬壁虎不慎跳到外頭。我喜歡看牠野性的一躍。牠喜歡幽暗，幽暗讓牠鱗片的綠顯得更深更墨。因此牠的水族箱八成都是水泥的，上頭蓋著厚木板，就像個洞穴。只有小部份是玻璃的，打燈換氣都在這頭。牠看到我就會慢吞吞的游過來亮處，我們無言的對視。

哪天如果牠死了，我會把牠連皮帶著骨肉用鹽醃製成標本，擺在店裡繼續陪我。

我知道他們最後走的那條路會經過那條有著黑色流水的大河，她被棄屍之地，那河裡深處過去一直有原生的青龍魚棲息。

我一度以為是寅失手殺了她。

她的死徹底的毀了我。我一度非常羨慕寅可以隨她而去，也一再思考為什麼我還要繼續活下去，平凡如我，此後漫長的一生可是無聊乏味至極啊。

一些念頭一再的困擾我。

男人為什麼會愛上女人？就因為那美麗的容貌？

人死後你還愛她嗎？

當形體消失，思念如何抵抗時間的磨蝕？

我可是連一張她的照片都沒有。

宣佈破案後不久，她父親就把房子賣了，一家人遠遠的搬走了，移民到外國。從斷斷續續的消息判斷，那熊一般的男人也被這事給毀了。他成了酒鬼。他既無法釋懷美麗女兒的慘死，也沒法原諒她的叛逆、更自責對女兒保護不週。至於怨恨「阿飛」一樣的寅君把他女兒帶向絕望的死地，更是不用說的了。

那些天我經常到她家繞繞，一天常不止繞一回。即使他們搬走後多年，我仍維持那習慣，那已經是我生活的一部份了。也許心底深處期盼著哪天奇蹟出現，看到她再度出現在那小陽台上。

寅被捕後不久，有一天傍晚，看到她家附近一小塊荒置的茅草地上堆置了大量物品在燒，味道很難聞。她母親和妹妹立在熊熊烈火旁，陸續把甚麼東西往火裡丟。仔細看，是她的衣服、相簿、日記、信件、獎狀……我心一陣愀痛，心底在呼喊，能不能留一張她的照片給我？但我不敢開口，望著火光默默流淚而已。

也許我靠太近了，呼的甚麼東西飛過來，差點就砸中我，摔碎在馬路上。「死三星！」有人大聲罵道。隨後看到那熊一般的男人從他家門口階梯上滾了下來。我只好跑到路那頭的轉角，躲在一棵樹後，遠遠的看著那一忽兒藍一忽兒綠的火，一直到它在漸漸黑下來的夜裡燒盡一切。她們離去後，我還拿著樹枝去掏弄那灰燼，期盼可以留點甚麼給我。然而就只有灰燼。她母親仔細的燒掉了一切。連碎片都不留給我。

我忍不住給在牢獄裡寅寫了封信，痛責他為什麼那麼殘忍，一字一淚的描述了這場火。信末沒有祝福，只有四個字：你去死吧！

這事情讓我一輩子都不敢動念和女人發生那種關係（進入女人身體）——身為男人，我覺得我也有罪。年少時，我並非不曾幻想過對她做那髒事——而今而後，對我來說，那事無論如何都是一種冒犯、傷害、褻瀆。當然，我也不可能結婚。我也認真的去學過陶瓷，曾想依她的形象捏製成瓷偶。只可惜我沒有天份，怎麼捏都捏不出她那美麗高傲。我的失敗的作品讓我覺得自己一再的在冒犯她。更糟的是，我的爛作品回過頭來污染了我對她的記憶和想像。她在我腦中的影像開始模糊。這讓我更渴求一張她的照片。

我後來想到，有一個地方也許會有。

我向鎮上那家口碑最好的「真善美」照相館詢問，五十來歲的老闆猛搖頭說「我們怎麼可能違反職業道德做這種事。再說，就算有留底也只能給委託人。」但我看一旁的年齒和我相近的他兒子的神情，就猜到未必沒有希望。於是挑了個老頭不在的時間再去，果然，有數十張之多。她們到照相館拍的全家福，她美麗的獨照，甚至生活照——她父親用單眼相機為她拍的，公主般的彈著鋼琴、吹著生日蛋糕、抱著巨大的鯨魚玩偶、慵懶的睡在沙發上。雪景、楓葉、櫻花、港口、海邊、瀑布、樹影裡、草地上……。對我來說這部份最珍貴，那是我無緣參與的生活。那些衣裙都是我未曾見過的（我決心一一把它們找回來），也未曾見過她那麼放鬆的笑，陽光下如花似玉的歡顏，嗔怒、頑皮、撒嬌時的樣子。那是透過她那熊一般的父親的眼睛留下的，他對女兒的愛。我就知道他們一定會偷偷加洗她的照片收藏著，畢竟是那麼少見的美麗女孩——原來他年少時也戀慕著她，當年即曾一再央求他父親偷偷留下她的照片。

提到舊事，我們倆竟相擁而泣。

感謝他慷慨的饋贈，我多年後回贈他一尾價值非凡的金龍魚，一直金燦燦的養在相館裡。

那之後不久，他結婚生子。而今孩子都很大了，女兒也嫁人了，有請我喝喜酒呢。

高中畢業後那許多年，我換了許多工作，攢積了一點錢，連同與我相依為命的祖母一輩子為我存下的老婆本（伊唯一的遺言是，要我無論如何要娶個能生的老婆，多生幾個兒子為咱符家傳宗接代），頂下這間因為先生玩別人的老婆，而被那女人的老公削了一大筆錢，而面臨倒閉的小玩魚店。

多年前到日本偶然發現那裡某家情趣用品工廠可以訂製女偶，我即花了大筆儲蓄依她的容貌訂了兩個和她一般大小的女偶。我不敢冒犯她，雖然我更迷戀她的笑顏。兩幅都是孤傲冷峭的神情，也就是我以前每次見到她的樣子。

一具坐在在牆後的暗影裡，陪我白日顧著小小的熱帶魚店。我為她準備了張舒適的椅子，一張小桌，有唱機隨時播放古典鋼琴曲，貝多芬，莫札特，蕭邦，應有盡有。收工後就只有寅游來游去陪著她度過漫漫長夜。另一具和我同寢，我同樣為她準備音樂，每天晚上給她換上不同的絲質睡衣。我們的睡房就在魚店樓上。那就不必每日搬來搬去，增加損耗的風險。我和她們乾乾淨淨的，她們一直都還是處子之身。我當然不會把她們做為洩慾的工具，那違反我做人的原則。我只會抱抱她、親親她，為她買新衣服、更衣。久久幫她用清水輕輕抹一抹她還未完全發育的身體、為她洗洗頭，擦擦臉，而不會侵犯她。年深日久，她的膚色沒那麼好了。我因此學會了塑料上色之術、植髮易毛之術，可以為她們定期保養，不致褪色。因此數十年了，她們依然年輕貌美，只是看起來有幾分憂傷。

我依然常夢到她，夢到寅。寅在我夢裡還是個很受成熟女人歡迎的男人。我的時間太多。餘生太長。

因此多年來我反覆細想，如果他們一直交往下去，結果多半還是分手。以她的家境，一定被送去英語世界深造；而寅，頂多是個小地方的廚子。況且他那麼風流，她父親怎麼可能接受。縱使他們用世間男女常用的「先上車後補票」的方式勉強結合，先懷孕再說，個性和家境差異那麼大的兩個人，婚後多半也是吵鬧不休，而怨恨年輕時的衝動，而互相責備。

她會怨怪他毀了她的留學夢嗎？她會被暴躁的他在酒後痛毆嗎？

她多半還是會像她母親那樣正常的老去，皺縮，不再美麗。那他還會愛她嗎？

而他，一定會持續四處狩獵狼虎之年狂野愛嚎叫的女人罷。

當她母親年老色衰，她那熊一樣健壯的父親，多半是把愛轉移到女兒身上了。

如果他們活著而相愛，也會有一個甚至數個美麗的女兒吧。

我太平庸，她是不可能愛我的。白雪公主會愛上小矮人嗎？

但誰也不能阻止我以自己的方式愛她。我早就決定要以我漫長的餘生來為她守喪。誰能了解這種悲涼絕望的愛？

夢中的她依然不笑，也不和我說話，一逕冷冷的如生前。

五十歲那年，有一回我夢到她在我耳邊輕輕說了句：「膽小鬼！」

我竟喜極而泣，抱著她冰涼的替身號啕大哭了一整夜。

她最後時刻的恐懼、被傷害被切割時難以想像的疼痛、她的絕望、她在黑夜的呼喊或窒息，多年來一直在我腦裡反覆的迴響。

單憑這一點，我就永遠都沒辦法原諒寅。他怎麼可以沒有好好的保護她？

有時也夢到他們都變成了青龍魚，在那有著黑色流水的大河裡，自在的繁衍。

我想他們如果投身為魚，也許會比較幸福吧。

我每天都會和她們說說話，就像所有的平凡夫妻那樣，聊聊家常，我會在腦裡幫她們回答。我想像我年輕時娶了她，孩子長大離巢後就剩我倆相依為命了。用餐時我也一定為她擺副碗筷。差別只在於她不能見客，沒有人會接受我們這種關係的。因此我從不接待客人。久而久之，親戚朋友幾乎都不往來了。

為了抑制欲望，我茹素。總是稀飯、燙青菜、豆腐乳、花生米，且過午不食。饑餓會提醒我為什麼還活著。

我親手把她的遺照做成一本沒有文字的書。我唯一擁有的、日日翻看的一本書。

只是我老了，愈來愈覺得自己配不上她。也許我的衰老本身還是不免冒犯了她的青春美麗。但我始終沒法調整自己，把她們當女兒——甚至孫女。

我更擔心的是，哪天我死了，她們多半會被當作老變態的骯髒玩偶，而被丟棄在垃圾場。

生而為人，我感到非常非常的悲傷。

二〇一三年十月八日埔里牛尾

在馬六甲海峽

聞擊柝，夜呀——三——更，江楓——漁火，對住愁人，幾度——徘徊——思
——往事呀，勸嬌——你何必——太痴心，風流——不少——憐香客，羅綺
——還多——惜玉人！……襲錦——纏頭——我愧呀——未能……

——趙戎，《在馬六甲海峽》

偶然與故人卯重逢於馬六甲荷蘭街，十多年不見，第一眼竟誤以為他是外國人。他更像個「紅毛」了。高大的身軀，額上一撮紅髮，瞳仁泛出淡淡的綠色，兩鬢卻提前霜白了，有著一股超乎年齡的滄桑感。他看到我很高興，熱烈的給我一個擁抱，隨口問候我妻子和小孩好不好。他說他其實很少回到馬六甲。

問明互相都沒有急事待辦，即相邀於附近茶樓「Formosa」喝個下午茶。那是間我們前後屆的留台人開的茶樓，原是昔年高級紅毛官員的別墅，建築異常氣派，巴洛克建築。佔地廣大，有水池、花園、涼亭、步道，卻荒廢傾圮多年，近年方修復呢。從二樓陽台上（那兒擺了長長一列單人及雙人的餐桌），可以清楚的眺望馬六甲海峽。

昔年據說紅毛官員還架設了簡易的私人碼頭，方便私家遊艇進出。外部是歐式的空間，內裡的「台灣館」卻佈置得異常中國風：木屏風，仿明清傢俱，大紅燈籠。裡頭的侍應生男的中山裝，女的竟穿著旗袍，說的華語一口刻意的台灣腔，軟親暱暱的。店裡的特色食品還是「台灣牛肉麵、台灣排骨飯、台灣焢肉飯、台灣關東煮」之類的呢。歌曲有時是鄧麗君、鳳飛飛、羅大佑、張學友；有時是閩南老歌，哭哭啼啼的，棄婦之音。但有時也放些〈十面埋伏〉、〈黃河協奏曲〉之類。

我們相視苦笑：「這些留台人！」

當然店裡也賣道地的西餐：葡萄牙烤肉、娘惹叻沙、印度咖哩。敘舊之故，我們選擇台灣館，喝咖啡烏、吃咖哩餃。

以我們的年歲，交換了些老朋友、老同學的訊息後，不免還是從家庭、工作談起——譬如我，畢業後即結了婚，接連生了兩個孩子，大的都唸高中了。因工作的緣故落腳馬六甲，原本做的是大學時的本行，賣農藥和種籽；也教過幾年書。後來因緣際會，改從事旅遊業，主要是跑中國、台灣，如今開著一家小公司，店名就叫「神州」呢。過著平平淡淡的安穩日子。聽我輕描淡寫的說罷，卯重重的嘆了口氣。

「你安定下來了，我可還是漂泊著啊。」

當年我們同年留台，同校不同系，也來自不同的州。不過唸甚麼系對卯而言大概並不重要。他是個俊俏的高個子，深眼眶高鼻樑，個性溫和，輕聲細語笑瞇瞇，是很多女同學的夢中情人。雖然成績很爛，卻是足球場上的風雲人物。據說是許多女孩床上的「啟蒙導師」呢，但不知為何卻始終沒定下來。他最令外人佩服的是，不曾有女人哭哭啼啼的鬧到宿舍來——更別說鬧到教官那裡去。但我曾經幫了他一個大忙，他想必是感念著的吧。

「真是一言難盡。」他掏出煙斗來，隨口問我：不介意吧？

他把外觀已然老舊不堪的公事包平擺在桌上，從邊袋裡掏出一張破敗的照片，推到我面前。是幀約有尺來長、但卻只有三吋許寬的奇怪的照片，間中有無數摺痕及透明膠布的補綴，好像曾經被狠狠的切斷過。裡頭的人像和衣著等都有點模糊了，但依稀可以看出是有一群人站在一個巨大的米白色事物前。從殘存的衣著上可以判斷，有阿拉伯人、武吉斯人、米南加保人（戴著皇室的帽子）、巽他人、印度人、華人（戴著草帽苦著臉、苦力服）、臉像紅毛猩猩的高大紅毛、小鬍子英國佬（白色殖民官服、眼鏡、便盆帽）、小黑人……「背後那隻是？」

「你再仔細看看。」船？不像。蛇？不像。難道是——鯨魚？

他點點頭。說這是他曾祖母臨終前給他的。當然原來保存得非常好，只是有點自然舊而已。老人家給他時也沒說甚麼，只是點點頭，微微一笑，就到那世界去了。家裡人也看不出裡頭有甚麼含意。裡頭那個華人也不像他們家人。他家沒人那麼矮小。他是曾長孫，從小受寵，但伊平生收藏的金器銀器都分給了伊的女兒們。臨終前竟然只給了他這個，讓他母親因此多年憤憤不平。

「我曾祖母、祖母都是娘惹。」

卯問過他祖父，祖父說，傳說有一年有頭老鯨魚游過馬六甲海峽，大概潛得不夠深，又逢追捕，不慎被英國東印度公司的船艦「亞哈號」給撞了一下。後來就重傷擱淺死在馬六甲海邊，那血染紅了整個沙灘。漁民們非常高興，就把牠拖上岸，當成戰利品，請了當時荷蘭街唯一一家照相館的師父扛了攝影機來拍了這張照片。

「那有甚麼問題？」

「這是一切故事的開端。」卯嘆了口氣。

大學混了七年混畢業後不久，因為工作的緣故，卯在台南古都後火車附近的葫蘆巷裡認識了一個女孩，每過一段時間他都會從香港的舊貨市場給她帶來一些新奇的物件。

女孩守著一家由她祖母手上承接下來的名為「華麗の世紀末」的店（招牌是個褪色的舊物，那字像幾件橫掛的黑色破短褲，筆畫都寬寬大大醜醜的，署名西甚麼川滿，應該是個老日本鬼子），在幽暗的巷弄裡，數坪大的小小的店面賣著各種真真假假的寶石、土耳其玉、乳香、沒藥、龍涎香、琥珀、檀香珠子、絲巾、紗麗、玉器、各國的古幣、據說是深海撈起來帶著藤壺的尺高的甕。店的深處還有幾尊古舊的神像、幾個老紅木櫃子，裡頭疏疏的藏著線裝古書，詩鈔文鈔。店裡無時無刻不播放著絲竹音樂。最常是洞簫與古琴，幽幽咽咽的，像自遠古深山的某處神秘洞穴傳來；或者山裡一道澗水，不疾不徐的自石壁上自在的流下。總是淡淡的瀰漫著某種線香，如幻似夢。曾經有詩人形容說，那店簡直像座小廟。但常常大半天沒人光顧。女孩自顧自的泡茶，翻著書，淡然的提著毛筆就著檯燈，在宣紙上白描著一張又一張的觀世音菩薩。

女孩皮膚白皙，身材高䠷，乳房小小的，像個孩子，姑且就叫她小豚吧。她裸身趴在藍花布床上蹺起腳，神情頑皮的看著他時，真的就像一尾自在的小白鯨。他到訪的那幾天，她幾乎都不開店，一早到晚幾乎就是不斷的瘋狂的做愛、昏睡。餓時草草煮個麵，或隨便套上件裙子，一道踅到巷口吃個滷肉飯，喝個咖啡，稍微逛逛，又回到小閣樓上，繼續擁抱。「年輕的緣故。」卯說。她白而細嫩的美麗身體，烏溜的長髮，柳葉般的細眼，厚而多皺的唇，讓他常把她想像為波斯后宮裡的佳人。繾綣時他稱喜歡在她耳畔輕輕的稱她「妃」，她也不以為意。反正她名字裡就有這麼一個字吧，況且五妃廟就在不遠處。

有一年途經巴黎，偶然看到那款號稱是用罌粟花提煉的知名的香水Les Fleurs du mal（惡之華），一時興起，給她帶了一大一小兩瓶。那女人腰身形狀的瓶身浮雕著大朵紅色黑色的罌粟，她一看就愛上了。其後才愛上那味道。那味道令人迷醉，後來她習慣在他們交歡時在身體的特定部位灑上它，它就更加是性愛的味道了。更有做著春夢的感覺。

此後他在香港或其他港口時，也常會發現有Les Fleurs du mal，每每也會順道給她帶上一小瓶。

她興奮時，以小腹為中心，皮膚會像小小波浪那樣沿著四面八方輕輕的震動，向著她起伏的胸乳、猛烈跳動的心，細細的、膚浪的漣漪一直延伸到手和腳的遙遠的枝端，那抖動抽搐著的腳趾手指；張大了嘴，鯨豚似的無聲鳴叫，發自丹田深處。那時刻，她的神情有點驚恐。大概身體的反應並不受意識的控制。那種美好讓他感覺自己像個音樂家，在做著偉大的演奏。

殊不知巷口裡那些鼻子敏感的多嘴婦人，後來從她身上的味道和輕快的腳步，就準確的判斷她的情人又來造訪了。更別說她高潮時壓抑不住的、野貓似的狂野呻吟，是每每連貓族都要被驚動的。有時在那欲仙欲死的時刻，他不得不伸出手輕輕捂住她的嘴巴，害她常常幾乎要喘不過氣來，有時竟也擔心哪次會錯手弄死她。

他們之間沒有承諾，有時許多個月都不通音訊。思念時，他會在港口或機場給她寫張明信片，寥寥數語，描述那當下的心情或景致。他也曾給她留下幾個不同的地址，是他在不同國度的歇腳處。香港。牛車水。泗水。棉蘭。艋舺。東京。京都。檳城。倫敦。開普敦。鹿特丹。巴黎。果亞。有的是郵箱，有的是長期往來的生意夥伴的店，途經時必住的小旅舍，他在馬六甲的老家。但有一處是他一位年華老去的、可以無限包容他的姐姐般的寡婦情人叫和子的，在神戶。

每每造訪前半個月或一個月，他都會給小豚寄張明信片，告知他抵達的大致日期，如果她有甚麼不便，可以寫明信片到他指定的地方——很奇怪，他們都像古人那樣不用電話。如果她有別的情人，或者那段時間不便，他可以延期造訪——當然，他的行程也曾被颱風或大雪所阻。但她未曾拒絕過他。

他的來訪，讓她雀躍如小鹿，會在小閣樓上一跳一跳的，也會整個人掛在他身上。但他甚至不知道她幾歲。

就在那時，卯給她看了那張照片。

她看了立時裸身跳起，光溜溜的到梳妝台旁那口阿嬤留給她的五斗櫃，拉開其中一個抽屜，掏出一疊相片。其中赫然就有一張長長的，很相似的照片——一群人和一頭鯨。當然是不同的一群人，幾個華人還有幾位紋面赤膊、皮膚黝黑的原住民。那鯨也是不同的——是頭藍黑色的鯨。她阿嬤說那背景是熱蘭遮城，只是那城沒拍進相片裡，被鯨的巨大擋住了。人群裡有遺棄了她們母女隻身遠走南洋的曾祖父呢。

是個黝黑精實，目光淩厲的小個子男人，拄著標槍，有股甚麼都阻攔不了他的意志。就是他帶領那群人殺死那頭迷航進入「鯨骨之海」的母鯨。

那時他們並不知道牠肚子裡已孕育了幾近足月的鯨雛。這事讓她西拉雅裔的曾祖母非常悲傷，有著巫師血統的她深信會有詛咒落在這家族頭上。

果然，此後多代無男嗣。

這故事讓他微微的不安，但心底深處反而有一絲放鬆。

他說，有時為了貪歡，他們甚至沒有採取任何避孕措施。因此就算離別的日子裡她給他生了個孩子，也不是甚麼奇怪的事。

但那時實在太年輕，覺得自己還沒玩夠，還沒想要定下來。以為他們的關係可以一直這樣下去，以為她會一直在那裡等著他的歸來，哪裡會想到有一天會再也見不到她。那時一切都來不及了。

在異國的港灣，他其實常夢到她，夢到他們像一般人那樣，組了個小家庭，有幾個孩子；在黃昏的餐桌旁，在孩子的笑語裡吃著晚餐。

但他老早就和她說過他這一輩子是不婚的，他熱愛流浪，體內多半寄居著一個異國的流浪水手，一直流浪到消失不見為止。

因此學了殘破的多國語言，每種只會講上幾句。勉強夠用於勾搭女人而已。除了髒話，就是「我們是不是在哪裡見過」、「我愛你」，「我好想妳」，「親一下」，「想抱著妳一起睡覺呢」。

他說，那時他其實在香港的「女人街」還有個情人。那個叫「小藍」的女人有著一雙藍色的手，是多年的藍染工作留下的烙印。不知怎的，他被那雙惡魔色的手吸引，更別說她那雙多情的濕潤的眼睛——還有鄉音一般親切的廣東話。她守著一小爿上一代傳下來的手染服飾店，店名只有一個字：「La Blue」，說是從哪個舊貨市場撿來的，原是某間倒閉酒館的招牌。那地方曾讓他流連不已。她身上自然散發著一股淡淡的獨特的味道，讓他聞了就想和她一起小小的死一死。

有一回多事給她帶件絲製的紗籠，他們間的故事就那樣開始了。

「我哪知道她竟然還是處女——我發現時馬上就後悔了，但哪裡來得及？此後她就一直提醒我要為她負責，要我留下來陪她照顧她憂鬱寡言的老父。但我實在受不了那鴿子籠似的窄仄公寓。天啊一輩子守著這麼一小爿店面？那是怎麼樣乏味的人生啊。魚缸不適合我。我適合大海。我是隻虎鯨啊。我哪知她脖子上戴的金十字架不只是個飾品？」

那時他並不知道她的佔有慾會那麼恐怖。只知道他們有過肉體關係後，每次去找她，她都喜歡像小狗那樣在他身上東聞聞西聞聞，好像在尋找他身上殘存的女人的味道似的。

那天他太不小心了，太急著上她的床（那個冬季太冷了），竟然給她聞出了Les Fleurs du mal的餘味。她不動聲色。一樣的激情繾綣後，她竟趁他倦極熟睡時把他四肢綁了起來。他被下體的一陣涼意嚇醒，醒來時發現自己除了四肢受制之外，一把冷冰冰的黑色大剪刀就擱在他軟疲的生殖器上。她塗了天藍色的唇膏、畫了青色的眼影，神情異常妖艷動人。她僅著薄紗睡衣，那雙藍色的手不懷好意的來回撫摸他嚇得發抖半縮進體內的卵蛋。

「老實的同你老婆我講一講果個臭姣婆咧。」她沙啞著說。

他只好先感謝她沒趁他熟睡時閹掉他（她多半也捨不得吧，卯厚著臉皮說，她可是很享受呢），再哀求她有話慢慢說，不要那麼衝動。

「我說我是個四海漂泊的浪子，她一開始就知道的，我很抱歉讓她傷心。就在我嘴裡苦苦哀求的當下，我那話兒不知怎的突然變得腫脹堅挺，她神情古怪的看了我一眼。那瞬間我好擔心——那是我這輩子最害怕的一瞬——她順手一剪，我這輩子就完了，不死也毀了。而且一定成了報紙頭版的新聞。還好她咬咬唇，放下剪刀，撩起裙子，對準了我的大傢伙，坐了上來。她粗暴的騎著我時，一邊放聲大哭。我當然不會覺得歡愉，畢竟剛盡興的玩過一輪。自作主張挺身而起自救的老二那時只有疼痛，忍受著愛的折磨。我還擔心被她亂換檔時故意把我搖斷呢。但一直痛哭的她真的很傷心，一直有淚水灑在我身上。幾輩子那麼長的時間吧，我精神早已不支，但那話兒兀自為自己的生存奮戰。迷迷糊糊中我好似聽到激烈的拍門聲，聽到悲傷沙啞的父親反覆的喊叫：『乖女，聽阿爸嘅話，唔好做傻事，殺人要坐監嘅。』『妳咁年輕，唔值得啦。』『男人嘛，到處都有嘅。』她一直哭一直哭，以致我醒來後，她以前最愛撫摸的我那長著棕色毛的胸前，像下過一場綿綿的藍色細雨。我醒來時她們父女都不在了，還好手腳都被鬆綁了，也還好胯下那副傢伙沒被剪掉，只是龜頭疼痛，帶著血。我以為是她大姨媽來了，仔細看不是，媽的是我被玩到脫皮在流血，殘餘的精液透明得像一滴淚。我玩過這麼多女人，竟然不知道我這老二會對這女人產生了私人情感，還會以淚還淚、以血還血這一招。媽的我一定是被那女人下藥了。

穿衣服時才發現內褲都被剪破了，一邊屁股還有奇怪的灼痛感。照鏡子才發現有兩個很醜的、筆畫擠在一塊的藍色的字。努力轉頭，把屁股肉擠過來，竟然是貝戈戈擠在一塊，貝大戈小的『賤人』這兩個字。往好處想，她沒把字刺在我臉上算是手下留情了。

那字當然還在——你不會真的想看吧——畢竟是個愛的紀念呢。

房間裡像進過賊。

我的行李被撤底搜過了。她之前都信任我，我們有默契，她不會去亂翻我公事包裡的私人物品的。我也不太問她的私事。但她說過，她幾年前曾被一位年紀比她大得多的車衣廠的小開騙過感情，我還以為她早就失身了。

最糟的是，我公事包裡的重要文件全被剪破了。我的大馬身份證、護照，女人們留給我的小照、明信片、地址電話、出貨單提貨單、帳本，甚至，那張有著鯨魚的照片、我曾祖母祖母姐姐的照片，都被耐心的剪成了碎片。我頓時腦裡一片空白。」

他把所有碎片都撿進行李箱後，就倉皇逃離那可怕的公寓了。

他第一時間（大概沒穿內褲）就跑到「中國大廈」八樓的馬來西亞簽證處，去問那些官員該怎麼辦。他想說完蛋了，以馬來西亞政府的官僚作風，他這次死定了。所有的證件如果辦不出來，他說不定會變成無國籍難民永遠在香港流浪呢。

「還好我運氣好，也許因為我的馬來語非常流利。那位好心腸的馬來姑娘說，我的馬六甲口音讓她有他鄉遇故知的感覺呢。透過她家與皇親國戚的關係，我總算把自己的身份重新建立起來。

一切該辦的都辦回來了。

那陣子我借住她的公寓，那裡剛好剩個小客房。她說還好我的護照的『皮』及第一、二頁有著我名字和鋼印的還完整的保存著（是小藍心軟手下留情吧）。」

「她的手很巧，非常有耐心。我們倆在燈下把那些相片、貨單、帳單的碎片重新綴合，我的幾個情人的小照都糜爛得無法復原，連同幾張明信片都捨棄了。我們像孩子般天天玩著拼圖遊戲，一邊用馬來語聊得非常開心，不過一個多禮拜就完工了。那張有鯨魚的照片她仔細看了很久。『我好像聽奶奶說過這事。』她奶奶說，那時大英帝國對支那開戰了，也從半島調了些馬來兵員去幫忙。那時軍艦從新加坡出發，北上時必經馬六甲海峽。奶奶的家在山丘上，她小時候就常坐在波羅蜜樹上，遠遠的望著黑色的軍艦接二連三的穿過馬六甲海峽，往北去，企圖殺死那頭千年的巨龍。

有一天，一個獨眼獨腳的紅毛老船長阿哈（Ahab），瘋狂的駕著破爛的捕鯨船屁股的號（Pequod），追捕一頭鯨魚，衝進壅塞的馬六甲海峽，摔死在礁石上。奶奶說，王室裡有位著名的捕魚人滿速沙，見狀即帶領他的船隊去夾擊那頭受傷的老鯨魚莫比迪克（Moby Dick），奇怪鯨魚也有名字。屁股的號上倖存的紅毛水手向他們自我介紹時說了句：Call me Ismail（叫我伊斯邁）——他們還以為他是穆斯林，原來是浪大聽錯了，他說的其實是Call me Ishmael.（叫我以實馬利）。是個性慾無與倫比強的男人，聽說很多漁人的老婆都情不自禁跟他發生過超友誼關係，以致後代常隔代遺傳了他的紅頭髮或大屁股。

反正簽證重辦也要一段時間，她就請了假陪我到處玩，雖然香港我也很熟了。她把自己裝扮成另一個女人，戴了假髮，像女明星那樣戴上大大的墨鏡，也把我打扮成好萊塢大明星，隨時露出胸毛那種。她完全捨棄穆斯林的規範，像是個偷情的歐洲貴婦，厚厚的狐裘裡甚麼也沒穿，也灑上我送的味道怪怪、有點榴槤味的香水La poison，到處找沒人看得到的地方火速的做愛。公園。大學。電影院。雙層巴。渡輪上。電話亭裡。

我們當然避開了小藍可能會出現的那些街道，我對那藍手女真的餘悸猶存。看到我和別的女人在一起，她會不會醋勁大發對我潑酸，以毀掉我這張受女人迷戀的臉呢？那是很有可能的。雖然心裡不免有幾分歉疚，傷她傷得那麼深。途經香港時，有時我還是會忍不住繞過去躲在人群裡遠遠的眺望她，看她美麗自在如昔，穿著她心愛的藍花布裙子在燈光裡招呼客人，我就放心了。有一回看她目光凌厲的掃過來，害我嚇得躲在電線桿後——撞到了一兩個路人——然後快速彎著腰逃走。她一定是瞄到我這顆鶴立雞群的紅毛頭了。

有一天馬來女孩不禁笑問我是不是因為作賊，屁股上才被刺那樣的字。原來她還上過半年華小，學過一點中文呢。我只好告知她我那個善妒的前女友的故事，順便一筆一劃的仔細教她辨識那兩個中文字的差別，對她說教她認得這幾個字（貝戈賤賊戎），也不枉我們這場相遇了。

『我上輩子一定是個多情的水手。』

我告訴她。她用很諒解的目光看著我。問我有沒有考慮皈依穆斯林，她以一種姐姐似的神情笑說，有娶四個老婆的kota呢。那時我懷疑她是不是在委婉的暗示我應該和她結婚，而僅僅謹慎的報以不置可否的迷人微笑。

她確實有認真的勸我要安定下來。還用伊斯蘭教義訓誨我：男人該以家為重，遲早要定下來的啊。每一艘船都得停泊靠岸。

只有不成熟的孩子才會一直漂泊啊。

那時我也不知道她每天燉給我喝的雞湯是加了tongkat Ali的。苦苦甘甘的，還以為是甚麼中藥呢。喝了渾身發熱，頭一直癢癢的。

那個冬天真的很冷，她的手腳單是靠暖爐是暖活不起來的。那時我一心只想要好好報答她，竭盡所能的取悅她，我真的很感激她。不知道她原來是有老公的。她藏起老公小孩的照片，但我從她床上的反應，應該清楚知道的。」

卯不知道想起了甚麼，吐一口煙，目光飄到對岸的蘇門答臘去了。

我原以為他接下來會談到他被馬來妹的武吉斯人老公追殺或割掉卵蛋之類的奇情故事。但他沒有。他的旅程在繼續，但因簽證的緣故被耽擱了一個月，離開時馬來妹好像懷孕了，對他依依不捨。一直要他撫摸她小腹子宮的位置，好像裡面有顆溫熱的鴕鳥蛋，蛋中的胚胎長出了羽毛和尖嘴，還會叫爸爸。

來自馬六甲的電報為他解了圍。但馬來妹吩咐他如果回馬六甲，別忘了去看看她的家人。其實還和她約定了下次見面的時間：明年的開齋節，她很希望在家鄉見到他，想帶他去見見她奶奶，請他務必帶著那張相片。

她給了卯一個馬六甲的地址，好像在甚麼甘榜伊斯邁。還暗示在簽證處工作的她，要掌握他的行蹤可是易如反掌；甚至可以掌握他所有家屬的住址、出國紀錄。

卯第一時間想到的是從小聽到大的馬來女人的降頭傳說，不禁一陣陣腳底發麻。「她不會愛上我了吧？」他悵悵的說。

其後途經馬六甲時又逢祖母病危，那病危拖了他兩個月，夠他在荷蘭街搞上個風騷的娘惹寡婦（其實是卯祖母那裡的親戚，他的遠房阿姨），以致把他祖母活活氣死。這是我從別處聽說的。

旅程繼續，依往例，一路做著買賣，逐個的愛過去。

星洲小印度賣香料的吉靈妹；泗水賣茶果的印尼妹；京都賣綢緞的千重子、神戶賣和菓子的和子（她長年寫著一部封皮上寫著《葫蘆花日志》的日記——卯也只認得這幾個字——裡頭的日文只認得那個「私」字）……「我也想定下來呀但是——」這句子他說了千百次。他說他總是捨不得讓女人傷心，這樣逐個愛過去個個都有希望，不會空等待。在哪裡稍微停留久了，他就會想起下一個等待的女人苦苦盼望他的眼神——「我就是不忍心讓她們失望啊。」吉靈妹被酗酒老爸打進醫院，他在那破爛的醫院陪了她一個禮拜。其後又是地震又是颱風的，又有船撞到百年老鯊沈沒。又適逢千重子貧血病倒，他像個貼心的丈夫悉心照料她兩個月，差一點脫不了身。那也是他第一次嘗到鯨魚肉，內心非常不安。

不知不覺大半年過去了。雖然旅途中有給小豚發過多次明信片，但他趕到葫蘆巷時，竟然人去樓空了。鐵捲門拉下，信箱裡塞滿廣告單。從信箱溢出掉到地上的廣告單裡，他還找到幾張自己從世界的不同角落寄出的明信片。被雨或露水打過，字跡都漫漶了。這比祖母的死還讓他難過。

趕緊向左鄰右舍打聽。還好他的閩南話說得還算流利。

賣排骨麵的歐巴桑說，聽說她愛上一個紅毛水手，可能被搞大肚了，躲到鄉下那裡去偷生。每次那紅毛來，整條街都聽到她那見笑到死的貓叫聲。

「啊你的頭髮——」忽然掩嘴尖叫。

賣棉被的歐巴桑說，好像一個鱸鰻看上她，有一陣子常來「膏膏纏」，她受不了，只好連夜搬走。

另一個說法，她爸從精神病院被放出來，把她帶走了。

但賣蚵仔煎的歐巴桑臉扁扁的女兒說，她好像一直在等待她的情人，她的情人爽約了。有一陣子她心情很不好——你不會就是那個——我們樓上還有個空房間你要不要先住下來，我再幫你慢慢找——

但沒人知曉她確實的去處。

「是善妒的小藍渡海而來，把她騙出去殺了肢解了埋了——連這樣荒謬的情節我都設想過呢。」

在那燠熱的夜晚，恰聽到，某戶人家鐵窗裡的電視新聞報導說，中東那裡正歡慶著開齋節呢。

而他在世界角落所有的信箱都再也不曾收到她的訊息。

就這樣，茫茫人海裡，他再也沒看到她。

葫蘆巷，春夢一場。

「那時，我發現我原來真的愛上她了。她一定知道我不是一個可以安定下來的男人，故而以離去來保有這段愛。那之後，我和每一個女人上床，腦中都是她的影子，也常在睡夢中呼喚她的名字——即使在別的女人的床上。更別說酒後。然後我要麼不舉，要麼早洩，要麼沒法射精——我感受到我老二最深沈最腫脹的悲傷。於是我的女人們一個一個的離去了，各自藏身在婚姻裡（只有和子自殺了——雖然聽說她多年前自殺的作家老公就已寫過她的自殺了）。雖然，這世界的女人還真多，舊的去，新的不斷不斷的來，而且我越滄桑她們越愛。但我已覺索然了。」

「但有時在某個異國的街角，我會看到宛如她的背影；或者某個身形肖似的，牽著小孩子的年輕母親。我會情不自禁的尾隨著走過一條又一條的街，有時女人會回頭報以疑懼的目光，甚至叫來警察。有人說在日本看到她，我即搭下一班機飛日本；有人說在布拉格、伊斯坦堡、聖彼得堡大街上看到她，我也飛過去。雖然總是落空，但我可以解釋因為我遲到了。彷彿那可以論證她還在世間旅行著。那時我才深深後悔，我對她瞭解得太少了。為了免於事後的牽絆，我一向避免多知曉對方的身世。是的，那是以拋棄為前提的交往。」

後來他在鹿特丹時做過一場極其逼真的夢。

夢到她和卯的曾祖母在一間大房子裡熱絡的談著話（原來她們認識——夢中的卯嘀咕——而且還很熟）——用的是他不懂的語言。往來的話又急又快，很多很多的字音擠得滿滿的，像滿天噴灑著西瓜種子。像一大瓶五彩玻璃珠不斷的滿出來，瀉了一地，害他踩到滑倒。夢中的曾祖母身著金色的娘惹裝，容貌端麗，而不是她後來老去的樣子。小豚的穿著與伊相似，金釵銀簪玉鐲繡鞋。他看著她們唇紅齒白的說著話，卯突然明白了甚麼。

夢醒後匆匆返鄉，回到祖宅去翻曾祖母的遺物，她留下的照片衣物。年輕時美麗而多情的伊，是個傳奇人物，名字被寫進歷史裡了。個子嬌小的她留著一把烏溜的長髮，一雙眼睛說盡人間各國語言。據說她有過許許多多情人，拜倒裙下者不乏高官顯宦、王公貴族、總督蘇丹（甚至連萊佛士也一度——），為了她，據說幾個馬來土邦的繼承人因此buang pulau（流放荒島）或跑路。「難怪我覺得似曾相識——原來——」

夢中的她們就像是親姐妹那樣相似。他還很幸運的從他曾祖母私人藏書（印尼文譯本《金瓶梅》第一卷）裡找到一張伊年輕時的裸照，側身支頤於金色綢緞的床上，雖然已略褪色剝落，卻依舊香艷迷人。

「我連一張小豚的照片都沒有，就把那張當成她來思念。」

他一副舊情綿綿的樣子。

（媽的，他不會也偷偷收藏著我老婆年輕時的裸照吧？）

「也許我只是想再見見她。一如我久久的會去遠遠的眺望永遠在燈光裡的藍手女孩。感念她當年對我手下留情。手下留情也是一種愛，不是嗎？

我總認為哪天我會在世間的哪個大街上和她不期而遇。

我甚至想，有一天小豚會不會來到馬六甲，追尋我的蹤跡？

這讓我回到馬六甲。我真的有返鄉定居的打算呢。

沒想到卻在這裡遇見你。」

「那個馬來妹的開齋節之約呢？」我強按著怒火，岔開話題。

「說真的我忘了。甚麼事也沒發生。我其實沒那麼喜歡她——她不是我喜歡的類型，有點太胖，太肉，太油——那時純粹是感激她為我做的事——而且你知道搞穆斯林女人很危險的——」

我想到十多年前的那個晚上，我們正為最後一個學期的期末考忙得焦頭爛額，他卻突然硬拉著我，要我陪他在宿舍中庭邊打蚊子邊喝悶酒。

一整晚欲言又止，吞吞吐吐的。一直到我再也受不了（我還得去復習功課呢），要他有話直說否則我就要走了。

「你是不是還喜歡著阿瑩（我後來的妻）？」

「是啊，」我說，「可是她喜歡的是你啊。」

她清楚對我表白過的。

「我們只是好朋友。很感謝你一直對我那麼好。」

我模仿她那一貫慵懶而踟躕的腔調。

「她懷孕了你知不知道？」

「懷孕？不會是你幹的吧？媽的。」

他裝做一臉羞愧，抓著耳朵，好像不該那麼不小心。

「我沒想到——她那麼傻——以為可以用懷孕來拴住我——她說甚麼也不肯拿掉——」

「你要我去勸她？」我開始用拳頭重擊他肩膀。

但他搖搖頭。竟然說：

「你娶了她吧。」表情還裝得十分誠懇。

「我是個浪人，我早告訴她了，我這輩子是不結婚的。你也不希望她去自殺吧——她說如果我拋棄她她就去跳海——反正大著肚子回去丟她父母的臉她全家都不會給她好臉色看，會一輩子恥笑她。我有那麼多女友，我對她們有愛的責任啊。我不可能為了一個女人改變生活習慣，那對我並不公平。即使被迫結婚，她也不會幸福的，她絕對會受不了我的風流——但那可是我的天性啊！——就如同你天性安份。」

「難道你不希望她幸福嗎？只有你能給她安定給她幸福啊！」

他緊緊抓著我肩膀猛烈的搖晃我的頭。

媽的，我咬牙切齒。一擺頭就猛力撞中他自豪的大鼻子。

我確實曾不只一次寫信向瑩表白，尤其當她每每為卯的花心而憂愁傷心時。

我陪她看許許多多的無聊電影，香港的，台灣的，美國的，歐洲的。歌仔戲。布袋戲。北上南下的火車。離港返港的船。天上的雲、鳥。水族店玻璃池中的魚。水池邊的鴨子。路邊的樹。
我是多麼擔心她會想不開去跳安平港。
不知道多少次勸她離開那花心大蘿蔔。
但她總是默然，或堅決地、緩慢地說：
「我想他總有一天會瞭解，這世上還是我對他最好。」
「即使離開我，他總有一天還是會回到我身邊的。」
多少個日子，我們一前一後，在古城裡漫無目的的散步。
那些看過千百次的索然的古蹟。
孔廟。延平郡王祠。安平古堡。億載金城。天后宮。媽祖廟。南鯤鯓。
各求各的籤。各祈各的願。
對我的告白，她也曾留下書面紀錄——她的回信簡短而堅決：
「很感激你一直以來耐心的陪伴，你是我最難得的好朋友。
那事別再問了好嗎？
我愛的是他，這是永遠也沒法改變的事實。
你永遠是我最好的朋友。如此而已。」

或者：

「謝謝你，我上一封信已講得很清楚了。」

「不贅。請參閱上上上封信。」

這些信我迄今珍藏著。

「我知道你愛她。在這種情況下娶她，更能證明你對她的愛。證明你比我更愛她。我在馬六甲還繼承了一棟房子可以送給你——」卯厚顏無恥的說。

「不用，媽的！」

他抱著頭（保護著珍貴的臉，和流著血的鼻子）忍受我憤怒的拳打腳踢。

但我知道他心裡其實在偷笑。

「我有能力養自己的老婆小孩！」

「我們是好朋友。你幫了我這個大忙我這輩子都會感激你的。我不會拒絕你任何請求，只要你開口——」

「那你這輩子都不要在她面前出現！

對她來說，你已經死了！

埋掉了！爛掉了！燒成了灰！

媽的，祝你雞巴整根爛掉！」

在那個年代，去留學而未婚懷孕，家裡無論如何都不能接受的。知道卯態度的堅決後，肚裡的孩子又已大到不容她反悔了。我知道她其實沒有死的決心，她一向孝順。絕望之餘，權衡輕重，她只好勉強接受我的提議，一畢業就火速跟我結了婚（我猜想她心裡把它當成假結婚）。返鄉提親兼辦理註冊登記時，她那在會館教國術的老爸看寶貝女兒穿著寬鬆的裙子，小腹微凸。二話不說，大喝一聲「死仔包」，即朝我肩膀狠揍了一拳，我啊了一聲後退了好幾步。要不是準岳母大人喝止，我只怕難逃鼻青臉腫。伊還私下以諒解的語氣悄聲問我：

「瑩的男友不是一直都是那個高高的像外國人的某某某嗎？甚麼時候分的？怎麼換成是你來娶她？難道——」

我感動的流下委屈的淚水。

「媽，」我說，「我真的愛她。無論如何，我願意一輩子照顧她。」

我一輩子都感激我這個岳母大人。

我放棄了繼續深造的機會，帶著她和肚裡的孩子回到家鄉。輾轉換了幾份工作，最後落腳馬六甲。瑩則一直在華校教生物課。

這些年只要吵嘴，都不會太激烈。到一個中途點上時，她總是很自覺的突然冷靜下來，好像自知理虧似的退卻。

「好吧，也許是我忽略了甚麼。給我一點時間，我再想想。」

她總是低著頭小聲的說。

但兒子（名字裡有個鯤，紀念我們唸書的那個古都）一生下來就不像我，可是一目了然的。雖然那是個美麗的、天使般的有著一撮紅髮的嬰兒啊。我知道親族裡背著我竊竊私語。但他們也不敢多說，畢竟這是我的選擇，我的道義承擔。因此我們搬得離原生家庭遠些，離大學時代的同學更遠，後者可多是知道一些內情的。鯤越是長大越不像我，也不像他媽，而且初中時即比我高大得多，五官也出現幾分外國人的模樣。瑩有時會趁我忙於手上的工作時，靜靜的看著她兒子半晌，重重的嘆口氣。她以為我沒注意到，其實我把一切都看在眼裡。但我並不介意。鯤初中後我就把他當弟弟一般對待了，一起打球一起看電影、談女人、愛情和男人的責任。

我也直白的告訴他，我們這些半島上的華人住民，某代沾了外國人或土著的血，是不足為怪的。

卯默默的抽著煙，瞇著眼眺望著午後的馬六甲海峽，若有所思。

他也變成老帥哥了。襯衫最上端的一顆鈕扣鬆開，露出狐色的胸毛。那適宜做特寫的姿態也多半是電影銀幕上學來的，自然而然的發著電，隨時挑逗那些沒大腦的女人。一直有醜女往我們這桌瞧。當然不是為了看我。

海風習習吹來，我突然注意到他的眉毛有的像雜草那樣往外飛濺。

他嘴角、眼角的皺紋，鬢角的白髮，倘是瑩見著了，是不是也會心生憐惜？

他用他的情色故事繞了半天，避開了瑩和鯤，當年被他拋棄的那對母子。究竟是為了掩蓋甚麼？他連他兒子的名字都不敢問。

他也會思念他們嗎？

原本在街上看到他那有點僵硬的步伐——四十不到竟有幾分老態龍鍾——好像被一雙操偶的手牽著的牽絲傀儡，我心底其實也有幾分憐憫。

才多少年啊，竟然磨損成這樣。

看來身體確實受過重傷，動過大手術，留下不可逆的傷害。

這些年我也沒閒著。

我總擔心有一天他會回頭來找他的舊愛，徹底的摧毀我多年來好不容易辛苦建立的家庭。

我知道卯在日本差一點被黑道砍死，躺了好幾個月，他不小心搞上了大哥的女人。在檳城被一個女兒被搞大肚的瘋子追殺過。在牛車水被印度酒鬼打爆頭住院。在台南，那場火災……。

我知道瑩對我只有感激而沒有激情，即使在床上。

而感激是對抗不了激情的。

有一次她在夢裡不知廉恥的呻吟了好久，一直嚷著「好舒服好舒服……」隨之哭泣：「卯，求求你不要拋棄我。你不知道我有多愛你。」

她哭著醒過來時我假裝打著鼾熟睡，還故意流著口水。

況且，當年堅持留下孩子，不就是為了留下他們愛的紀念嗎？

還有比孩子更好的愛的紀念品嗎？

卯大概不知道那馬來女人的降頭也許真的發揮了作用。但她多半還是手下留情，沒弄死他，只是要他受早衰和傷心的折磨，讓他此生都在淩遲體驗那些被他拋棄的女人所受的苦。

畢竟她的家族在馬六甲王朝時代就是御用的降頭師，威名赫赫。那年又偶然得到了千年白鯨之骨和龍涎香，更是如虎添翼，可以不動聲色的操弄人的命運，一如高明的操偶師之於傀儡。

那叫沙瑪的女人一直待在簽證處，只是後來調回吉隆坡來了。離婚多年，幾年前終於再婚，也當上了部門裡的主管。而我從事的行業，最需要打交道的就是簽證處。我們也算有多年的交情了（雖然同行的華人私下都嘴賤的暱稱她「大屁股」），她常幫我解決某些特別麻煩的簽證問題，我常會私下給她送一些絲巾、玉鐲子、香水之類的小禮物。

幾年前，大概就在她再婚前不久，她主動約了我喝咖啡。聊了一些有的沒有的之後，她突然脫口問出：「你認識Moo（聽起來像廣東話冇——她畢竟待過香港）吧——我查過，你們好像剛好同時在台灣南部那間大學唸書——」接著她簡略了說了他們的相遇（當然沒有任何情色的成份）、那年她真的透過皇室裡的表哥幫忙打電話才好不容易成功讓他回復公民身份。

「但他好像忘了我和他的約定。我等了他好幾年。每年的開齋節，在馬六甲海峽，我等他一整個月。我其實有個小禮物要送他。奶奶留給我的小塊白鯨魚骨頭，說不定可以幫他解除他身上永世漂泊的詛咒呢。但那也只能由我親手交給他。」

伊粗框眼鏡後濃妝的眼裡漾著水光，塗著厚厚腮紅的肥大臉頰泛起一陣異樣的緋紅，延伸向燙赤的雙耳。哽咽。

「他是不是用假名字假護照……，我後來就再也查不到他的下落了。……真是個好看的男人，體力也很好——我有時真的會很想念他。」

我不能冒風險。

聽到他說要返鄉，落腳馬六甲，我終於顧不得一身襯衫西裝褲黑皮鞋的體面形象。忍不住霍地站起來，還打翻了冷掉的小半杯咖啡烏，朝他開口咆哮道：

「別忘了你當年的承諾，你不能和我住同一個州，甚至同一座半島！

能滾多遠就滾多遠！

別忘了你已經是個爛掉的死了很久沈到海底的廢物！」

二〇一三年十二月四日埔里牛尾

欠缺

祖國的苦難深重，我們這裡最不欠缺的就是悲傷。

——Dostoyevsky

諸神迷狂縱走
沿著
流浪狗反覆尿過的
大街小巷
大廟小廟。大神
小神

依次的 踩著狗屎
過著人間的生辰
鞭炮炸響中
依然前朝衣冠
信眾猶如戲子
扶搖著轎
為人間祈福

濕街上的炮屑
是諸神的血跡

風雨從河口那裡嘩啦嘩啦吹了過來，幾滴冰涼的水滴到酉臉上、身上。他一側身，解開掛勾上繩子，竹簾子即趴拉的瀉下，末了簾尾還重重的抖了一下。

略撥開竹簾，河口與海相連那方，天地白茫茫連接成一片，好像合成一體了。那是綿密的雨，義無反顧整個的撲了下來，豁出去似的，撲在大地上，河、海、山川草木、風頭水尾。就那樣瘋狂的傾注了好一會——有時半小時，有時一小時，有時大半天，但也有一整天（從早到晚），甚至好幾天的。但如果是那樣，沿河處處都會淹起水來，包括他住的這地方，水會漫到露台下方，有時會看到有大尾的灰溜溜的魚在下方探頭探腦。烏龜也常見的，紅著眼奮力想要爬上來。水花甚至會濺濕地板。那是浪的餘波呢。酉喜歡這樣的想法。浪遠遠的推到他家邊上。

但風吹來有點冷，他披上外套，濕濕冷冷的，膚表也潮潮涼涼的，像青蛙。但這回，雨突然收斂，彷彿自更高的天際投下數道光，斜斜穿過雲層，投照在河口，分割出明暗；酉喜歡那道雨後的光，總會讓他從心底生起一陣油然歡喜。像筍尖或蕈菇突然從土底冒出。像種籽發芽。

那來自南洋的女孩兀自在榻榻米上趴著熟睡，臉微微潮紅，嘴角有一絲笑意。尖尖的小鼻子上還有顆粒微小的汗水呢。捲成一團的褻衣被拋擲在榻榻米一角。大紅花的紗籠披在椅背上。沒想到她的身體那麼白，沒有絲毫受到赤道陽光的灼傷。想到她藏在被單下的年輕光裸發燙的身體，酉不自禁浮起一陣難以言喻的悵惘。

這一直來引誘酉的女孩，曾經令他十分厭煩。

那時他好不容斬斷那些亂七八糟的露水姻緣，清閒不過數個月，正想埋頭寫作，這腰身細長的女孩就頻頻來扣門了。

這南洋女孩以女學生的姿態，向他請教這、請教那，某一段文學史，某一個哲學觀念、某一篇作品、某一個意象。在他翻著書出神的講解時，從她眼裡發出的亮光，可以準確的判斷，她心裡頭想的是別的事。倘若是以前的酉，早就撲上去好好的享用一番了。但這段時間恰是他立誓（在觀音面前立的誓）要收心全力以赴的寫完手邊的巨著——那是他多年來隱居的理由，不想再被麻煩的男女之事干擾。酉也給過她警告：妳不知道我聲名狼藉——是個色狼嗎？但她也只是天真的仰望著他，「您的眼睛眉毛都好好看。側臉、背影也好看。」陸續給他送來吃的，綠豆糕、羊羹、紅豆餅、咖哩餃；幫他收拾打掃，洗衣燒飯，丟垃圾。有時看他寫稿，也就安安靜靜的坐在一旁看她自己的書，做筆記，餵貓。她只要求他別趕她走，她會像個透明人或空氣那樣，不會干擾他。

但畢竟是活色生香，又老是穿著裙子在他身旁毫不設防的走來走去。太久沒碰女人了，有時還是會非常想念肉體的歡愉。

女孩的身體異常柔軟深邃。卻是個小到可以做他女兒的女孩兒呢。

那天，下著大雨。她冒雨騎機車來找他，他就不讓她走了。「天雨路滑，而且視線不清楚。」況且她渾身濕透了。那濕透的樣子讓他突然心癢難耐。他發現他不自覺的思念起那兩個照顧了他許多年的女人。

以前的女人還留下一些衣服。和他身上穿的一樣，都是寬大的棉布素色手染服，灰撲撲的像道士服。內衣褲更多，紀念品似的。

西老是有個錯覺，那微微的笑著的女孩被單下的身體，腳的部位其實是碧綠色的魚尾，比兩隻腳板併起來還大的黃色魚鰭。玫瑰花的拼布被子，還是梅的作品呢。花下偶有微小的騷動，是鰭的擺動還是腳的伸展，女孩莫不是夢到泅游於湛藍大海了吧。

遠方隱隱有濤聲。

雨變小後，他又把簾子捲了上來，好讓涼風進來，還可迎若干殘餘天光，讓室內明亮些。靠牆是一層層的書，紅磚頭墊著厚木板，書就那樣擺上去。像四五堵書牆。翻譯的小說。翻譯的哲學。

書的後方是土牆。裡側有一張大原木書桌，稿紙石頭漂流木書本零食罐子等，亂七八糟的堆著。那疊厚厚的稿子是攤開著的，最上頭的那頁寫滿了半頁字。書桌裡側一角，一個小陶缽裡以五色石子栽了棵多刺條狀的仙人掌，向窗向陽處，開了朵小黃花。

十多年了。都快四十了，不能再這樣下去了。

一定要把它完成。

再不然就該去跳海了。

這部題目在《欠缺》與《悲傷》之間猶豫不決的代表作。

大雨又滂沱的落下。

女孩讓酉不自禁的想起那年因母親壯年猝逝、他勉強當完兵後即憂傷離鄉，流浪馬六甲海峽的那段經歷。大學時代恰有要好的僑生同學申來自那古老的航道旁

（申逢年過節都到酉的家，吃過他母親親手燒的菜。每年端午都吃許多顆伊包的粽子），就邀酉到他家鄉那兒散散心。返鄉在華文中學教歷史的申在給他的信裡熱情的寫說：

……你不是一向很關心台灣的歷史嗎？你不是嚮往漂泊嗎？那就不該把自己的腳侷限在台灣島上。在島上，再怎麼繞也只是那幾百公里的範圍。不如效法大航海時代先民的志氣，到馬六甲來散散心吧，這裡可是古代商旅的必經之地。哪天你還可繼續往南，到摩鹿加群島、伊里安在也、澳大利亞去。

所有的馬六甲的古蹟都逛過之後（不能免俗的，從青雲亭到三寶山），申家給他提供一間山坡上的工寮，在他家擁有的那片土地極為貧瘠的果園裡，俯望即是湛藍的馬六甲海峽。左側有一小片沙灘，月牙形，後方是岬角或土坡，有大大小小的或許是原生的樹木。直挺挺向上，或垂向海灣。浪有時細細的，滾著白邊；有時澎湃起來。

白日，在寮子旁一棵老紅毛丹大樹下，酉抱著《魔山》或《群魔》心不在焉的啃著，或者在筆記本上胡亂塗鴉。

海峽裡總是有船航行，飄揚著各國的國旗。那些歐洲的古老的帝國依然通行無阻。戎克船不再，但民國偶而也會經過那裡。

更常見的是小小的漁船，黝黑瘦弱的南島語族的後裔在那裡撒網。夜晚或黎明，沒日沒夜的忙碌著的海峽，細細的浪花輕輕的拍打著千古的沙岸。

每天早上申上學前會從家裡給他提來一壺前一晚燒了、冷卻了一整晚的水，但總是有熟果可吃。口渴了就爬到樹上摘了吃，園裡有番石榴、楊桃、木瓜、波羅蜜、水蓊、榴槤等等，只是果樹都不太健壯，結的果也小小的。有時人就像樹懶那樣大半天掛在樹上。老同學多會帶吃的給他，香蕉葉飯包（Nasi Lemak）、鹹心餅、芋頭糕、麵包、咖哩飯，忙碌時，就會請他自行騎著破腳踏車到鎮上解決。或請他妹妹代勞。

申還給他借了副效能不錯的望遠鏡，好讓他眺望那無人沙灘上，偶爾出現的裸泳或男女交歡場景——那些野男女總以為四野無人，可以放膽做愛做的事。洋鬼子，印度仔，華人，馬來仔，甚麼人都有的。於酉，那也是賞心悅目的事。雖然有的身體醜得可以，一身肥肉，或瘦得剩下骨頭，胯下可以穿過一匹馬。

這說不定也種下他爾後浪蕩的種籽。

情慾騷動而難以自抑時，他只好把生命的種籽噴向野草頑石樹根，很快就有各色螞蟻昆蟲來把它吃得乾乾淨淨的。

尿急了隨便找一叢草就地解決，拉屎就到灌木叢裡或較大的石頭後，用樹枝隨便挖個洞，擦屁股也用落葉或者一整把的枯草。不乾淨甚至會癢都是難免的，但黃昏時老友從學校離開，多半會順道來邀他到海裡游泳，帶酉到他家吃晚餐，或者以電單車載他到鎮上的茶餐廳吃各式的特色食物——那是比他故鄉府城更為繁複更為龐雜的系統；多次的殖民刻印、千百年來多種民族隨著季風而來的遷徙，都在庶民的舌尖上留下了甜酸苦辣辛麻的蹤跡。

連續吃過幾次印度羊肉咖哩後，不知怎的他竟對印度妹有無限的遐想，總渴望她們身上那濃烈的香料味。以致忽略了申的小妹萍頻頻的委婉示愛。還在唸高中三年級的她長相普通，卻有著豐滿的胸部。她喜歡找他說話，問東問西的，對台灣的一切充滿了好奇心。

那時的酉還不是浪蕩子，那時像處子般純真的心底深處最最戀慕的還是母親。

對好友的妹妹當然更為小心謹慎，有時更刻意避開她，以免哪天擦槍走火。尤其當她隻身到寮子找他時，赤陽下她臉上脖子上的汗水，紅撲撲的臉龐、發亮的唇，還穿著勉強遮住大腿的藍色裙子，那股誘惑常令他一陣陣眩暈。

她還多次問他有沒有考慮留下來，至少可以教書，生活沒問題的。

對於她身上流露出的處女的青春氣息，他當然不是毫無感覺的。但每當想起已然在土裡發黑發臭腐爛的母親，心底會不由自主生起一陣陣猛烈的抽痛，以致臉都會繃緊，以致中還懷疑他是不是有心臟病，一直勸他要不要去看看醫生。

那憂鬱的守喪。

但在交織著性幻想的夢裡，那女孩早已被蹂躪了千百回了。

山上的日子過得單調，後來有的早上，酉就改到沙灘一隅。靠近山腳，有大片礁石為屏，他仍在那裡抱著書和筆記，以漂流木為枕，且常常脫得精光，讀《戰爭與和平》。太陽大時，就躲在山邊樹影裡去了，那裡有大樹巨石遮蔭。在那海的一角，他構思了一個又一個從未寫出的情色故事。

常有男女手牽手誤闖入，又非常尷尬的退出去。有時看到那被男伴拉出去的女伴，還會回頭深深的看他一眼。那一眼，直印到他的心底，而直接就勃起，硬得像甚麼似的。酉猜想這裡一定是眾所周知的幽會聖地，他從山的那一頭，瞧不見這裡發生的事，每每只見到有男女繞過那塊像座小山的黑色礁石，或從那石頭後手牽手、仔細看著腳踩的位置——都是些分散的大小礁石，及拍打中的浪——小心翼翼的繞出來。

奇怪的是，那裡並沒有留下保險套之類亂七八糟的東西。如果不是習慣良好的撿走了，就是用更危險的方式野合。在某些地方，酉確實有看到螞蟻或螃蟹會聚，圍著潮濕的沙子吮吸著甚麼糊狀事物。

終於，在一個有月亮的晚上，酉刻意到那裡去裸泳、裸躺。突然有一大片烏雲飄過來，遮掉了月亮。在那瞬間，有一隻大手用力牽起他，快速的往海裡奔跑。他還反應不過來，一瞥之間只看到綠色的長髮，人就被拉進海裡。吸收了一整天太陽能的海水溫溫的，但他被拉到深處。快要沒頂時，一副柔軟的身體抱著他，把他的鼻孔和嘴巴給抬出海平面，讓他可以大口吸氣。

隨即，酉感受到硬挺的下體被拉著往哪裡一戳，隨即被極其柔軟的甚麼東西給包覆住了，一股前所未有的歡愉從背脊電一般的湧現，身體深處的某個閘門被打開，吸吮。有甚麼東西從生命最隱蔽幽微的地方被源源不絕的吸出來了。和所有的女人都不一樣。絕對的獨一無二。滴著水的海藻味的頭髮——或甚至可能即是海藻——披覆了他的臉，讓他甚麼都看不到，只是聞到一股強烈的騷味。他會愛上那味道，他將知道那是女人下體的味道，那來自大海的深處。接著他摸到飽滿堅挺的凸起物，本能的張開嘴吸吮那尖端。帶著鹹味、混合了椰奶與榴槤的某種奇怪的熱帶飲料，汩汩的湧入他嘴內，他大口吞下，身體卻往下沈。他本能的伸手一攬，女體光滑的滑溜溜的脊背，再往下摸，那柔滑好像帶著硬度，且好像是片片相接連的，有一坎一坎的紋路，不是整個面的大平滑。腦中飛躍進一個念頭：鱗片。魚鱗。西軟掉的陽具從某個地方掉了出來，身體也隨之往下沈。他雙手順勢往下滑移，那有鱗的部位收窄了，然後他的臉被巨大的尾鰭反覆拍打。西覺得自己快死了，因為他無力阻止自己的下沈。然而有一雙強悍有力的手，抓著他的胳膊，把他硬生生提起來。把他濕淋淋的帶離水面，他聽到從他身上往下流的水的聲音。鼻孔裡嗆著的是鹹水，撥去眼瞼上的水後，也只看到那一串串半透明的綠藻，天際烏雲旁鑲著黃燦燦的金邊。

西夢到憂傷的母親，剛長了幾顆牙齒的他吸吮著伊鼓脹的乳房，為測試一種前所未有的感覺，他試咬了伊的乳頭。母親不止立即給他一個巴掌，還把他翻過身去，張開嘴，露出食人魚般尖利的齒牙，朝著他細嫩的屁股猛力咬了一口。痛。

西心底浮起一股強烈的悲愴感。

悲傷。若有所失。

強烈的想起母親。她的死亡幾乎毀了他。

如果她活著，她重病時酉曾在廟裡向觀音立誓，他情願一輩子守在故鄉陪伴她。就近找個工作（考個公務員），每天回家陪她吃午餐晚餐，娶個乖巧的媳婦侍候她，生幾個孩子，讓她逗弄愛護。

多年以後流浪中的酉多回望著尋常人家溫暖共進晚餐一家和樂的身影，而逐漸理解，多半是父親的早逝重創了她。

西從自己綿延無盡的悲傷裡，終於漸漸體會母親的哀戚：他們其實真的是很相愛的。

很年輕就生下他的靚麗而知書識禮的母親，讓他所有的成長記憶裡都有她美麗的身影，一直到她被癌症折磨得不成人形的那最後半年。那也是他外島軍旅生涯的末端。比遭情人兵變更其悲傷，幾次嘗試逃兵而終歸失敗，幾度的關禁閉。在黑暗的防空洞裡哀嚎痛哭，把自己撞得遍體鱗傷。

一直到過世都還沒到老年的母親，是絕對不可替代的。雖然病榻前的母親，已是一把骨頭了，也突然有許多白髮，像是成了另一個人。而且在酉終於返鄉時，她已沒力氣交代遺言了。只能依賴他妹妹的轉述。「好好照顧自己。穿暖，吃飽，找個愛惜你的女人照顧你。為酉家留下香火。」

想起母親白皙的身體。酉最初的記憶。習慣在檜木桶裡洗熱水澡的母親，水氣蒸騰裡，烏髮盤在腦後，酡紅著臉，慢悠悠的擦洗著伊細緻美麗的身體。從小，酉強烈的戀慕著伊，渴望碰觸、吸吮伊鼓脹的胸乳。

每每那自南洋戰場回來後就丟了魂似、渾渾噩噩、終日游手好閒、吃喝玩樂好酒好賭的父親，在夜裡向母親伸出魔爪——幼小的他覺得那真的是魔爪——甚至強欲吸吮母親的乳房時，酉都極力的協防、捍衛它們。以致惹惱暴怒的父親，被重重的賞巴掌，甚至被迫單獨移到另一個房間，讓他單獨睡，甚或派了女傭阿喜陪他睡好最就近管著，甚至把房門上鎖，一直到風暴過去。但一有機會，酉還是會溜回到母親身邊。那溫暖，那淡淡的玉蘭花香味，那輕聲細語，總能讓他安定下來。

但那些幾回，父親把母親雙腿打開來使命衝撞的景象、父親的嘶吼聲及母親貓一般的呻吟，還是嚴重傷害了酉的心靈。讓他有一股莫名的悲傷。那時空氣中有股難以言喻的味道，令幼年的他深深的恐懼，而害怕黑夜。

更難以理解的是，次日母親的神態平靜如昔，嫻靜溫柔，笑嘻嘻的好像夜晚那些事只發生在夢裡。好像那夜裡被父親蹂躪的母親是另一個女人。

然後有了妹妹。那尿尿的地方和他完全不一樣的妹妹。像一副杯筊。他仔細端詳過。那形狀完美的細縫，好像是微笑著的唇。

妹妹生下後，有好長一段時間母親都把心力放在她身上。那一直吸吮母親的奶、不斷大便、尿尿、睡覺的小怪物，然後一起嬉戲著長大。

酉沒想到多年後會成為替代了母親成為他戀慕的對象。

但那時，要一直到妹妹斷奶後，母親方漸漸恢復她的優雅。她喜歡穿旗袍，或深色的裙子。即使是在家裡，晨起也是梳理打扮了才見人。薄施脂粉。常常順手摘了庭院裡的玉蘭或含笑，插在髮髻上。

畢竟上一代留下幾爿店面，伊每天都得去看看帳，叮嚀一下甚麼的。

但酉完全無力阻止父親在夜間對母親做那樣可怕的事。他們把門上鎖時，他使勁拍打。深怕美麗的母親給那妖魔般的父親撕成兩半，或撞爛了。那時他就常向世間所有想像得到的惡魔詛咒父親死。

也向所有的神佛。母親帶著他到各寺廟拜拜時，酉撚著香時除了為母親祝福，同時也在詛咒父親。各式各樣的死。因此聽到父親出事時——被一輛酒駕的車撞死——那時酉讀小學二年級，妹妹也四歲了。酉其實是滿心的歡欣，說不定還臉露微笑。面對母親的哀慟，酉抓著母親的手臂安慰她：「不要悲傷，以後就由我照顧妳。」

但母親大顆大顆的熱淚根本就止抑不住。

被撞得爛成一團身亡的父親，手上拎著的幾本書都被拋飛且染了血，酉記得其中有一本書名叫紅鞋子。一本叫地上爬的人似乎是日文書。一本布面精裝的《顏氏家訓》上頭還嵌著齒牙的碎片。那些書母親抹掉血跡後，放進父親的棺木裡去了，好讓他帶到另一個世界去，慢慢看。

父親歿後，甚至葬禮還在進行中，熱天的黃昏，母親就要求酉幫忙為父親留下的植物澆水。沿牆搭了花架，掛著酉不知其名的一盆盆蘭花。國蘭、蝴蝶蘭、拖鞋蘭、加德利亞蘭、山採蘭。葬禮後母親遂一邊澆水一邊跟他解說。那大盆大盆的是菊花和大理花，牆角的桂花、扶桑、芙蓉、紫藤、枝葉茂盛的是玉蘭、木蘭、夜合、劍蘭、辛夷、曇花、各色的山茶花、玫瑰。

父親葬禮進行中的那些深夜，西都聞到庭院裡有股強烈的花香，令人聞之醺醺然。母親幽幽含淚的說，曇花每晚開了數十朵，好像在為他送行呢。

這些花木是酉一向視而不見的。

但母親說，父親會特地為她種她喜歡的花，他其實是個溫柔而感情細緻的人。被送到婆羅洲戰場時還是個孩子，心靈受到了嚴重的傷害，但結婚後他恢復多了，只是很依戀她。男人嘛，交際應酬是免不了的。喝點小酒、小賭都不足為怪的。只要不爛醉不爛賭敗家在外頭養女人，就無妨。他也力圖振興家業的，但他其實是個文人，很多事處理不來。但他練得一手秀麗的毛筆字，也會做俳句。

「我知道他也想寫一本書，想要徹底反省我們台灣人數百年來的命運。只可惜，還只開了個頭——只寫了兩頁——還不到五十歲呢。」

身著黑袍頭上別著白菊的母親，淚漣漣也就像朵雨露中的白菊了。那之後母親就很少自在開懷的笑了。說不定死亡的種子那時就深深的種在心裡頭了。

但要過了很多年，經歷了很多女人（甚至在不知情的情況下當了父親）之後，酉方能真正理解母親的心碎與憂傷。

多年後，在母親垂死的病床前——他對那張差點被父親搖斷的紅眠床也充滿感情——在母親枯槁的肉身前，酉突然發現妹妹已悄悄長成一個大姑娘，比他記憶中母親年輕的時候更為年輕，披著烏溜的長髮，神情逼肖。好似臨終前的辛苦照料讓母親把美好的靈魂悄悄的移轉到伊身上去了。因此伊轉告的母親的遺言「要好好照顧你妹妹」，倒成了酉逃離故鄉的理由。

他找來律師，堅決的把所有父母的遺產都留給她，寧願去當流浪漢。如果留下來，天天面對美麗動人的妹妹。他不知道自己會做出甚麼事來。或者說，他多半會做出可怕的事情來。

他不要那樣的悲傷。

如果真的愛，就必須遠離。

以一種悲傷取代另一種悲傷。

向遠方的申寄送母親的訃聞時，即收到他友善的邀約。於是他漂泊離散的起點，竟然是馬六甲。飛機太缺乏詩意了，去來他都選擇輪船。古老的航線，港口的送別，浪的震動。港口的迎接。緩慢的旅程。日與夜。海水與天。海鷗、汽笛、鹹鹹的海風。南方無盡的鴉鳴，聲嘶力竭的好似要把整個天地也喊得傾斜了。

醒來時人俯躺在沙灘上，筋疲力竭，幾乎不能動彈。多處表皮灼痛，那話兒痛得好像被咬掉了一大截，整副肉身好像被水母徹底的舐過似的。不用說，是光著屁股。屁股皮也灼痛。半邊臉枕著沙灘。是申和他妹妹發現的。那晚她心血來潮央求哥哥帶她到山上小屋去找酉（多半是怕他寂寞無聊，帶了包知名老店的叻沙麵），那兒找不到人，只好以手電筒的光沿著沙灘找。申聽酉提過那地方，那其實是他更其熟悉的場所，毫不費力的就找到了。不料場面竟是這麼難看。酉好像在和沙灘靈肉合一。

身體被翻過來時，勉強睜開眼睛的酉看到為他披上衣服的女孩留下了含意莫明的淚水。那時酉還不知道，他的屁股讓海中的生物給留下了齒嚙般的傷口。後來傷癒，即留下胎記般紅色的瘢痕，心痛時它也會灼痛。好似是火的印記。

女孩那難以自抑的淚水及酉裸身漫遊的傳聞令申的父親誤會震怒，以為女兒吃了甚麼虧，即下令酉離去，以免更嚴重的傷害了他的青春女兒。

多年來，酉幾乎已忘了那女孩。在摻雜著夢與幻想的回憶裡，他甚至不確定是否曾在某次情欲的噴發中，在那破寮子裡狂暴的奪走她的童貞。

十多年過去，她至少也該有三十多歲了，多半也嫁了人有了孩子了。之後是否有到台灣來唸書，酉也不知道、不關心了，甚至老友申後來也失去聯絡了。他不知道的是，後來那些年，女孩給酉寫了許多信，但都寄去酉府城的老家。一如申，多年內來偶爾還給酉寫過幾張明信片或賀年卡，告知他自己結了婚，有了孩子。第一個孩子。第二個孩子。第三個孩子。在一張明信片後，他獨語：「我和其他人一樣，正常而平庸的步入中年了，但也不能說不幸福。」酉的妹妹有時會給他們簡略的回覆，寫著寫著就變成了熟人一般的筆友，持續給對方寫信，但都有點不著邊際。

然而那時酉已獨自在島上自我放逐，連自己都不知道自己的下一站是哪裡了。隨意的停歇。一棵樹可以讓他在濃蔭裡坐上半天。一顆石頭也能留宿。還有斷橋。廢屋。墳墓。防空洞。滴著水的廢隧道。土地公廟。

人煙罕至的小火車站。舊火車站。公園。公廁。天橋下。

哪個地方沒有憂傷的女人？

酉像隻經驗豐富的獵犬，總是第一時間就可以聞到女人心靈受傷的氣味。再也接不到客人的濃妝鬆弛老妓。遍體鱗傷的家暴棄婦。喪失心神然而依然渴望擁抱的年輕女子。哀傷的寡婦。青燈古佛也療癒不了的老尼。分手後心有不甘一心想報復或自殺的女子。酉像隻溫馴的家犬那樣，伸出大而濕潤的舌頭，溫柔的為她們仔細的舔舐傷口（因此常到醫院的急診室打針，而認識了好心腸的護士靜子，她以醫學的專業堅持認定酉屁股上的疤是原生的胎記），逐個的愛過去、愛過去，讓她們在他的愛裡悲鳴，哭盡一生的委屈。漸漸的，自己心裡的傷口好似也結了層薄痂。他看見母親在他的夢裡嫵媚的笑了一下，在自己鹹鹹的淚水中醒來時，即給家鄉的妹妹寄了封信。他第一次可以預言自己的下一站是哪裡。

老舊鐵軌的終端，那多雨的小鎮。沿路人家後院的木瓜樹伸長了歡迎的巴掌形葉子隨風擺動，纍纍青綠色碩乳令他感動莫名。

他聞到河口的味道。海的味道。迎面而來的風讓他想起那年在馬六甲海峽，那氣味裡有一些非常古老的東西。

那天，慢騰騰、喘得很厲害的小火車把酉送到這火車終點站。

那時小鎮正舉行著盛大的觀音慶典，漫天鞭炮的碎屑裡，瞥見晃動的神轎裡被燻得油黑油亮的觀音，讓酉不自覺的有一番打從心底深處浮現的觸動。那香煙繚繞，那抬轎漢子的激情嘶吼，那一身汗水出神的臉，在在都讓他想起南方多古廟的故鄉。

姑且就留下來吧。在廟裡清潔打掃。重新梳洗更衣，剪去長髮、修平鬍髭。廟祝和他大膽的中年胖妻均驚訝於他的年輕斯文好學識、唇紅齒白好靚仔，讓他在廟裡抄寫籤詩。暇時臨帖寫字，從魏碑到晉唐小楷、唐楷麻姑仙壇記，草書千字文剛起筆就被趕出去了。事緣於廟祝的妻子太急於向他展露自身巨大的傷口，害他那驚惶的下體險險被那妒夫拋過來的數磅重的黑光油亮的木魚給砸中。

那天黃昏他只好獨自到碼頭抽煙，細細體味那秋涼的風。

近處有數聲鴉鳴，有一股腐臭味。突然身邊出現一個高大的男子，也和他一樣瞇著眼就著味道不是那麼好的河風吐著煙。他彷彿又聞到了那股心靈受傷的味道。這五官深邃的俊俏的男人有一撮紅頭髮，不知是染的，還是天生的。酉不自禁的瞧了眼對方翹起的臀部。但又想，也許那是被這男人傷害過的女人累積在他身上的受傷的味道吧。

那人突然回眸深深的望了他一眼，好像被深深的吸了一口。酉登時聽到內心裡古老的大鍵琴DO的位置被用力的按了一下。
屁股縫處也激烈的收縮了一下。
臀疤一陣麻辣。
然後就聽到水裡有甚麼聲音。
一看，幾隻鞋子大的巴西龜睜著紅眼，在搶吃著甚麼。
一具泛白的浮屍。就卡在碼頭木棧道下，好像是躲在那裡遮陰似的，被棧道的立柱框限了。不知它是怎麼被送進來的，但顯然是漂不出去了。好些螃蟹爬在它身上，撥弄著爪足。兩隻大膽的烏鴉站在上頭，撕扯著它脹破了上衣的巨大乳房，那兒有著童話裡獨眼巨人眼睛般、剝除外皮後的檳榔芋頭狀的乳暈。
西看得呆了，不確定那是不是自己的幻覺。
警笛聲大作。紅色旋轉燈急閃，警車、消防車都來了。警察衝了過來，緊張得猛吹著哨子，把碼頭上的遊客都驅離開，黃色塑膠帶圍起了封鎖線。
雨細細的撒下。雨傘紛紛張開。上坡的路上像是開了各色朵朵圓而大的花，一級一級的往上移。
繁花盛開的森林。

那高大男子快速消失在人群中。只見他的背影肩膀一聳一聳的沿著潮濕的斜坡往上走，一個瘦小的女人穿著裙子抱著他右手臂，緊緊的依偎著，像鯊魚身上附著的印魚。

然後酉聽到有年輕女人叫喚他的名字。

一把紅色洋傘移了過來，是靜子。原來她調到這小鎮的醫院來了。

她調侃酉：「舌頭還好吧，最近還有沒有亂舔甚麼骯髒東西啊？」

她在小鎮租了小套房，知道他還沒落腳處，就邀他暫時同住。還假仙的媚笑著說：「不可以亂來哦。」然而當晚她就迫不及待的亂來了。以護士的專業精準，像兩隻交尾的蝸牛那樣一直糾纏到天明。然後她懷孕了。酉不想結婚。太年輕，有不凡抱負，想當神，不想當爸爸。夾掉，以護士的專業精準。貪戀歡愉。事後避孕藥沒效。又懷孕。又墮胎。

有一天她終於離開，之後再也沒有她的消息。但她離去那天酉離奇的睡了兩天，睡得死死的，無夢無尿。醒來時覺得鼠蹊那裡好像怪怪的有點腫，摸起來好似有甚麼硬塊，像肩膀上被種了牛痘那樣的微腫，撥開毛仔細看，好似有個硃砂紅的小點。像是被一心求死的蜜蜂狠狠叮了一口，但翻遍下體的黑濃雜草，卻又沒找到螫針。接下來兩年，連凌晨尿急都沒法勃起，他幾乎感受不到它的存在。好似曾在某個下著大雪的北方，因尿太久那話兒被北風凍成冰棍斷折掉被風雪捲走了。

同步的，文字也變得一塌糊塗。寫的時候可以感受到奇特的韻律和顫動，但清醒時重讀，字體像柏油路上被曬乾的蚯蚓；像掉進水泥桶的棉布手套，乾了後裡面和表面全黏在一起，完全看不出重點在哪裡。像中邪後的夢囈，像吃過太多鴉片，像被鬼附身，像被大猩猩咬著脖子從後面毫不留情的反覆上過。

靠極其有限的稿費過著近乎流浪漢的赤貧日子的酉，那時也不知是頹廢隱居的第幾年了。已經有好長一段日子，他不得不經常到工地打零工，卻又因不熟悉而在上下鷹架扭傷腳或踩著釘子砸傷了手。太累太傷以致一直寫不出作品，眼看作家夢快成幻夢泡影。

就在那時，那高頭大馬的女教授適時的闖進他生命。

以賞識者兼庇護者的資深女教授大他十來歲，未婚。未曾婚。狂暴的女性主義者，社會行動者，喜著長靴，故腳經常很臭。綽號亞馬遜（女戰士）。因讀過他二十年前校刊裡的少作而激賞，不知從哪裡獲悉他落魄到這小鎮。故偵騎四出，到處打聽他的下落。

西一直合理的懷疑是小護士一時心軟告訴她的，好讓她去解救及折磨他——人總是會生病，要看醫生，就會遇到護士——而能放棄一切為寫作而隱居的人世間少有，況且他緣投高䠷，是島上如雲豹般極珍稀的保育物種，故亞馬遜對他一見鍾情，也是不足為奇的事。

強烈的母性驅使下，她把那時已流落到濟公廟協助神棍解籤騙飯吃、一身破爛散發強烈尿味滿頭蝨子的他帶回家（學生探子去解籤時發現了他），把他當成流浪狗來清理。把一身的毛都剃光（除了睫毛和眉毛），剪平手腳指甲，掏空積累的耳屎，再以亞馬遜流域女戰士傳女不傳子的古老草藥秘術復活了、甚至強化他的下體及文體的骨氣——那可是有古典依據的，「練於骨者，析辭必精；深於風者，述情必顯」；她雖以鞭策他努力寫作為己任，但卻忍不住常以她的鬃刷般的亞馬遜雨林大筊杯去壓榨他、刷他、騎他，駕著他游過亞馬遜河，躍過東非大裂谷，跨過萬里長程，西出陽關無故人。

頗長的一段日子裡，她牢牢的控制他的生活作息——只差沒有把他鍊在地下室。她比媽媽更像媽媽，虎媽熊媽河馬媽犀牛他娘。每日監管他要寫多少字或多少頁（還不讓他穿褲）；針對他知識上的不足，一直給他開書單。中文英文還不夠，還有日文、法文和德文的，要把他鍛鍊成天下第一強。程度太好。要求太高，害得他那年老是早洩，適得其反，文字、字體也疲軟無力像重複用過的保險套。

問題是這快更年期的老娘床上的胃口太大了，搞得他那陣子連尿急都起不了床，幾乎天天都要尿床了——那可是五歲以後未曾有之事。他再慈悲善良也受不了，於是有一天趁她上課開會時捲舖蓋走人。

在大稻埕當了兩年的流浪漢，叢生的鬍子讓他勉強浮現的眼睛鼻子像是住在原始森林裡。妹妹派來的使者再悄悄把他接回到這憂傷的小鎮。她在一部關於流浪漢的紀錄片裡偶然看到疑似自己哥哥的落魄形象，長長的嘆了口氣。

亞馬遜在大度路的一起可怕的車禍裡被砂石車奪走了性命。酉在某商家的電視牆外看到五十個畫面同時播出那慘狀時，有一種身而為蒼蠅或蜻蜓的說不出的詭異感受。

然後另一個女人闖入生命。

「你妹小菊叫我來的，也是你媽交代的。」叫阿梅的微胖的女人說。

她給他租了這邊郊的房子，預付了大半年的房租，俐落的把裡裡外外都整理起來了。砍掉雜樹，鋤去野草，還燒了火堆，弄得一身汗，紅著臉，喘著氣。深秋了那時，她脫得只剩下濕透了的短衣。酉被觸動了，一起洗澡時他就熱烈的佔有她了。這讓他覺得第一次恢復人的感覺。家鄉的口音也讓他深覺溫暖安適，那晚他像一頭游回故鄉港灣的大紅鮭魚，熱乎乎的下了許多蛋。

事後阿梅告訴他，他母親臨終時託付她，幫他留下香火。

他將信將疑，呼呼大睡了。

酉依稀記得她是妹妹的小學同學，小時也常到他家走動的，也許也默默的暗戀著他吧。長大後還真的變了一個人，壯實而多肉。她在家鄉的小學教書，此後數年，每一兩週就會上來找他一趟，幫他打掃煮飯，盡情的歡愛一番，也為他擔負著房租和基本的生活支出。就像個妻子那樣。他們像天主教徒那樣沒避孕，但她一直也沒懷孕，有時酉會聽到她小聲叨唸：「唔知是種耔有問題，還是田土有問題？」

而酉的作品斷斷續續的進行著。

其後，酉故態復萌，聞到數十米外妖嬈的鄰婦（一位中學老師）心靈受傷的氣味，而殷勤的幫伊舔舐著。那女人房裡大玻璃箱裡養了尾電鰻，平素沒事也就在裡頭游來游去，不懷好意的滋滋作響。

有一天阿梅來訪，酉一時忘了把時間騰出來，甚至就在自己的住處，像兩尾鱔魚那般忘懷所以的纏結著。門前矮桌上留下的一大串故鄉的粽子，和寫在發票上的「我走了。我不會再來了。」像猶溫的灰燼那般，讓酉心裡像被開了個玫瑰色的小洞。

那之後，他突然對那中學女老師也喪失了興致——其實是出於畏懼。剛開始他不知道這女人的厲害，只依稀知道她過去都偏好老外，往來交接都是大尺寸的傢伙（那電鰻是一個極黑、尺寸極驚人的非洲情人從故鄉帶來送她的，剛偷渡進來時還是小魚一尾，電力有限，剛好可以滿足她的需求，如今大到可以電死人）。這次怎麼突然垂憐於本土的黑狗兄呢？他對這問題沒興趣，倒是對她習得的放電能力很好奇。頭幾回她還有點保留實力，只是牛刀小試，痲痲而已。被阿梅撞見那次因為突然的高潮，讓她不可自抑的把酉電得毛髮發直、暈死過去，卵蛋也差點燒焦——至少半生熟了。

其後數年。身體復育期間，寫作也比較順利了。

進入第十五個年頭後，因陸續發表了幾篇風格獨特、語言暴虐（「現代主義的」）的作品而受到文壇矚目，不時有好奇的女讀者投懷送抱。他在郊外租了房子，即使插了牌子寫著「內有色狼，美女小心大肚」也還是阻止不了那些聞荷爾蒙撲火而來的母蛾們，還好狀態沒有維持很久，他換了個更偏遠的住處去，決心禁欲寫作。否則恐致精盡人亡，哪還可能完成巨著。那時他養了隻叫聲宏亮、渾身金燦燦、雞冠比猴子屁股紅的大公雞，給了牠自己的名字。牠每天凌晨叫他起來尿尿，有時也雄赳赳的和他一起用餐，牠很識規矩的只啄食自己碗裡的。

每每看到牠追著滿山遍野的放山母雞時，他心中油然浮起一股邪惡的快意。牠歡快的到處踩踏母雞，過了幾年逍遙日子。那年他收到妹妹的信返鄉為母親撿骨，住在這附近的幾個寫詩的大馬僑生竟然把牠誘捕宰殺了煮成咖哩，等他回來時連雞骨頭都給他們收養的流浪狗「小黃」消化成幾坨發白的狗屎了。

妹妹已嫁做人婦，也生了孩子而更成了名副其實的母親了。她帶著兩個小孩。兩個孩子中，那小男生長得特像他的，和他小時的照片幾乎一模一樣。另一個特像妹妹小時候那般可愛。一時間，他好像看到自己和妹妹的過去或來世，不可思議的並置，同時性。「男的是你的孩子，女的是我生的。一個三歲，一個五歲。」她的表情有幾分得意，有幾分狡獪。那並不完全出乎酉的預料，但孩子如此真實的出現在眼前，還是會有股異樣的感覺。「這就是『真實』啊！」

原來那計畫是真的。說不定就是妹妹的主意。

看到化成白骨的母親，酉的戀慕之情未減。臨別時，他忍不住偷走母親一支壯實的大腿骨。洗淨、請髹飾專家反覆塗抹上生漆，以黃絨布包裹了，繫上紅絲帶。寫作時擱在書桌牆上特製的架子上，好像武士的劍，伴著母親的小照。睡覺時把它抱在懷裡。他想，有一天他如果構思出絕妙的句子，就會用母親最喜歡的娟秀字體，以蠅頭小楷寫在那上頭，好讓它陪伴他度過或許十分漫長的餘生。

女孩翻了個身，支起頭，瞧見酉吐著白煙在桌燈旁安靜的寫著稿子。那吐出的煙雲在燈光裡好似化成了字。他伸手一抓，好似在風中捕撈文字。也許不過是隻大蚊子。酉一隻手倒提著黃布包輕敲著背，看那放鬆的樣子，應該是進展得不錯。大肥貓「阿嬤」咕嚕咕嚕的偎著她依然熟睡。她小心翼翼的起身套上紗籠，趿著拖鞋到廁所。

天黑了，外頭又是風雨交加。風向不定，雨如亂針繡。

一直到午夜，酉才發覺女孩不見了。

那異常柔軟深邃的身軀，讓酉歡愛到極致時，感覺整個人不斷的被縮小、吸進去，終至整個肉身都被吞沒於潮濕溫暖的渺窕之鄉，然後剩下兩頭有開口的小小的芋螺似光滑多紋理的殼，被「啵」的一聲吐出來，兀自不斷的旋轉——如果他是卡通裡的那隻一緊張就脫殼的烏龜的話。

好一會，方從那細細的天地之門裡濕淋淋的千辛萬苦的掙扎著爬出來，好像被重新生出來，表皮柔軟脆弱——像剛從水蠆蛹裡蛻殼出來的初成形的蜻蜓，潮濕的身體猶待風把它吹乾。風一吹，牠表皮硬化成殼，翅翼也硬化張開，拍一拍，就輕巧優雅的飛起來了。

再會福爾摩莎。

其時他筆下的七艘戎克船從大員出發，航行到七洲洋上。逢滿月大潮，浪激烈翻湧，船都快被掀翻了。一干明鄭遺民恐懼不已，跪求船上安著的媽祖和土地公、國姓爺等保佑。船隊正往馬六甲海峽出發，欲穿越它，航向世界的盡頭，那傳說中大洋終端的萬千星羅棋佈的群島，隱姓埋名，重建樂土。

女人和孩子擠在船艙裡緊緊擁抱。

被浪打得一身濕的方士與儒生們即擺出香案，朝四方巨靈們虔誠遙拜。「海上諸神啊，請保佑吾等亡國遺民。」

眼看即將全軍覆滅之際，突然有數十道巨大的水柱從浪間朝天噴湧。大批巨鯨浮出水面，一身藤壺如盔甲。幾乎均比他們的船還大上許多。為首一頭白鯨，眇一目，大如巨岩。繞船數匝，其後浪遂平。風止。

露台被雨和浪打濕了，河面上起著大霧。女孩的布鞋留在那兒。

二〇一四年二月十一日埔里牛尾

父親的笑

南無喝囉怛那哆囉夜耶。南無阿唎耶。婆盧羯帝爍鉢囉耶。菩提薩埵婆耶。摩訶薩埵婆耶。摩訶迦盧尼迦耶。唵。

父親的葬禮進行到第六天了，預約好明天就要載去燒掉了。

那黝黑細長的女人突然大聲呼嚎著闖了進來，哭得非常傷心。似乎比我們所有的家屬表現得還更徹底的傷心、心碎，披頭散髮的撫棺痛哭，旁若無人，聲音大得壓不下來。連我都覺得尷尬。那貓叫似的哭聲，在一群和尚尼姑喃喃的大悲咒裡，不知怎的聽起來有幾分情色幾分滑稽的意味。

被人指指點點是難免的。更何況父親死得有點不堪。

第幾個這樣的女人了？幾乎每天都有，有時一個，有時竟然一天裡來了兩三個。但沒有一個哭得這麼放肆的。一般的弔唁者感情的流露都算節制，刻意的收斂，生怕被誤會其中有私情。

葬禮的第一天就有那樣的女人來報到了。有點令人失望：一個矮胖的中年婦人，畫了可怕的濃妝，眼眉像兩隻大蘭多毒蛛，血盆大口。在他靈前噴了許多淚水與口水。那哭容就真像是死了老公——即使還沒死也會因此死。

有一回竟然來了個淚崩的尼姑。喃喃唸著阿彌陀佛淚漣漣，哭得光頭都紅透了。樣貌倒是挺清秀的，剃光了頭還是非常惹人憐愛。非常年輕，年紀可能還比我小一點。連那些來唸經的和尚也一直偷瞄她。更別說那些來吊唁的老外，吞口水吞得像豬八戒。

老爸造孽哦。

一個長得像掃把的枯瘦女人倒是嚇了大家一跳。那哭聲聽起來非常man，豪傑之士般沙啞吼叫，還搥胸頓足呢。讓人懷疑她要嘛其實是男的，就是變性手術沒成功。單憑哭泣，其實也不能證明甚麼。

也不乏挺著大肚子、牽著幼齡孩子的。

還好都有各自的丈夫陪伴，可說是在安全範圍內。

大部份女人好像是從他電影裡走出來的，各種各樣的角色，連阿婆、乞婦都沒少。

那雞皮鶴髮的阿婆，也許因為嘴裡牙齒全沒了的緣故，哭聲像深夜暗巷的風，悲悲涼涼、陰陰濕濕的，像苔蘚那樣沿著雨後的牆整片蔓延了過來。

也好像在參與一場演出——父親的傑出弟子甲午全程攝錄，幾部攝影機，從不同的角度，就像在拍一場名叫「葬禮」的紀錄片風格的電影。從小我就認為，演死人最容易了，只需躺著一動也不動。但還是死人演它自己最容易，也最逼真。

父親的風流多情是眾所周知的，但不知怎的夫妻倆都沒有離婚的打算。

我曾經認真的個別詢問過他們，兩人的答覆竟然一模一樣：我愛他啊／我愛她啊——不相愛怎麼會有你們兩個？

我和弟弟都是他們愛的證明。我們的存在證明了他們依然相愛，還是曾經相愛？

我也許知道部份的原因。

還在大學時代，才華洋溢的父親就為還在唸國貿系二年級的美麗母親，拍過一部從未公開發行的短片《春暖花開》。沒有情節，像出現在他人的夢裡那樣的剪接出的、她以各種姿態展現出的美的形象。純粹的讚頌。背景有時是深海的湛藍，翠綠草原，黃澄澄的油菜花田，金黃稻穗，黃土地，連綿的青山。美麗的母親不斷變換服裝和造型，某些瞬間甚至是近乎全裸的，僅僅披覆著白色薄紗。我很小的時候就曾看到母親播放，也看到父親為她播放。

成年後我大致可以判定，這部片是他們的定情之作，拍完這片之前或稍後，母親必然是委身於他了。

母親的公司還多次贊助父親拍電影。她也樂於撥冗陪他出席那些重大的應酬場合，頒獎典禮甚麼的，打扮得溫婉得體，與有榮焉的感覺。

那父親外面那些女人呢？

母親也許也有她的秘密情人，保養得宜的她一直不乏追求者。

她幾乎一直是二十多年前照片裡那個模樣。

更何況，她和父親一樣老是出差。如果想要的話，實不乏露水姻緣的機會。

但葬禮也許是檢視、驗收外遇的最佳場所。尤其對男人而言。

母親表面上老神在在，但每一個含淚來致意的女人，我都看到她仔細打量著。

看她們的長相，有沒有帶著孩子——有沒有大著肚子——有沒有狀似要帶小孩認祖歸宗。不怕一萬只怕萬一。

這女人高調的嚎哭令母親露出不耐煩的神情，朝我重重的甩了個眼神，示意我去處理一下。

我只好起身，快步走到那女人身邊，扶著她（以免廉價棺木被壓垮），輕拍她的背，藉此把她帶離棺木旁，帶到靠外頭吹得到風處，以免悶暈，儘管天氣依舊寒涼。攙扶時，趁機瞄一瞄她的小腹，還好，看來似乎正常。但如果是在三個月內，外觀是看不出來的。即使有，多半也沒我肚子裡的大。想到這，心不禁一陣絞痛，一直延伸到小腹、子宮，我不禁依呀的呻吟了一聲。

說也奇怪，女子立時收聲，雖然仍一搭一搭的抽泣著，但只剩下鼻涕的流出與吸進、喘氣、張大嘴深呼吸，淚的流速也減緩了。她勉強擠出這樣的一句話：妳怎麼了？

我搖搖頭，我又不認識她，能和她說甚麼？

「妳爸怎麼去的？這麼突然，不到五十歲吧。」

「心臟病。」

「聽說——」

我搖搖頭。我不想談。「今年冬天太冷了。」我隨著轉身。

她挽著我的手，懇求的語調：「陪我講幾句話好不好？」

但我實在沒那個心情。但也只好在她身旁的椅子坐下。

她有點年齡了。眼角額間都有明顯的皺紋，穿插著幾莖白髮，未施脂粉，但眼睛很明亮，含著淚水時有幾分楚楚動人的意致，年輕時應該相當好看。

她說她來自蘇門答臘，姓郁，聽到消息趕來，差一點就趕不上了。

「那是妳媽？」她目光投向母親。

我點點頭。

「頭髮還這麼黑？」

「剛染的。」

「哦。我不知道她這麼年輕貌美。」

「她常去韓國出差的。」

挽髻一襲黑衣的母親只是一貫的沈著臉，端肅的跪坐。她眼眶鼻子有點紅，不斷的大聲擤著鼻涕。不過她平時也就是那樣，從早到晚費勁的清理鼻腔或喉嚨，好似有一大桶的綠痰長期儲存在她體腔內似的。一早，只要聽到打噴嚏或擤鼻涕，就知道她起床了。更何況，她最近被父親的家人煩得受不了，她原本就不想要辦這個葬禮——她強烈的主張人死了屍體燒一燒，找個荒郊野谷撒一撒，一了百了，既省錢又省事。更何況死得那麼丟臉。更何況她是公司高階主管，最近忙得不得了，哪有時間辦葬禮？

不料父親的那些平時很少往來的馬來半島家人（包括他高齡八十的媽媽），大隊人馬竟來得如此之快（就在父亡後次日），而且態度非常強勢。好像一群懷抱著甚麼緊急任務的火星人突然空降地球，個個滿臉怒容，準備隨時大開殺戒。

畢竟父親是小有名氣的導演，幾部我們不愛看、悶悶的片子接連得到國際影展的肯定，甚麼金獅金熊金馬金雞，我也搞不清楚。因此在他南洋赤道線上的故鄉也有相當聲譽的。他尤擅於拍霧。

他也常往南洋跑。只是忙於自己事業的母親根本沒時間和心思，陪他到窮鄉僻壤去應付他的家人。

但人一死，新聞就快速的發佈出去了，而且訊息火速抵達他的出生地，少不免有一番情色渲染。

而這陣子天氣異常寒冷，像他那樣因心臟病猝死的人蠻多的，火葬場大排長龍，燒出的灰一車車載走，不知道是去做肥料還是偷倒在坑谷。

父親的遺體只好暫時先冰起來放在殯儀館。

她後來一直抱怨，早知道就送到遠一點的外縣市去。但她其實心裡有數：到處都在排隊。今年殯葬業的年終都超過十三個月，不輸知名餐飲連鎖店的。

畢竟這是我有生以來在這島上碰到的最寒冷的冬天，幾乎所有叫得出名字的山都下雪了。彷彿雪線南移，來自西伯利亞的風，把我們的憂傷都凍結成霜了。

於是那些認為有必要辦葬禮和告別式的人就有機會絡繹來勸了。最先是父親文化界裡的官員朋友，他們委婉的建議，說父親那些老朋友老夥伴，甚至老學生（只差沒提到老情人），也許還有些愛護他的觀眾，應該都會想來上個香見見最後一面甚麼的。但母親強悍的拒絕了，以她對下屬說話的一貫風格：「死的是他，高興的是你們，累的是我喲！」即便面對祖母叔伯姑嫂，她也毫不客氣：「他活著時不見你們來關心他，死了還假惺惺甚麼？我是他老婆，怎麼處理屍體是我的權力！」確實，他的家人不曾來探訪。我也聽說他們互相有強烈的敵意，是怎麼回事我就不曉得了。

氣得一干男女怒目圓睜，祖母差點當場暴斃，軟癱椅子上，半天站不起來。叔伯眼裡噴火，都快動粗了。還好不知是哪個「有力人士」悄悄說動了她頂頭上司，直接給她批了帶薪的假。她只好無奈的接受了，勉強辦了這麼一個告別式。

「再怎麼說，都是個有頭有臉的人哪。」

「夫人（師母），事務性的事就由咱來張羅就好。」那些習於跑腿的人紛紛趨前哈腰說。

她大概沒想到這麼一件小事，竟引起那麼大的關切。而且來的人這麼多，封了兩條大馬路搞到到處大塞車，還好是住在城郊。來賓中不乏洋鬼子，有真材實料的紅毛、金毛，來自挪威瑞典荷蘭義大利法國希臘的，洋騷味都重得令人窒息，有的竟還試著挑逗我。死老外就是好色。有的還是小時候見過的。日本人、韓國人、中國人、印度人、馬來人都來得不少，一大批一大批的，而且話多，喧鬧，還真是累人。我終於能理解母親的原初決策，她果然是對的。她必定早料到這一切。她永遠是對的。

還有一干所謂的明星。真的很帥的，自以為很帥的；真的很有名的，自以為很出名的；真的很美的，自以為很美的。很臭的，自以為不臭的。

「妳爸常提到妳。妳就叫我郁姐吧。」哭得很失態的女人從蟒蛇包包裡掏出一包煙，向我示意。我搖搖頭。

她火速為自己點了根，瞇著眼吸起來，再悠長的吐了出去。似乎剛剛那樣大哭過心裡舒坦多了。

這動作似曾相識。在哪裡見過的。是的，那部電影：《樹的旅途》，一群人把一棵斷根的樹（上端的枝枒鋸餘尺許長、樹頭包成個五六個壯漢方扛得起的大土球）從倫敦植物園萬里迢迢移回婆羅洲原鄉去的莫名其妙的故事。她在裡頭演一個愛上有婦之夫的風塵女郎，就那樣在茫茫的風中吐著煙，雖只有幾分鐘的鏡頭，但那哀慽的神情令人印象深刻。

我也被觸動了。

這女人深愛著父親呢。

還有《河上的女人》、《土地之子》、《山火》、《父親的葬禮》、《日頭雨》、《夜霧》、《望鄉》、《鸚鵡》裡，都有她的身影，常常還是非常重要的女配角，時而清純、時而狂野、時而癡情、時而神秘……

「他說了些甚麼？」

她深深看了我一眼，把自己的臉吹得煙霧瀰漫。

「妳小時候把他當鱷魚騎的事。爬山時妳賴皮要他揹全程的事。那隻叫甚麼『媽的哈里』的狗……」

「Matahari。」

「Le soleil。」她說。「太陽。妳父親懂幾個法文單字的。用來騙異鄉女人。」

「牠死了。」

「嗯。我聽說了。妳很傷心。」

「我從此不再養狗了。」

小腹又有點微微的抽痛，未成型的小傢伙又在毫不客氣的吸他娘的血了。想到辰。提到Matahari，我發現自己眼淚竟然不自禁的流下來。

葬禮以來，我都還沒認真流過淚呢。

那些年，父母皆專注於工作，見面、一起吃飯的時間並不多。上學之餘，只有牠全心全意的陪著我。傷心時有牠，歡樂時有牠。不料卻被幾個南洋外勞抓去殺了煮來吃掉了。警察找到時，只剩下血淋淋的狗頭狗掌，及濕答答的狗尾巴了。

「他有沒有和妳說帶Matahari去結紮的事？」

她點點頭。從點頭的表情看，她可能也還很年輕。臉上的衰老興許是感情傷害，或勞碌留下的風霜。

那年我剛唸國一，他從南洋拍了那部以躲在印尼森林拒絕投降的二戰日本兵為主題的《風與霧》回來——幢幢人影晃動於大霧的樹林中，風聲颯颯。有的人選擇做回原始人，那苦行，是為了恪守昔日和天皇立下的愚蠢的誓言，還是在自譴贖罪？那些人究竟用餘生在守護著甚麼？

而日軍侵略中的南洋，風中都是殺機。

在短暫返鄉的停留中，他惦著Matahari是母狗，如果不在發情前結紮，接下來會很麻煩的。Matahari認主，沒法由他人代勞，只好父女倆載牠到獸醫處。狗打了麻醉針，醫生在動手術時，她陪著父親在獸醫院門口階梯上抽煙，等待。父親向我耐心的解釋說，母狗發情時，強烈的費洛蒙會把周圍數公里內的公狗都引來，咬得死去活來，爭著和牠交配，會吵鬧得不得了。母狗懷孕後會生下許多小狗，要到處拜託朋友收養，很不好處理的。

「以前我們老家都是整窩載去垃圾堆遺棄。小狗很可憐也沒辦法。第二年，母狗會再生一窩。沒有人會花錢花心思帶母狗去結紮的。」

手術後，我看到Matahari下腹部被開了個大口，傷口雖縫合了，處處是血跡。毛剃掉了，露出大塊白色的皮。那讓我既心疼又反胃。

當父親提議說要帶狗去結紮時，一向對狗不怎麼關心的母親竟然悄聲提出異議：是不是該讓牠去體驗一下當母狗的樂趣？父親白了她一眼，似乎責備她怎麼在小孩面前說這種不得體的話。

昏迷中的牠無助的被醫生倒提著四隻腳，軟綿綿的放在父親的後車箱。醫生說：卵巢子宮全部拿掉了。

父親點點頭，付了錢。

返程開車前父親意味深長的看了我一眼，看得我都不好意思。他多半從母親那裡知道我來月經了，胸部的發育也無法隱瞞。接著他嘆了口煙味很重的氣。「要小心男人。很多男人都很壞。」他笑的表情非常尷尬。「爸爸有時也是很壞很壞的男人。」

那也是個寒涼的冬天，之後他陷入長長的沈默。好久好久，在一個有座小廟的紅燈口停下時，他突然用力拍拍我肩膀：「不過小乙放心，不管妳遇到甚麼事，都可以放心的告訴爸爸，爸爸永遠是妳的支柱。」

但他自己突然就那樣掛掉了。我都還來不及找你商量呢。而辰，你怎麼就此避不見面了？不是說好再怎麼辛苦都要共同面對的嗎？怎麼獨自逃到中國大陸去了呢？

如果告訴母親，一向只做理性決策的她一定叫我拿掉。我幾乎可以聽到她冰一般冷的聲音：「女人要懷孕還不容易？獨自帶著個小孩多麼麻煩，以後誰敢娶妳？」

但我想要這個孩子。身為女人，畢竟是平生第一次受孕。一旦確認它的存在，我就是個母親了。我要守護它。

「我為妳爸拿掉過三個孩子。」郁姐黯然的說。「他喜歡讓女人懷孕，但不喜歡女人為他生孩子。連一個都不留給我。他說他答應過他老婆，絕不會在外頭搞出私生子。」

她淚漣漣的說父親，用一本「沒有皮」的武俠小說，斷斷續續的教了她幾年中文，讓她會讀會寫，她還是非常感激的。但他有時對她真的很殘酷。

也許她連他的殘酷都愛上了。

來自南洋的父親早年無書可讀，反覆讀的都是些武俠小說。

一陣大風吹過籬笆，推翻了一盆雞蛋花，著地時的悶響吸引了不少目光。是仿陶的黑色塑膠花盆，因此沒崩裂。

一陣大霧隱隱然從樹林那裡飄過來了。

那時父親的家人和同事不料又為採用佛教還是道教儀式而爭論不休。最後算是佛教打敗道教，道教儀式畢竟太吵了。母親喜歡安靜。弟弟就很安靜。母親說，最好是用回教儀式，白布一裹，二十四小時內燒掉，省事。

母親反正都不管了，只要求用最精簡的版本，少來煩她，她只負責向弔唁者點頭答謝，而且她只能勻出六天，也就是上帝創世的時間。

「上帝創世都還有休息一天呢。」她以一貫的冷靜說。

她腰不好，連鞠躬都有困難。

冷冷的像一尊石像。

我聽到阿嬤不只一次悄聲對親戚咬耳朵：「死了尪，一滴目屎攏冇，心夭壽冷！」還故意講得蠻大聲的。

我和弟弟和一干家屬們都百無聊賴的摺著紙錢，母親對這些事務一向異常輕蔑，一開始在無聊的等待中甚至看起備忘錄和報表。不用說，一直有長輩把刀子般銳利的目光投向她。個性如此敏感的她當然覺察了，後來大概自己也覺得不妥，也和我們一塊摺起紙錢來。但她摺的並不是元寶，而是各式各樣的造型：紙船、鶴、魚、青蛙、螃蟹……最後摺出樂趣來，甚至還摺了一大堆像杯筊、烏魚子、像哺乳類雌性發情時腫脹的陰部，令人看了不免害羞。

也不知她心裡在想甚麼。

畢竟也許還是她最了解自己的丈夫吧。

一陣怪風吹來，爐裡焚燒得透紅的金紙連同火舌被倒捲了出來，差點灼著金爐邊的女眷們，都被嚇得臉變色退了好幾步。

那時，被迫決定辦葬禮時，遇到一個之前沒注意到的技術上的難題。

當初原決定屍體要快速燒掉，沒想到——也沒必要把他的死相好好整理。

那屍體臉上竟然露出奇怪的笑容，好像非常快樂似的，眼睛半開著，略帶著一點點痛苦，好似要從身體深處拼死擠出甚麼似的——那色相，我是熟悉的。辰在我身上歡快時，那瞬間的休止，常就是這副表情。那會讓我的卵子禁不住恐懼與震顫。那令人又愛又怕的瞬間。

因此那死相讓我覺得十分討厭，怎麼死得那麼難看呢。幾乎就和當年的唐山大兄一樣的情況。

那表情徹底毀了父親給我的好形象。

他的死最令我傷心的是這，而不是別的。

父親難得在家。但只要在家，一定會帶我們姐弟上館子，牛排鐵板燒隨我們挑。雖然母親不一定能配合他的時間。

在我唸高中前我們都還會擁抱，別離時，或他從遠方歸來。

我甚至懷念他身上的煙味。我比弟弟更為依戀他。

弟弟跟照顧我們的阿姨比較親吧。

母親也沒時間陪我們。

但只要兩人都在家，他們對待彼此都很溫柔，也非常客氣，好像小心翼翼的踩在玻璃上似的。

我喜歡他開懷大笑的樣子，那笑聲幾乎可以讓屋瓦為之震動，那多在與他的好友把酒言歡時。但他不常在家裡接待客人。

父親每到一個陌生的地方，都會給我和弟弟寄明信片，在空白處匆匆寫上幾句話。我收了整整一大箱呢。異國的景致、異國的郵票。思念。

那個可憐的十七歲女孩，還真是被嚇壞了。一個男人突然在她肚皮上斷了氣。此生必然對性愛深深恐懼，此生大概無緣享受了。

死去的男人的陰影會一輩子跟隨著她吧。

接到警方的通知時，我和母親都大感意外。我們都以為他人在婆羅洲拍片，怎麼竟然會死在淡水女人的小套房裡呢？

我還記得是劇本是改編自伊夫林．沃（Evelyn Waugh）的名著《一掬泥土》（*A Handful of Dust*），那是極少數我感興趣的父親的劇本，或許因為最初的版本是辰幫他擬的，我也間接參與了。但只保留了後半段的情節——主人公被某人拘禁於婆羅洲叢林，但他的國家在遍尋不獲之後，已放棄搜救，接受他失蹤或死亡。叢林中拘禁他的人，是歐洲與土人的混血兒，不識字，但著迷狄更斯的小說。他從離去的白人高級官僚得到狄更斯的大部份代表作，即強迫那些迷失在叢林裡被他拯救或擄獲的、受過教育的歐洲人給他朗誦狄更斯，至死方休。主人公每天給他這裡一章那裡一節的朗讀，從《孤雛淚》、《遠大前程》到《荒涼山莊》。日日重複著，再怎麼哀求都不肯放他離去。那即是他悲慘的餘生了。

但父親要的不只是這樣而已，他對日本博物學家鹿野忠雄在婆羅洲的失蹤非常著迷，一直想把這兩者結合。於是那被囚禁者變成日本人（他的名姓劇本裡沒有顯現，只知道他是個能讀德、法、英文文獻學養豐富的博物學家）。那時辰面對的一個技術性難題是：該給這樣的新囚禁者朗讀甚麼書呢？如果囚禁者的身份無法更動——他必得是大英帝國的私生子，被帝國遺棄的混血兒——那他應只聽得懂英語、馬來語及母親所屬族群的土語（譬如達雅語或伊班語）。新版本的被囚禁者懂得的其他語言一點也用不上，因為囚禁者還是只能喜歡狄更斯。

狄更斯在日不落國的版圖裡夠流行，而且維繫了那幾個世代大英帝國廣袤領土上說英語的人的情感，即便是不識字的（沒機會受正規教育，不能讀、寫）。因此還是只能用英語，即便這日本人博物學家的英語有嚴重的日語口音，所有的子音都被加強發出如德語般尖銳的鳥叫聲。更可悲的是，囚禁者實在受不了博物學家的日式發音（他的前任可是個倫敦人，有著道地的倫敦皇家腔，那曾經讓囚禁者非常滿意——他其實是《一掬泥土》原版中的人物——只可惜在我們的故事裡他沒幾年就死於憂鬱、絕望和瘧疾），而頻頻糾正他，但囚禁者自身的英語卻又帶著來自母語的土腔，他自己有生以來也一直為之懊惱不已。而且被囚禁者的閱讀速度也實在太慢了，實在令他不滿意。被囚禁者的外語能力原即是為閱讀文獻而學，那幾乎是無聲的，發出聲音對他來說本就是相當痛苦的事。於是在這個故事版本裡，大英帝國的雜種棄子與日本帝國殖民的馬前卒，各自以殘破的語言互相折磨。但由於囚禁者是主人，他掌控了後者的一切（食物、自由——甚至大小便的自由），因此在語音的磨擦中，暴力是免不了的，博物學家因此經常被掌摑鞭打羞辱。

為這電影父親往返婆羅洲多次，有時說開拍了，有時又說遇上了甚麼阻礙，而被延宕了。大概劇本也一改在改，連辰也不耐煩而放棄了。整個劇組團隊幾乎都放棄他了。那成了他一個人的戰爭。

我知道的最後的版本只有兩個片斷。一是，日軍空降部隊入侵婆羅洲。那日本博物學家在日軍登陸前，被食人生番非常珍惜的吃掉了，只剩下兩片厚厚的鞋底。也許是那囚禁者知道日本人來將對他非常不利，在逃走前把鹿野以物易物的送給了從沒嚐過日本人肉的生番，他母親的親兄弟們。也許會推薦日本人的吃法：沾醬生食。（日本人作為「方法」）

殯儀館的人試了幾種針劑想讓肌肉鬆弛，都說太遲了，只能防腐，改變不了那死相。自稱法力高強的甚麼碗糕上師宣稱他的誦經可以讓死者肌肉放鬆，安心往生極樂。唸了半天，那神情只有更淫蕩迷醉歡愉。

母親只好要求早早蓋棺，而且要求棺木上的玻璃拆換成毛玻璃，讓誰都看不清楚。

也許因為這樣，母親為他挑的那張遺照竟是笑開懷的——戴著藍色帽子，笑得露出白齒，笑意滿溢的雙眼眼角擠出兩隻魚尾。

兩尾快活的魚。

這讓他看起來像是整個葬禮最開心的一個。

奇怪的是，葬禮結束的三天後——他當然已全數燒成灰——我收到一張明信片，畫著一株臉盆大、肉紅色口的巨型豬籠草，裡頭蜷縮著一白色蠕蟲般的嬰兒，臍帶連著杯壁。貼著黃嘴大犀鳥郵票。寄自婆羅洲。Borneo。鋼筆寫著幾句潦草的話，確實是他的筆跡沒錯：

小乙、阿丁：

爸爸在婆羅洲大河上拍片，這裡的霧很乾淨，魚和榴槤好吃得不得了。下回有機會帶妳們來。

日期嘛，押的是他死在女人身上第二天，那天他差一點被燒成灰。多半是故佈疑陣。

其實這幾年我常收到他從婆羅洲寄來的明信片，大概每半年就有一張吧。

葬禮後，火星人回火星，土星人返土星，月球人當然也沒留下來，家裡頓時冷清了。

母親也突然衰老多了，有明顯的白髮，也有幾分落寞。

她竟然主動對我說：「安心的把孩子生下來吧，妳爸走後家裡冷清多了，有孩子會熱鬧些。」她早就洞悉一切。

其實因著他們各自的忙碌，家裡很少熱鬧的。

一個月後，竟收到郁姐從婆羅洲寄來的信，說有要緊事非得我親赴當地一趟。

和父親有關，因還有一些疑點，要求我暫勿讓母親知悉。

我只好飛山打根，和郁姐會合（她可是一身勁裝，還戴著鴨舌帽，帶了個黑瘦的導遊）。她開著輛土色的吉普車，顛顛簸簸的，讓我頗為肚子裡的胎兒擔心。

翻山越嶺，小小的黃泥路，越過多條小溪，圓木簡單舖設的橋。約莫走了四五個小時，一路看到許多原住民和伐木工人，巨大的古樹，猶屹立的，橫陳的。終於停下發燙的車。隨行的老人幫著把吉普車上載的兩籮雞鴨搬上小舟，帶著我們擺渡過了河，靠近一個小小的聚落。巨樹包圍下，十幾間蘑菇狀的草茅；有的樹的高處，也有鳥巢般的房子，老鷹般守望的年輕男人。

雞鴨送給了守候的哨兵，那老人與他們用土語一番協商，只看到對方不斷搖頭。結果也只允許在哨站之外眺望。

經過一番請求和檢視，我們被允許使用望遠鏡。

那裡男男女女衣服都穿得很少，都只勉強用草裙圍著下體，稚齡女人挺著美麗堅挺的胸乳。

然後就看到疑似父親的身影。廁身部落男女間，看來確是一個穿戴特別整齊（還戴上牛仔帽子）的人，一身都是卞其服，也一直維持著笑臉，在比手劃腳教著架上的鸚鵡說話。

「像不像？」郁姐問道。

「我上次逮到機會想與他相認，但他不認得我了。他的女人也不喜歡外人找他。這次更警戒更難靠近了。」

他身旁有個很年輕的女人，看來比我還小，奶很挺很漂亮。下身圍著紗籠，挺著個大肚子，和他有說有笑的。看來會為他生下許多土地之子。

如果那人是父親，他的土語一定非常流利。

好一會，當那兩籠雞鴨作為禮物扛到部落裡去後，突然我們被允許靠近了。郁姐和老人也招呼我過去，和那長得像父親的人握握手，他身旁的女人有一點緊張。

那最熟悉不過的笑容啊。那確實是父親的笑。但他眼裡完全沒有我，連一點影子都沒有。我不曾從父親的眼裡看到如此絕對的陌生。但我幾乎可以確認是他沒錯。

那笑容，那身影，那動作，那股煙味。

但那冰一般的陌生。

然後我們被要求離去。

郁姐說，據說那個有名的日本人學者鹿野忠雄最後就是出現在這附近，試圖接近和紀錄那時還是凶猛的食人部落的這部族。他們找到了他的鞋底（那不是辰編的故事嗎？）是軍用的昂貴的限量版特製塑膠靴，靴底還加入鋼液強化製作的，大火也不易燒熔，有一吋厚呢，說是踩著鐵釘也穿它不透的。

鞋底各鐫著大大的漢字「鹿」、「野」各一字。兩片有明顯燒灼痕跡——各有一個邊變形扭曲——的鞋底目前收藏於婆羅洲博物館。那裡的華裔館員一直以為是「野鹿」，也以為是「八個野鹿」的局部。

他聽長輩說，日本鬼子在婆羅洲的所為這四個字足以概括。

而衣服多半朽滅了。

「妳父親想要自己來演鹿野，因此支開整個工作團隊，試圖像鹿野像人類學家那樣去接近他們。他熟稔各種土語。但他用的是通俗劇的浪漫手法，用他拿手的伎倆去引誘部落裡的處女。」

「但妳父親被女孩的父親下了他一向不相信的降頭。」

郁姐說她做過詳細的調查。

「好色的個性害了他。」

「他們將計就計讓那個長得像他的人代替他回去——妳父親秘密籌拍的下一部電影《南方》，是自己中年後的離奇故事，一個人變成兩個人、不知哪個才是真正的自己的故事。為此他在某個婆羅洲小鎮幸運的找到一個很像自己的人。也許他的上一代就有人像他那樣到處留情，從馬來半島播種到婆羅洲、南洋群島，在世間為他留下一個分身。為自己找了替身，就像影武者那樣，秘密的訓練他演出自己。為了讓他徹底的像自己，甚至不惜讓他代替自己回去，以驗收成果。部落裡的巫師知道了，決心讓它假戲真做，僅僅把他們要的部分留下來。要不是那女孩很愛他，拼死保護他，他可能早就被吃掉了。他將來會完全的變成那部族的一份子，就像是那部落裡土生土長的。不會記得和妳們共同擁有的過去。」

「那女孩和妳我一樣，愛上他迷人的笑。」

「替身一死，他身上被分離出來的那部份就死了，就無解了。」
郁姐含著淚說，她也也曾向蘇門答臘最厲害的巫師求助。
「但她說妳父親留在那女孩肚子裡的種籽被孕育得力量非常強大，她沒有能力逆轉他的命運。」
「那孩子，甚至強大到可以把他的父親變成他的兒子。」
老巫師留下一句謎一般的結語。
但郁姐的話語也令我突然心生疑竇。
「妳怎麼知道的那麼多？既然當事人一死、一心神喪失？」
郁姐一聽，嘩啦淚崩。
「他——那個死在女人肚皮上的男人，姑且叫他M吧。在冒充妳爸回台灣前，到蘇門答臘找過我。M笑起來簡直和妳爸一模一樣。我真傻，竟然連上了床都沒認出來。只奇怪他怎麼變得那麼熱情、賣力。好久好久我沒讓他那麼愉悅了，他好像不惜要在我身上歡悅而死似的，我真的好開心。那時我一心想著偷偷再為他懷一個孩子，已到了青春末尾的我，此後只怕再也沒機會了。即使他將來不要我了，看到我們的孩子也就像是看到他了，不料……。

拿過幾個小孩後，你爸其實對我冷淡多了，不太會主動碰我。我那時滿心的歡喜哪裡會懷疑，想說他是不是回心轉意要跟妳媽離婚和我在一起，哪知——

M死後我收到他的一封長信，是那女孩為他寄來的。她說他上床前鄭重其事的把它寫好了，貼了郵票，她猜想那應是封很重要的信（說不定是「遺書」），M死後她也只好幫他投了郵箱，而不是和其他遺物一道送去妳家。她在信封背面寫了幾行字，說明了原委。

M算是有良心的，他在信裡跟我說抱歉，假冒另一個人佔了我便宜，因此詳詳細細的告訴我他知道的一切。M說他懷疑自己中了降頭，他以前不是那麼好色的。如果我懷了他的孩子，他一定會負責到底的。媽的人都死了，還負責個屁！」

郁姐猛地用力吸了好幾口煙，再用力吐出。我不自禁的瞄一瞄她的小腹。

「M說他一直有不祥的預感。他是當地人，很相信降頭的。M懷疑妳爸找人對他下了降頭，不然怎會無端端答應這種奇怪的事。M認為妳爸一定是為了讓他承擔妳爸自己原該承擔的可怕命運。這地方、這中間人也是M指引我的。但他說他在妳爸面前發過毒誓，不得透漏這一切，否則不得好死。妳爸也警告他絕對不能碰妳和妳媽——要不然他就死定了。妳肚子裡的不會是——」

「拜託，當然不是——」我覺得我和我爸的情感被羞辱了。但仍然耐著性子，感激她告訴我這一切。

父親還活著，這比甚麼都重要。雖然也許變成了別人，但總比死了好。也許他厭倦了前半生的身份，想推倒一切，嘗試過另一種生活？他真的愛上她了，像回到少年時代，願意為她捨棄一切？還是純粹是因為入戲太深？

失去自己後，他還會記得自己的母語嗎？語言應該比自我還強大吧？如果記得，他會教自己的土生子說華語嗎？會自小給他朗讀那維繫流散華人祖國情懷的武俠小說，從《書劍恩仇錄》、《白髮魔女傳》到《邊城浪子》，讓他長大後像捕鳥蛛那樣去捕捉迷失的識字的唐人，好為那人為他不斷的複述那遙不可及的神州江湖、刀光劍影、愛恨情仇？

肚裡的孩子微微動了一下。

「我有男朋友的，我也相信他遲早會回來找我。」

「妳說辰？辰我也認識的。我也知道他去了中國。」

她有點欲言又止。難道又有甚麼我不知道的秘密？

但我不敢再問了，我自己的父親的秘密已讓我筋疲力竭。我已沒力氣承擔我肚裡的孩子的父親的秘密。

「那，我收到的那明信片？」我最後問她。

「也許是分離剩下的，殘存的記憶。妳看看以後還有沒有再收到就知道了。」

果然，那之後就再也沒收到了。倒是郁姐有來信，說那之後整個部落都搬走了，搬到更遠更深的山裡頭，更不與外界往來了。

期間收到辰寫在奇怪的厚厚的一片材料上的來函：

……我行走在古老而荒涼的大地上，常會感覺自己變成了另一個人。甚至走著走著，會懷疑自己變成了幻影，會漸漸的消失去在風裡。這大地太古老，古往今來多少人在這裡留下身影，太容易消失。望著無垠的沙漠，我感覺自己就像是沙漠裡的一顆沙子，微不足道。

選擇離開妳父親和妳，最主要的原因之一就在於，我受他的影響太過於鉅大了。他是我平生最重要的導師沒錯，但朋友們都說，我越來越像他，甚至連我對女人的態度、我的動作，笑聲，笑起來的樣子都像他。這讓我受不了。我不想當別人的影子，我更不想變成他。我想也許這塊古老的大地可以幫助我洗滌這一切。但目前看來我的努力還不夠。數月前我跟隨駱駝商隊，走進沙漠裡，我終於親耳聽到沙在風中哀鳴。

妳相信嗎？我在沙漠深處看到一樣非常巨大、非常古老的東西，原以為那一大片灰暗的隆起不過是巨石陸塊，但同行的行家說，那是隻鯨魚祖先的化石，是演化的中間環節。牠的祖先從海洋上岸了，但牠也許為了食物而帶著演化出來的、應屬於陸棲者的肺重返海洋。牠族群的子孫後來演化為鯨魚。滄海桑田，牠竟悲傷的擱淺為化石。

樓蘭的廢墟也讓我痛哭流涕竟日。

也曾在親歷過盛世的枯樹下，一個難以形容其老的枯木般的人瑞趁我打盹時偷換了我單薄的影子。而他那經歷過數百年風霜的影子沈重如廢鐵，深深陷入沙裡，讓我舉步艱難。這樣的我怎麼可能當個稱職的父親呢？

我從沙堆中隨手撿了片千年的樹皮，用它的內面給妳寫信。我把這信託咐給了與我交換方向的商旅。請妳務必要把我給忘了。

二〇一四年一月二十六日初稿、二月十七日修訂畢

〈跋〉巡遊在湖海之間

收在這裡的十二個短篇，最短的五十字左右，最長的不過一萬三，幾乎都在早年此間文學獎短篇小說的字數限制範圍內，這字數也可說是「魯迅字數」，魯迅的小說大致也在這範圍內。

忘了是前年尾還是去年初，一時鬆口答應江一鯉說，也許可以給印刻一本小說集。但得排在聯經、麥田、有人出版社之後，有人等不及改為自選集，這本就提前給印刻了。

除了〈火與霧〉的初稿是寫於二〇一二年十月之外（但也補了三千字。去年某出版社的編輯有意把它收入年度散文選，我直白的告訴她這是小說不是散文。說也奇怪，多年來我的散文入選年度文選的遠比小說多），其他小說均寫於這兩年間，也就是與《猶見扶餘》（麥田，二〇一四．八）同時但稍後，最早的是二〇一三年七、八月間的〈隱遁者〉、〈在港墘〉；最晚的是完稿於今年二月的〈祝福〉和〈欠缺〉。其他諸篇大概是以每個月一篇的速度，「一步一腳印」的寫完。

半數是「馬共小說」的延續與變奏，如〈山路〉、〈隱遁者〉、〈在港墘〉、〈泥沼上的足跡〉、〈祝福〉這五篇，五篇中除〈隱遁者〉外，都是我為自己的馬共小說寫的「收尾」（〈隱遁者〉其實也有終結感）。《猶見扶餘》裡的〈最後的家土〉是第一篇，也即是第一度——換言之，我曾五度為它寫下收尾。而〈山路〉（的另一個版本）、〈隱遁者〉、〈在港墘〉這三篇都曾收入二〇一四年七月由大馬有人出版社出版的，我的「馬共小說選」《火，與危險事物》。

這兩年也同時參與了由駱以軍、楊凱麟組織的字母會——由楊從A至Z各立詞彙、各寫一篇短的論述——簡言之，楊撰寫詞條，餘人以小說回應。但我並不是個守規則的參與者，一開始就遲到；之後往往楊的論述還沒寫出來，我就先偷跑了，也不怎麼遵守順序、字數、發表園地等限制，甚至會偷換或移易詞彙、移易字母，好像在玩著跳房子。他們手邊都有長篇在寫，有大樓要蓋，因此進度稍稍慢些。但我反正就在寫短篇，在草原上挖洞，在樹上築巢。而似乎一切都可搬進「字母」裡——就好比一切都可以引入馬共，一切都可以是我的馬華文學。

但他們好像在跑著馬拉松，偶爾過來熱熱身而已。我們的跑道並不同。寫作畢竟是寂寞的遊戲，我也一直自居台灣文學的局外人，聊以自娛而已。

我把相關的辭條和對應表列如下（收進這本小說集的）：

A未來（avenir）——〈魚〉（遲到的A）
C獨身（célibataire）——〈隱遁者〉
E事件（événement）——〈生而為人〉
F虛構（fiction）——〈魚〉、〈方修遇到卡夫卡〉（移位的K）
G系譜學（généalogie）——〈在港墘〉
H偶然（hasard）——〈泥沼上的足跡〉
J審判（jugement）——〈在馬六甲海峽〉
K卡夫卡（Kafka）——〈方修遇到卡夫卡〉

O 作品（œuvre）；遺忘（oubli）——〈父親的笑〉
P 皺褶（pli）；造偽威力（puissance du faux）——〈欠缺〉
Q 問題（question）；任意一個（quelconque）——〈祝福〉

寫這些小說時，常常是腦中先浮起一個畫面——有時是一張遺照，有時是美麗的少女的臉，一尾巡遊的魚，老虎金黃的背脊，一張想像的長長的舊照，一尾鯨魚、一道傷疤、一地的煙蒂、木板上W型的裸女標記、防風林裡懸吊的玻璃瓶——那先於文字，先於故事。「意義」是更遠端的事了。故事在文字中漸漸形成，我自己也不知道故事會走向哪裡、怎麼閉合。文字總是會流向那畫面，包裹它，或讓它挺立。就好像水滿了總會自己找到出路。但有些年，狀態不好時，混濁的水陷在小小的洼裡，漸漸乾涸，接著連池底的泥都龜裂了，還長出草來。

但有時是被某則引文（〈螃蟹〉裡的那隻手臂）或笑話觸動——如〈在港墘〉是由最後那則據說是魯迅講的笑話回溯性的建構起來的，二〇一三年七月返馬出門前偶然在一本選集裡讀到它。有的題目本身對我就有誘惑力（如〈淒慘的無言的嘴〉、〈婆羅洲來的人〉，Pulau Belakang Mati——但好像都與本書無關），有的還沒能寫出來。但有時確實是從某些想法、某種情感狀態出發，去調度文字、畫面、故事——當然不一定照這樣的順序，某一個要素可以召喚其他要素，也不乏有「意念先行」的時候。

兩篇附錄都來自二〇一四年五月的幾場對談，收入的，當然只是我自己談話的部分。感謝這些與談人。有的問題多年來反覆被問，說真的，很煩。附在這裡的用意當然是，希望那些想問老問題的人自己來翻翻。

之前不曾參加那麼頻繁的「對談」，大概因為去年再度出小說集的緣故吧。與王安憶（四月五日）、與黎紫書的（八月五日，九月五日），都像是獨白。《印刻》上的對談稍微好些。六月《聯合報》副刊「駐版」上收到的提問，幾乎都是外行人語。剪除後剩下的這部分，是「徵募」來的。北藝大的部分源於五月十九日楊凱麟邀我參與「關渡講座」時，學生提問的一部分。其他來自新加坡，也許是五月十七日在草根書屋讀書會後整理出來的問題。一連串的對談給我的感想是，台灣讀者對我們的作品並不感興趣，即便是專業的讀者。這一點，三十年來沒多大改變，這十年隨著本土化的進一步深化，狀況更糟。他們也一向不在乎我們對台灣文學的提問。這也許是台灣文學自身的盆栽境遇了——在民國灰頹、多孔洞的屋頂下。

〈父親的笑〉中的《一掬泥土》是房慧真介紹給我讀的，讀的時候就想把那核心搬進自己的小說裡；〈祝福〉中的甲骨文的腳印得到同事陳美蘭的協助。河南我還沒去過，但我的小說人物來自那裡。這部分得到一位大陸交換生的幫助。謹向這些朋友致以謝意。

本書的十二篇小說中，有三篇刊於《短篇小說》，三篇刊於《印刻》（感謝《印刻》為我策劃的小專輯）；三篇刊於《聯合報》副刊（感謝宇文正邀我於二〇一四年五月「駐版」），一篇刊於《中華日報．中華副刊》，一篇刊於《星洲日報．文藝春秋》，一篇刊於《自由時報．自由副刊》，也感謝賀淑芳費心為這本小書寫序。謹向各位當家的致謝。

二〇一四年五月

作品原發表處

〈祝福〉《印刻文學生活誌》二〇一四年六月號
〈山路〉《星洲日報・文藝春秋》二〇一四年二月十七、二十四日
〈隱遁者〉《短篇小說》二〇一三年十月號
〈泥沼上的足跡〉《中華日報・中華副刊》二〇一四年五月八、九日
〈方修遇到卡夫卡〉《短篇小說》二〇一四年四月號
〈在港墘〉《聯合報・聯合副刊》二〇一四年十二月二十九日
〈魚〉《聯合報・聯合副刊》二〇一四年三月三十、三十一日
〈火與霧〉《自由時報・自由副刊》二〇一三年七月二十一日、二十二日
〈生而為人〉《聯合報・聯合副刊》二〇一四年五月十八、十九、二十日

〈在馬六甲海峽〉《短篇小說》二〇一四年二月號

〈欠缺〉《印刻文學生活誌》二〇一四年七月號

〈父親的笑〉《印刻文學生活誌》二〇一四年六月號

〈巡游於湖海之間〉（跋）《南洋商報・南洋文藝》二〇一五年一月十五日

附錄：

〈寫在家國之外——對談黎紫書〉《星洲日報・文藝春秋》二〇一四年七月二十七日

〈互文，亡父，走根——對談賀淑芳、言叔夏〉《印刻文學生活誌》二〇一四年六月號

〈跨過那道門之後……思考應該就開始了〉《聯合報・聯合副刊》，二〇一四年六月二十二日

校記

這次校對，最大的收穫是發現並修正〈祝福〉裡的一個鑾嚴重的細節錯誤。去年《印刻》刊出時沒發現（也沒細看），還好這次校對書稿時發現得早，竟趕得及修正收入《九歌年度小說選》的版本，寫自己還不存在的年代的故事風險還真不小。在主人公被「遣返」中國的五〇年代，《毛語錄》（一九六二）還未編成，換成毛的〈論持久戰〉（一九三八）更合理也更有象徵意義。

但整個校對耗最多的時間的，還是去查證被校出來的字究竟是必須改的，還是應該可以容忍的異體字——我當然很感激編輯的細心，校出了我某些習用了數十年的錯字，如頤寫作頣、壺打做壸、茭打做苃之類的，但更多的是可以通用的，如：

慾／欲，拼／拚，蠻／滿，佔／占，沈／沉，渡／度，藤／籐，蝎／蠍，污／汙，姐／姊，昇／升，型／形，靭／韌，鋪／舖，艷／豔，樑／梁，筴／莢，漥／窪，兇手／凶手，磨擦／摩擦，比劃／比畫，宣佈／宣布，侷限／局限，饑餓／飢餓，唸書／念書，秘密／祕密，夥伴／伙伴，座落／坐落，做夢／作夢，床／牀，臺／台，身份／身分，傢俱／家具，抽煙／抽菸，肢解／支解，畫／劃，羨慕／羡慕，迴響／回響，偶而／偶爾，侍候／伺候，形像／形象，週邊／周邊，終生／終身，心理／心裡，片斷／片段，消夜／宵夜，饋贈／餽贈，交侍／交代，趁機／乘機，哀慼／哀戚，泊來／舶來……除了少數確是我的慣性錯用之外（如灑／撒、筴／莢，交侍／交代，泊來／舶來之類的，有的沒列出來，是因為有的字我慣用的輸入法打不出來，為便利會借用簡體字，如盐，昵，瓮）其他凡是異體字的，我都希望儘量不要更動。我都上網查了一遍，網上有時會眾說紛紜，也不乏強做解人者——最常看見的是用動詞／名詞來解釋異體字的差異，譬如蠻／滿台灣網友鐵口直斷蠻是錯的，但有大陸網友說那其實是吸收了吳方言的用法；畫／劃，前者用於名詞如計畫，後者動詞如規劃，在民國—台灣公文系統或法律文書裡有規範的；但我除了寫公文或不得不寫的愚蠢的計畫之外，還是依自己的習慣走。

每次校對文稿，看到紅字處處，不免心驚。但仔細一看，剔除異體字後，其實沒多少錯字。很多用法，甚至（可能犯錯的讀音），都從數十年前的華小教育沿續而來，有點像是身上童年時的老疤了。譬如我慣用身份，但常被校改為身分。在查證異體字時，意外的看到香港作家陳雲的這篇文章，〈香港人的身份，大陸人的身分〉（二〇一〇年八月十五日）http://hk.apple.nextmedia.com/news/art/20100815/14346621，力辨身份之正當於身分。除去政治上綱的部份不論，比較有趣的是，這篇文章暗示異體字的使用可能有方言背景，有另一層情感的記憶。那可能也是我們來處的某種身份的標記。

寫這篇校記的目的是告知我的讀者（雖然人數有限），看到台灣慣用或台灣教育部規定要怎麼寫但我沒依循時，不要錯怪出版社，那是作者的堅持，而那堅持是有道理的。台灣教育部本來就怪怪的，也常在那裡改來改去。

島上有位同鄉幹編輯的，在異體字被我回校之後還會勃然大怒，曾到處跟人說，「你不知道那個黃錦樹的文章，錯字一大堆。」

我一直想用錯別字寫篇小說。
是為記。

二〇一五年二月七日

魚

（附錄一）

小說能做甚麼？

——與王安憶對談

這其實是「為甚麼要寫小說？」、「小說是甚麼？」的另一種問法。

我舉幾個不同的個案來談。

第一個是《儒林外史》，尤其是商偉解釋下的《儒林外史》。

《儒林外史》雖然是十八世紀的「古典」白話小說，但它的現代性一直到晚近才充分被闡發，大陸留美學者商偉在《禮與十八世紀的文化轉折》這部書裡做了頗有說服力的論證。在他的解釋裡，《儒林外史》雖然假借明代的時間框架，其實小說處理的都是作者處身的當代問題。小說的幾個主要重要人物都以吳敬梓身邊的親友（包括他自身）為參照的，小說甚至長時間追蹤被參照人物的生命歷程。商偉的解釋可以讓我們看到「小說能做甚麼」的一種回答。

商偉說：

> 「吳敬梓能夠將自己呈現在他人的視野，這使得他觀察自己，如同他人，也就是將自己當作他人加以省察。這樣反躬自省的習慣為小說的反諷性帶來了新的思想深度和更廣泛的可能性。」

而這樣的操作

> 「無情地審視自身的一些假定和價值觀，也可以說是一種不斷的自我對抗。」「它的道德想像和力量，恰好體現在它對自身的思想資源和敘述選擇所做的反思和省察。正是通過這種不斷的自我反省，《儒林外史》對自己植根於其中的文化傳統展開了更為普遍的批評。」（374-5）

也因此《儒林外史》具有不同尋常的思想史意義。它以小說的形式介入當代學術史的難題，而且是藉由一種原創性的小說敘述形式。作者以一種人物展覽的方式，人物不斷的出場，退場，從而讓數量龐大的世俗生活裡言行不一、各懷鬼胎的文人士紳的言行不一戲劇化呈現，加上敘述者的隱遁這樣的策略，使得它比思想史、學術史更有效、更深刻的處理十八世紀中國儒家文化出現的重大危機。這是「小說能做甚麼」的第一個可能的回答。

第二個是盧卡奇式的回答。

在三〇年代歐洲現代主義與現實主義論戰中，被現代主義者譏為落伍者的盧卡奇，認為只有現實主義小說對現實的處理可以超越現實的表像——藉由具有概括社會矛盾的系列典型環境與典型人物，藉由遠景透視——把人物的社會關係放進較長的時段裡來審視；由此帶出社會與歷史的變遷，以期透過敘事重組的現實，來掌握社會的整體性，讓讀者可以超出個體的有限視野，以更有效的瞭解自身的處境。或者藉由敘事的重整，在解消各種社會矛盾的同時，創造出一種心靈境界，讓讀者能從中得到某種撫慰。

這種盧卡奇式的「小說能做甚麼」我們可以在第三世界看到廣泛的回應，即便是在歐洲現代主義時期之後。從菲律賓國父黎剎的《不許犯我》（一八八七），日據時代吳濁流的《亞細亞的孤兒》，及現當代拉丁美洲、非洲的大小說。甚至安德森在著名的《想像共同體》論證民族主義的文化根源時，寫實的長篇小說即是凝聚民族想像的重要例證之一。《畢斯沃斯的房子》的作者奈波爾的小說論，也是盧卡奇的回聲。

奈波爾認為，現代主義是大都會的產物，並無助於他藉小說來理解自身的歷史處境——加勒比海千里達窮鄉僻壤的印度裔社區的悲涼處境——那必須從對那些人複雜的社會關係的深描著手，在較長的時段裡觀察箇中的變化。大英帝國殖民擴張中，因需要廉價勞工而把他的祖先從印度千里迢迢的帶出。主張「社會學家的小說家」的奈波爾，就藉著系列小說，為我們勾勒出殖民帝國擴張後，各民族的離散精神狀態。當然，這一回答預設了作者的想像視野，預設了虛構敘事的歷史穿透力。

第三個回答是我在巫寧坤的回憶文章裡讀到的，這位一九五一年博士學位還未取得即被召喚回祖國燕京大學任教，幾年後即被打成右派，人生中最精華的二十二年都在勞改中度過。這位飽受迫害的燕大人寫他一九五七年被流放北大荒時，遇到一位姓鄧的沈從文的學生，那人帶著沈從文的作品。文章中寫道：

「從此，在累得直不起腰來的修築倒流堤工程中，在攝氏零下四十度打冰方的工程中，我往往和小鄧邊幹活邊談論沈從文的作品，《邊城》啦、《湘行散記》啦、《從文自傳》啦，絮絮叨叨，沒完沒了，有時竟然忘了饑餓與疲勞。每逢歇『大禮拜』，難友們有的蒙頭大睡，有的打撲克，小鄧往往和我帶上那幾本又破又舊的寶書，到小興凱湖畔找一個僻靜的角落，坐下來朗讀一些我們喜愛的章節。

興凱湖的水在秋天也清個透亮，並沒有因為被用作勞改農場而減色。我們在湖邊勞改幹活，幾乎也跟貴生一樣地快樂了。我們百讀不厭的一段是：

望著湯湯的流水，我心中好像澈悟了一點人生……。山頭一抹淡淡的午後陽光感動我，水底各色圓如棋子的石頭也感動我。我心中似乎毫無渣滓，透明燭照，對拉船人和小小船隻，一切都那麼愛著，十分溫暖的愛著！

我終於明白了他那樸實的聲音為什麼那麼動人。此時此刻，他那透明燭照的聲音、溫存的節奏和音樂，使兩個家山萬里的囚徒時而樂而忘憂，時而『作橫海揚帆的美夢』，時而也免不了『相顧無言，唯有淚千行』。」（〈再生的鳳凰：遇沈從文〉《孤琴》〔允晨，二〇〇八，頁一一五～六〕。關於巫寧坤在北大荒的勞改生活，其回憶錄《一滴淚：從肅反到文革的回憶》〔允晨，二〇〇七〕有更詳細的敘述。）

這其實也是抒情詩的力量。抒情散文和抒情小說的力量。

關於這一點，從保釣運動、政治和哲學重返小說的郭松棻（他也是沈從文的讀者）也表達了類似的看法——還是文學能撫慰人心。從郭松棻的小說實踐來看，他指的是沈從文式的抒情小說。

第四個回答是個反題。為什麼有的小說家最終放棄了小說？是不是小說本身有某些功能上的障礙？

可以從韓少功《馬橋詞典》幾年前獲美國第二屆紐曼獎時，題為〈為什麼今天很多作家放棄了小說〉（《中華讀書報》二〇一一年六月二十九日）的對記者的答覆中的一段話中延伸出來談談。針對「為甚麼有的著名小說家如張承志放棄了小說」、「當代中國著名小說家是否有超載的危機、續航的困難」等提問時，韓少功說：

「張承志是個心裡有大事的作家，精神性很強，對小說這種世俗化、個人化和單線敘事的文體不滿意，覺得不順手，應該說不足為奇。魯迅較早放棄了小說，肯定有其深刻的原因。錢鍾書能寫小說而棄寫小說，大概也與才華無關，只能說他另有志向。至於『底蘊』和『想像力』，眼下中年以上的作家基本上都有透支、甚至嚴重透支現象。有幾個人敢拍著胸脯說大話？有些新作，只是維持作者一種表面的規模和數量，常常是水多血少的那種。在這方面，我也有危機感，對自己不滿意。」

張承志是新時期代表作家之一，是尋根作家中極少數對下鄉之地產生認同，以致皈依穆斯林，並嘗試把西北蘇菲派的教義內化，讓自己在心靈上成為當地人。從〈黑駿馬〉、〈北方的河〉、〈西省暗殺考〉等一直走到《心靈史》，他的小說走到了終點。在走入在歷史上飽受屠殺迫害之苦的穆斯林教派哲合忍耶的苦難歷史、並肩負為他們用現代中文寫一部書的神聖使命之後。

根據他在《心靈史》序裡的自述：

> 三四部一直為他們秘藏的，用阿拉伯文和波斯文寫下的內部著作，為我譯成了漢文。悄無聲息的大規模的調查開始了，近一百六十份家史和宗教資料送到我手裡。一切秘密向我洞開，無數村莊等著我去居住。

在這篇序裡，他表達出強烈的滿足感，也就在這篇序裡，作者也提到，這部書是他文學的高峰，也懷疑自己以後還會有超過它的作品。因此他說，「甚至我還在考慮，就以此書為句點，結束我的文學。」此後張承志的文學並沒有結束，只是一直沒有看到新的小說作品。小說可能結束了，但散文仍在延續著。

他為甚麼選擇讓小說停在那裡？從《心靈史》的性質來看，其實是不難理解的。作為小說，這本書已經不能算是虛構敘事，它更像是詩歌與史書的結合（但小說本就可以含納一切文類），這本書可說是已經走到小說的界限、小說的邊界。而它所依據的材料，都是尼采所謂的血書。事實的殘酷（即便是經由傳聞證據——所見異詞，所聞異詞），都深刻的衝擊了想像、讓虛構癱瘓，而且是在倫理的層面上。換言之，身為作家，張承志很幸運，他遇到了絕色——讓他的小說事業可以停在一個精神高點上。

他的這部小說已經為他完成最重要的任務，他在序裡也清楚說明，《心靈史》可能會是一本神聖的書。那也許是敘事（不論是小說還是歷史）能走到最遠的地方。

但這或許也可看到小說本身的一個問題，或許正是那問題的存在，讓有的小說家突然放棄了小說的寫作。譬如奈波爾，在寫了一輩子小說後，突然宣布發現虛構敘事的侷限，小說走到了盡頭。這種感嘆無代無之。又譬如美國文學評論家George Steiner在一九六五年的文章〈文學以後的歷史〉裡提到「在極惡的現實面前，在徑直報導現實的熱情和權威面前，小說陷入沈默。」因為那樣的現實，已超出小說能把握的程度了。

第五個回答是魯迅個案。中文現代小說的肇始者魯迅，同時也示範了放棄小說。對魯迅而言，寫與不寫都是倫理問題。

在魯迅的個案裡，在他那篇〈我怎麼做起小說來〉（一九三三）有幾點說明很有意思。

> 說到「為什麼」做小說罷，我仍抱著十幾年前的「啟蒙主義」，以為必須是為人生，「而且要改良這人生。我深惡先前的稱小說為「閒書」，而且將「為藝術而藝術」，看做是「消閒」的新式的別號。

在否定的意義上，一，拒絕讓小說作為閒書；就這一點而言，其實是意識到小說本身的娛樂傾向。二，拒絕「為藝術而藝術」的小說：就這一點而言，拒絕一種時代的新趨向——似乎美學上的目的就是一切，它彷彿以自身為目的——譬如魯迅同時代歐洲的現代主義，對魯迅而言，似乎花了太多力氣在它自身的藝術完成上，而忽略或延緩了它的社會功能。

而魯迅的選擇——「啟蒙主義」，為人生，「而且要改良這人生」，這是魯迅對「小說能做甚麼」的眾所周知的回答——「揭出病苦，引起療救的注意」，故多取材於病態社會中不幸的人們；這樣的意圖也決定了魯迅對小說設下限制條件：

> 所以我力避行文的嘮叨，只要覺得夠將意思傳給別人了，就寧可甚麼陪襯拖帶也沒有。中國舊戲上，沒有背景，新年賣給孩子的花紙上，只有主要的幾個人，我深信對於我的目的，這方法是適宜的，所以我不去描寫風月，對話也決不說到一大篇。

也就是說，魯迅以一種幾乎是極簡的克制去寫小說。是不是可以這麼說，這樣的小說論其實對小說的天性是相當不安的——因此他努力的克制小說自身的欲望（也即是《中國小說史略》引明胡應麟評唐傳奇「唐人始作意好奇」的「好奇」）。但從魯迅這篇文章，倒可以看出小說的三種可能的功能：作為閒書、消費品；作藝術的探索；改良人生（載道）。當他要的功能可以透過更直接的方式完成時，小說就被拋棄了。

最後是我自己的小小看法。關於馬華小說。

因處境和位置的不同，小說在馬華文學裡應該是一種完全不同的東西。譬如說馬華文學原生的系統裡幾乎沒有長篇——沒有像樣的長篇——在台灣的馬華文學先不談——那是另一種文學體制「為藝術而藝術」觀念下的產物。本土馬華長篇，即使有，也往往是不合格的，只是篇幅長而已，難以卒讀，達不到美學和社會功能。

馬華小說開端的啟蒙主義、拒絕文學自身的樂趣、自身的要求；都宣稱繼承自魯迅。然而它文學土壤的貧瘠，它的缺乏反思性，它的非前衛而沒有讀者，那移民社會的荒蕪狀況，和魯迅置身的現代中國城市有著穩定的識字青年是不一樣的。馬華小說對革命文學的始而模仿、繼而依附、終而殘缺；更甚者，它常瀕臨失語——語言的殘缺——它似乎總是被現實壓垮，幾乎處在沈默的邊界上。

如果有馬華小說的傳統（我們的文學史教父方修說那是「現實主義」），其實也只是小說持續被現實打敗的歷史。

作為閒書？它沒有資格，而且競爭不過舶來品。

「為藝術而藝術」？那太奢侈了，規模太小，一樣競爭不過進口的。

「改良人生」？當馬華革命文學忙著做中國革命文學的應聲蟲時，「改良人生」就只能說是個苦澀的笑話了。

很長的一段時間裡，馬華文學的主導文類（產量也最多）其實是以不同的筆名發表的刀子一般的雜文。而這，當然也是魯迅的遺產。識字的老左們都是魯迅的讀者。在魯迅在中國被神化之前就是，被神化之後更是。

他們看中雜文能快速的回應現實、攻擊對手，讓對方受傷，而投槍者近乎匿名。但因為學養和語文能力太差，沒有洞察力的支撐，當時過境遷後，比報章上的新聞甚至廣告都還沒價值——新聞和廣告至少還傳達了特定的訊息。馬華雜文只留下它此時此地的灰暗的怨恨，時間一旦流逝，它即從枯枝敗葉進一步腐化成一灘絕望的爛泥。文學也是它們的攻擊對象之一。文學新人脆弱的文心，常常就在那樣絕對無情的攻擊中被摧毀。

「小說能做甚麼？」

在六〇年代後的馬華文壇，能在魯迅字數的範圍內勉強完成它自己，就已經筋疲力盡了。因此在華文文學的世界裡，它非常孤單。它甚麼也不能做。它像營養不良的野草，葉子都是枯黃的。而以雜文形式出現的文學批評，就像殺草劑。

然而，對我來說，情況不應該是這樣的。小說反而必須嘗試去做文學能做的一切事情。詩、散文、小說、雜文、評論、文告等的功能……那當然非常困難，那需要調度不同的時間刻度，需要把灰燼重新還原為火。也就是說，我們需要一個不同的沙漏，來重新調度可能的時間。一種不同的小說時間。

寫作是一種持續的游擊戰，不論小說還是評論。

接下來有幾個問題要請教王安憶。

一、王安憶是當代中國作家中大量書寫的範例，似乎每年都有新的作品。作品數量龐大的中國作家當然不止王安憶，賈平凹、莫言、張煒、閻連科也寫很多。新時期的文學爆炸，也體現為量的爆炸。在大陸資本主義市場成熟之後，這爆炸更其驚人。而且也產生了質變。通俗文學，文學的徹底商品化，使得純文學快速邊緣化。不知道王安憶對這量的爆炸有甚麼看法？在文學幾乎變成純粹的消費品的年代，小說還能做甚麼？

二、再則是最近中國當代文學的重要翻譯者，美國漢學家葛浩文對當代中國小說的批評（漢學家葛浩文談「中國文學為何在西方不受歡迎」《東方早報》（上海）二〇一四年四月二十二日那場研討會王安憶也在場的）——小說家寫太多、寫太長，灌水，不夠精緻，前引韓少功的訪談中也有類似的看法。不知道王安憶對這問題有甚麼看法。

三、最後一個問題跟馬華文學有關。也是這場對談我最想問王安憶的問題。

王安憶是馬來西亞最重要的華文文學獎花蹤文學獎的終生評委，也曾多次造訪大馬，和當地的作家多有接觸。

我這提問有個焦點：我們談中國之外的華文文學時，都會強調它的在地特色，也就是與當代中國文學的差別，這差別包括語言表述上的，也就是我所謂的華文與中文的區別。

中文流利順暢甚至華美，而華文因深受方言土語濡染，以致生澀甚至苦澀。但據我從《星洲日報》那裡得到的消息，充斥著中國評審的花蹤文學獎，中國評審的品味是偏好中文而遠甚於華文的。這種傾向對馬華文學的發展其實是非常不利的。因為王安憶自己的特殊背景（她父親是新加坡的歸僑），也對星馬的華語問題寫過深刻的觀察（〈語言的命運〉），而星馬華人社會又特別崇拜中國來的名家，特別相信中國作家學者的話，所以我很想知道王安憶的看法。身為中國評審，有沒有想過要維護馬華小說的特性（如果有的話），或者從世界文學的高度提供一些建議？因為有的年輕寫作者會趨向於投合評審，這些中國評審很有可能左右馬華文學的生態。

如果可能，當然我也希望她能為馬華文學做一點事。

二〇一三年四月五日，高雄中山大學

（附錄二）

寫在家國之外

——對談黎紫書

黎紫書提問：

你既是學者也是作家，兩個身份／角色不同，你認為哪一個能更有效地讓馬華文學在台灣（或海外）發聲？

答：這很難比較。我希望透過論述給馬華文學確立一個更好的位置，但我的很多談法即便是我的同鄉也不領情，譬如我建議忽略國家文學問題，開展馬華文學自身的文學革命路徑。而馬華文學問題，其他地方的學術界基本上是沒興趣的。身為寫作者，我希望透過寫作強化馬華文學本身的難度，但我發現台灣的讀者基本上是不感興趣的，他們多只關心自己的文學。簡言之，「讓馬華文學在台灣（或海外）發聲」，都是有限的，不管是以哪種身份去做，差別都不大。「好過沒有」而已。

不過如果以出版而論，譬如小說選，一般是有腹案之後，去徵詢有往來的出版社，只要他們點頭，一般相信都是做過風險評估了。當然也許對方除了考量書出版後會不會有市場（我自己是不相信有甚麼市場的），也許也會考慮我們這些編者的「名氣」？但名氣究竟是甚麼？

感覺似乎是這樣，如果你一直在做這些事（譬如編選馬華小說），對這方面有興趣的人自然會找上你。去年有韓國學者要譯馬華小說，也請我推薦。不過那位金教授應該是王德威介紹來的，文學也有地緣政治。在美國推介馬華小說的主要是王德威而不是我。在英語世界，他才有那江湖地位和影響力。他是馬華同鄉會之外，極少數關心馬華文學的學者。但他看馬華文學，還是從旅台的入手。不論是作品還是論述。

相比起其他留台馬華作家，甚至是馬華在地的作者，你似乎對馬華文學的位置特別敏感，甚至像是有著深重的憂患意識（譬如你說「生存之戰」）這是怎麼來的呢？

答：馬華文學是歷史的偶然產物，在台灣的馬華文學亦然。我們的前行代多把這裡當中國，一心想加入這「復興基地」的中國文學（譬如星座詩社，神州詩社，譬如李永平）而沒有注意到台灣作為亞細亞孤兒這境遇的複雜性，也沒興趣從宏觀的歷史去了解馬華文學究竟是怎麼一回事——簡單的說，我對自身存在的根源充滿好奇心。如果你醒來，發現自己躺在沙灘上，滿天都是星星，而自己是隻悲傷的海星，總該弄清楚發生了甚麼事，是甚麼浪把你打上這岸邊的。這海岸歸誰管等等。從馬華文學的困境出發，與其停留在原點持續不斷的哀嘆，不如把問題弄清楚，嘗試找出一條逃逸之路。如果一直都只能維持一種低水平，那馬華文學的存在就猶如不存在，有等於沒有。

作為小文學，它的處境比其他地方的華文文學來得艱困，根本不可能憑地域保障原則（也就是自訂一種文學標準來自我保護）生存下去。因此這「生存之戰」面對好幾個不同層面的「敵人」，首先是馬華文學本身，那找不到出路的悲哀的遺產；再則是中原，那總是以為他們在制定標準的天朝大國，承認的政治；再則是台灣文學，我們（尤其是旅台的）必須寄身在其上方能走得更遠；但我們其實還有另一個敵人，即大馬國家文學。如果你是愛國的好國民，你會希望得到它的承認、垂憐。

反思能讓它更堅定的存在。馬華文學作品本身還沒有強大到能自我辯護，這是我多年來的基本觀察。沒有好的論述、好的解釋的保護，它終將有消失的危機，或淪為華人史研究的材料。

《南洋人民共和國備忘錄》裡頭的作品，以及你近來發表的其他小說，大多都在處理馬共題材。可以說說你為什麼對馬共這題材如此鍾情？

答：在某種程度上，馬共的命運可以說是民族國家裡某種類型的華人的集體命運。那是個歷史悲劇，也幾乎牽動了華人的整體命運。他們的受困本身是個縮影，裡頭有太多可能存在而未曾被講述的故事，也許包含了大部份希臘悲劇的元素。這是歷史給予我們的真正的贈予，讓我們可以超出小我的有限視野，去反省命運本身。對我來說，這也只是個過渡，不會老是在馬共議題裡打轉，但華人史是基本的背景，也是資產。

所以馬共對妳和對我的意義是不一樣的。我在開始寫之前，不曾見過真正的馬共；之後也沒見過陳平。保持一定的距離或疏離是必要的。但我想，對歷史思考也是必要的。

你在台灣這麼多年了，有沒有想過有一天在創作上或許能以台灣經驗作另一次出發？

答：在文學裡，對我來說，這其實是個假問題。但我曾就問題答覆朋友：我早就以自己的方式在寫我的「台灣經驗」了。我的馬華文學裡就包覆著我的「台灣經驗」。差不多二十年前我就針對我的〈落雨的小鎮〉說過：小說裡熱帶故鄉的雨的真實的參照是此刻我窗外的台灣的雨，秋雨，冬雨。妳的問題是寫實主義的。文學的技術讓我們可以非常複雜的寫作台灣經驗，更何況我的文學經驗、寫作經驗都是不折不扣的「台灣經驗」——我是來台灣之後才開始摸索寫作的。因此關鍵詞是置換，移位，嵌入，挪用，拼貼，後設——引渡，我和台灣及台灣文學，這關係一開始就建立了。而這些，在我一開始寫作時就發生了。簡言之，我的寫作本身就已是我的「台灣經驗」。

話說回來，怎麼老是被問這樣的問題？這其實不是文學問題而是政治問題，近代的認同政治問題。譬如早年從中國到香港、馬來半島的「南來作家」，就常被置疑有沒有寫在地題材（所謂的「馬華文學」也是那樣開始的）；一九四九年以後來台灣的所謂的「外省作家」，在台灣本土化的浪潮裡也會受同樣的質疑。但這問題重要嗎？作品好不好，不是比作品的「背景」重要嗎？

你曾經說過馬華文學沒有經典，今天你的看法有變嗎？就你現在看到的，你覺得馬華文學產生經典的可能性有多大？

答：可以直截了當的回答妳——我們多年來編的、寫的，很多都已是馬華文學經典（包括林春美最近編輯出版的散文選《與島漂流》）。得不得到整個中文世界的承認是另一回事。但我們自己要有能力用論述來辯護。這種工作不能假手他人。要有和學術霸權在學理上爭論的能力，這也是我說的「生存之戰」。

這十多二十年來，已是馬華文學空前的「盛世」。自有馬華文學以來，還未曾有如此整齊的文學水平，雖然整體作品的數量還不算多。但我們能走的，本來就是精兵政策。

我在評賀淑芳的短文〈在語言裡重生〉裡曾說：在馬華文學裡，我們沒有繼承，因此我們必須成為自己的父親。必須更有意識自己處身於馬華文學的環型廢墟。

繼你和陳大為、鍾怡雯以後，似乎多年未有馬華作者能夠在台灣引起注意。這是因為文學獎神話不在嗎？你對現今馬華的年輕創作者有什麼看法？

答：龔萬輝、曾翎龍他們有受到相當的注意啊。有人那群作者都是不錯的，絲毫不輸給台灣的同代寫作者。但台灣的文學似乎也在崩落中，沒有多少人在意文學了。

你對馬華沒有長篇小說、為什麼寫小說的人該寫長篇這事有甚麼看法？除了馬華以外，我知道香港有些作家在台灣這兒也受到一定的注意，而且人數也一直在增加。他們的情況與馬華的作者不一樣吧？或其實有相似之處？可否比較一下？

答：香港作品在台灣，但香港作家多半仍在香港。香港文學在台灣就像黎紫書作品在台灣。而香港文學一般而言都有很強的世界主義氣味，西西、梁秉鈞甚至董啟章、廖偉棠都是，那對台灣讀者而言應該比較沒有接受上的困難的。但我其實比較喜歡看到方言的實驗，就像看港片喜歡看廣東話發音的。因此黃碧雲的部份寫作（如《烈女圖》、《烈佬傳》）我會覺得特別有意思，令我想起部份馬華作家的與語言搏鬥，而不是安居在平順的中文裡。

因為冷戰及台港的地緣關係，兩地的文學場域之密切不是大馬能想像的，兩地的文學體制其實是部份連通的。像葉維廉、鄭樹森這類的學者，發揮的媒介作用也遠遠超過留台的學人。但從這粗略的比較，也可看出馬華的「背景負擔」其實可能是一種資產。

你如今又回到創作期了，可曾有寫長篇的打算？李永平與張貴興的長篇在台灣的口碑都不錯，你有什麼看法？

答：我覺得長篇是個假問題。是否寫得好比是否寫得長重要。我曾經指出，馬華小說最主要的形式是短篇而不是中長篇，這或許有其客觀限制，但也可說是「魯迅遺產」——對應的是移民社會文學需求的有限性，甚至不耐煩。然而自五四以來，從魯迅、沈從文、張愛玲、汪曾祺、白先勇、陳映真、七等生、郭松棻等，最好的作品也都是短篇。應該考慮的是含金量而不是數量，一塊金子和一車沙石的價值是不等值的。短篇和隨筆，都是游擊戰的標準形式，也是我所謂的「魯迅遺產」。

我無意貶低前輩，但如果就「小說能做甚麼」這觀點來看，我覺得他們的長篇想表達的東西，短篇一樣可以做到。在嚴格的意義上，我認為《海東青》和《大河盡頭》都是短篇，也可能是我讀過的字數最多的短篇。篇幅如果沒有相稱的想像視野和思辨的深度做支撐，價值或許還不如短篇。這兩部長篇的意義或許不如同一作者的短篇〈望鄉〉（雖然這短篇的前面十頁也可以刪掉）。

自寫作以來，一直被人問為什麼不寫長篇，問到都很煩了。也許我最後一部作品會是個長篇，如果我老一點還有力氣的話。如果沒力氣，多半還是壓縮成短篇。

二〇一四年八月五日，暨南大學

（附錄三）

互文，亡父，走根

——對談賀淑芳、言叔夏

與賀淑芳：互文性。情色，愛與救贖

一、我在一些場合聽過這意見，有關您書寫中的互文性。一些人覺得互文太多對創作而言是種限制，即認為互文「只是」借用，但也可能是批評的方式，因為您早年燒芭和重寫馬華文學的記憶太深入人心了。您要不要談一談，有關這互文性？

答：「互文太多對創作而言是種限制」的講法對我而言其實是難以理解的。也不知其中的「限制」是甚麼意思，甚麼被限制了？限制了甚麼？限制了作品的創造性？還是限制了理解（對某些讀者而言）？如果它的意思是前者，則可能預

魚

設了文學的原創性來自於語言的透明、直接再現經驗或「內容」（一種極端的素人寫作），作品不會因「互文」而妨礙讀者的理解。因此我懷疑這提問的真正重點是後者，是閱讀障礙而引生的假設性提問。因此「甚麼是多？」也就不是問題了，因為多少原就是相對的。也就是說，互文的多少及是否會造成閱讀障礙，繫於讀者的學養。而這樣的問題會被提出，也許反映的倒是那提問的社會本身的問題——把文學想像得過於簡單，也可能提問者本身習慣了簡單直白無底蘊的寫作。

反過來，在文學這一行，我們更熟悉的是另一種講法。「一切寫作都是互文」，「每一篇文本都是在重新組織和引用已有的言辭。」（羅蘭・巴特）或中國古人說的用典、「無一字無來歷」，即使做不到那樣的程度，在古代中國的寫作中，對文獻傳統的熟稔引述是它成立的基本條件。近代以來的中文寫作幾乎也都是綴滿引文的，只要看看魯迅著作那繁富的注釋就很清楚了。在理論上有兩個原因。一是，文學是高度累積性的，「文學性」本身是自我論證的（它的封閉性）。寫作者必然首先是讀者，而且必須是好的讀者（也就是對作品有批評的眼力），在長期的閱讀中習得表達的技藝和文學的感覺。寫作總是和既有的作品展開對話（甚至是對既有文學傳承的壓縮），而不僅僅是「再現現實」。另一個重要的原因是俄國理論家巴赫金拈出的，文學（尤其是小說）其實是由「他人的話語」構築起來的。當代社會生活中庶民的雜語、大師思想的片段、經典傳承、一切一切的廢話等等（它的開放性）。因此「互文」不是借用，它是文學的存在本身，它是文學表述複雜度、難度的緣由之一，因此我們往往據以界定文學性。

立足於馬華文學，位處世界文學的荒涼邊陲；與及我自己主張的重寫馬華文學，兼之身在台灣、甚至在台灣文學裡寫作馬華文學，我的寫作的對話對象不僅是「現實」而已，更包括台灣文學與馬華文學，甚至小部份的中國現代文學、世界文學。我不覺得馬華文學可以憑著素人式的寫作在世界文學裡立足，即使長期的自我感覺良好。我對馬華文學的互文引用也可說是以我自己的方式保護馬華文學。

二、你常講回不去，我想這包括地理與時間都回不去，永遠地和自己生命早年的場合剝離。讀時有哀悼之感。從你的散文來看對此也隨遇而安。但在小說裡馬來亞與台灣出現又消失，像海市蜃樓一樣。同時編入台灣與馬來亞、馬來西亞，對您是一種需要嗎？您願意談談這寫法、需要和觀察嗎？

答：回不去是時間的不可逆造成的悲劇，對所有人大概都相似，我們都在時間裡老去，或者錯過了甚麼。馬來西亞和台灣對我而言都已是故鄉，我也企圖透過小說來思考台灣問題和馬來亞問題，對我而言當然「是一種需要」，否則我也不會那麼做。常有人問我為甚麼不寫台灣，我以那樣的小說作了回答。那是我自己的方式，就如同我以自己的方式在台灣生活。其他的我就不多說了。解釋得太多，小說就沒必要存在了。我也不想提供太多的「作者意圖」。

三、好久以前，好像就跟您談過這個問題。小說可以療癒創傷嗎？後殖民主義認為，重新以自己的方式再寫一次殖民史，這過程就是一種療癒。您覺得這說法足夠嗎？我覺得你好像在彌縫這內向、外向書寫之間的裂縫。

答：那要看是甚麼樣的創傷，是個人的，還是歷史的。但如果是那麼容易「療癒」的，大概也就不是真正的創傷了。我們不能回到過去，猶如歷史不能重來。對某個流派的後殖民論述而言，華人移民也不過是殖民主義的幫凶，都是協助殖民破壞的「生態地理殺手」。幫著砍伐原始林、滅絕原生物種，迎合資本主義的

「文明進程」。更何況，對原有的住民來說，不認同在地文化、堅持自己的民族文化，也是不正當的（台灣的漢人其實面對同樣的問題，只是他們用搶佔本土位置的卑劣方式迴避問題，就好像本省人=原住民似的）。因此我們的「創傷」要理解都很困難，怎麼療癒？

四、前天讀到齊格蒙特鮑曼的〈共同體〉，他以碉堡與角樓作為共同體封閉隔離的意象。我想到您寫的《最後的家土》。內在的人物都像是陷落在看不到前景的大霧裡，而小說對此又保持緘默不說。您寫這一系列馬共，其實也不只針對馬共，亦包含其他各種形式的共同體或依戀。您願意談談這點嗎？

答：這問題可分幾方面來談。我不知道馬共們是否曾經思考過革命的終極目標是甚麼？邏輯上不太可能沒想過，多半還是解放馬來半島建立蘇維埃。但也許形勢很快就壞到只能勉強求自保了。我的小說不過是依馬來亞的情勢、就共產黨革命及小說的內在邏輯，以敘事開展各種可能性。但很多可能性的時機其實是在過去，它既然沒發生，就表示那可能性很可能早已被耗盡了，也就是說那已是不可能的可能性。它只能在霧裡，也只能用敘事哀悼它的存在。史料上確實有明遺民的船往南逃亡，到了越南和泰國。而我們這些民國子民的後裔，雖然沒有揹負王朝遺民的亡國之痛，卻因為是底層勞工的後裔，文化上沒有累積，必須從零開始，一點一滴的撿拾，就像從事資源回收。

另一方面馬共也已成了其他事情的轉喻。如果只是就馬共看馬共，只會陷於過度放大它的特殊性和窘境。

五、色情好像未被談論的，不知道為何大家都不談。但這色情、暴力對應馬華文學左翼書寫很有意思。您願意談談這點嗎？您寫時想到女性主義者嗎？女性主義者可能會罵（上次劉藝婉有篇文章）。我自己覺得寫男人很困難，也不見自己投射的能對男性公平。

黃：在台灣寫作，經歷八〇年代末的徹底解放後，寫作幾乎已是無限自由。女性主義、同志及不同性別立場的人往往把各自的性取向作為書寫的核心，放大它，好似它是一切意義的核心，也從來不會「顧及異性戀者的看法」——對他／她們來說根本無此必要。妳覺得寫作有必要同時兼顧不同性別立場的看法嗎？如果那樣，大概就沒辦法寫了。

在台灣這幾十年，不同性別立場的呈現，已能做到彼此尊重，不喜歡頂多不看就是。如是女性主義者的自我投射是正當的，那以男性立場投射的性別想像為甚麼是不正當的？

在台灣，在李昂、舞鶴和駱以軍之後，這方面可說已是百無禁忌。

馬華左翼作為革命文學的後裔，這方面是相當禁忌的，甚至比中國的革命文學更為禁欲。但革命的激情其實和性的激情其實是分不開的，從傳記電影和小說都可以找到大量例證。但在馬共的傳記和小說裡都看不到這些，他們好像是群清教徒。

在小說的領地，情色本來就是股力量，也可讓字詞充滿激情。

六、由於您兼具學者研究與批評者身份，讀者可能也會注意您的小說之作為一種回應與批評方式。您最近以及包括即將出版的小說，除了對左翼現實書寫的批評之外，是否也有對其他文學觀點的回應？譬如說，小說裡頭也可能像觸角一樣，作為您近年所寫過的一系列評論、序文的某種延伸？（雖然不是主要但可能是部分？）這包括諸如〈文心凋零〉中的虛構與真實之議論、中文（破中文）的書寫、此時此地的書寫之論，同時也回應近年的一些評論或研究，譬如劉淑貞碩士論文《字與肉》中對死亡與書寫觀察到的極其危險的語義置換；以及劉淑貞的博士論文從現代主義角度對您小說的研究。

答：當然有所回應，但以寫作回應就不該用分析語言重述它，那是研究者的工作，不是我該做的事。我沒必要長篇大論的解釋吧？

與言叔夏：「父亡」／女兒，河道與走根

一、這次寄來的三篇小說裡，〈父親的笑〉是我最早開始閱讀的篇章。延續《南洋人民共和國備忘錄》的某些篇章，「父亡」似乎仍是象徵著時間開始啟動的一個刻度。這個刻度也意味著寫作的開始。但這篇有個技巧性的設計是：父親被換掉了。「父的激活」意志似乎強過前此的一些篇章——父親甚至是還真實地活著。另一本《猶見扶餘》的跋中也提到父親的年少，若讀書的話，或許不再困居於膠園，生許多孩子——或許也不會有你。在這裡，似乎文字是作為一種不在的

命運而顯現其意義的。那樣的寫作，會不會是代替父親再活過一次呢？我所說的並不是在文字敘事中再活一遍，而是更進一步地：是以寫作者的附靈狀態，彷彿抽空筆桿的空心，讓死去的亡父進到自己（寫作）的身體。這個父的幽靈是否是超越你大部分的小說之上的呢？

（又，在《南洋》和這部裡，和「父親」有關的敘事者「我」常是一個「女兒」，這樣的設定似乎不常在早期的小說中出現。但那樣的「女兒」卻經常是帶著大量知識聲腔、書寫質地，甚至是一種觀察者、冒險者或旅行者的角色的。這和你後來有了一個「女兒」有關嗎？）

答：這篇我預訂置於下本集子的第一篇（或最後一篇），那三本小說之間剛好有一種對應。但我早年的小說如〈撤退〉（一九九〇）、〈死在南方〉其實已經是父親死亡的敘事了。我在早年的李永平論（〈婆羅洲之子的父親、母親〉）也嘗試過處理這樣的父親問題——缺席的父親、孱弱的父親、父不在——馬來西亞的華文文學，其實是父親死亡後的文學——父親缺席的文學。因此我曾說，製作馬華文學，我們必須成為自己的父親。那是「重寫馬華文學」的另一種說法，個人必須大於馬華文學本身。

另一方面，關於女兒，我在〈胡蘭成的神話學〉裡曾經藉李維史陀〈一個小小的神話〉「造物主生出了造物主，女僕生出了主人，女兒生出父親」來解釋胡蘭成和朱家姊妹的關係——胡其實是被這兩個女兒用語言「重新生出來」的，方有後來的影響力。那是女兒的能力。或許也是胡氏女人論的奧義。

女兒是未來。採用女兒的觀點可以讓那樣的敘事帶點神話意味，也利於抒情。《猶見扶餘》附錄的〈在或不在南方〉的兩個個案也是「父親寫作」的故事（而不止是「如果父親寫作」）。兩代左翼，其中一個是王安憶的父親，象徵意義不言而喻。

二、從《南洋人民共和國備忘錄》到這本，似乎裡面各篇隱藏著一個有著共同聲腔、知識背景或相近身世的敘述者「我」（當然我的意思不是說他們都是同一個「我」）。那使我感覺每篇小說的板塊和板塊之間，是彼此接銜的。那自然不是一種寫實主義式的接銜，但我因此而好奇的是：你所構築的那個小說世界，是一個敘事的流域嗎？每個篇章與篇章間都埋設著一條條交匯的河道，這些河道既是通往小說的黑暗之心的，可同時也是朝向外部的——它們流向你自己的其他篇小說，或其他人（魯迅、陳映真、舞鶴……）的故事裡。比方從某條河出發，可以航行；可以沿路遇到另一個故事裡的某人，正坐在對向河道的另一條船上……這些河道，總也是語言本身的河道吧。它有時可以流出邊／國界。有時甚至溢出它自己。而或許是在這個意義上，使小說裡的那些「他人的名字」，都脫出了修辭學上的典故、援用，過渡進了一種小說的本體論世界吧。能否請你談談這個部分呢？

答：這可說是田鼠的戰略吧。田鼠在大草原下方挖洞。地面只有幾個開口，但它底下是個貫通串聯、縱橫交錯的隧道世界。

但也是某種植物的戰略。去年我在屋前堆放了好些花盆，種玫瑰或木槿、山茶花甚麼的。其中有一盆植物叫金盃藤，原產南美洲，應該是雨林裡的植物，因分枝繁多我給它一個特大的水泥盆。它會伸出長長的枝芽，再硬化為藤。藤硬實後會長出許多側芽，部份會分化成花苞。開出來的花有拳頭大，像個酒盃，內白外綠，稱不上艷麗。那藤觸地即生根，我後來搬動花盆時才發現，它的根從大盆底下排水洞鑽出，從其他花盆底下的洞鑽了進去，深深的固著在他盆的土裡。清理時，那奔走的根一大把，就像工地的電纜線，因為施工的緣故，需拉出許多延長線。但它是反向的，它不是輸送，而是吸取。

河道的比喻不錯，魚需要水呢。

三、你曾在此書的跋中寫道：「寫這些小說時，常常是腦中先浮起一個畫面——有時是一張遺照，有時是美麗的少女的臉，一尾巡遊的魚，老虎金黃的背背，一張想像的長長的舊照，一尾鯨魚、一道傷疤、一地的煙蒂、木板上W型的裸女標記、防風林裡懸吊的玻璃瓶——那先於文字，先於故事。「意義」是更遠端的事了。故事在文字中漸漸形成，我自己也不知道故事會走向哪裡、怎麼閉合。文字總是會流向那畫面，包裹它，或讓它挺立。就好像水滿了總會自己找到出路。」可見小說內在的歧路，總是開始於一個意象。先於意義甚至故事本身。換句話說，那樣的「小說」其實是「詩」的夜遺；它的內在資源是詩能量的產出。但它又和同樣承接詩學遺產的台灣現代主義很不同；在你比較近期的小說中，這種詩的質地往往不是以一種抒情調子的方式顯現（聲音）（〈欠缺〉裡這種質素多了起來），而經常是表現在詞彙與詞彙的搬移、跳動之中，呈現為一種意義的突梯。你覺得你的小說寫作是否是一種詩學的擴張或衍化？而若有你所說的那部

「小說機器」，詩在這部機器裡的角色是什麼？啟動裝置？詩是否先於小說？

答：我記得老馬奎斯的小說論也是這麼說的，畫面先於文字：簡陋碼頭邊一個等待郵件船的老男人（〈沒有人給他寫信的上校〉），烈日下一身黑喪服的老太太（〈格蘭特大媽的葬禮〉）……李永平《吉陵春秋》：一個揹著紅布包的唐衫老瘋婦，在大街小巷重複出現，好像在尋找甚麼已然忘卻的事物。

我想大部份寫作者都有這種經驗，只是不太願意明白的說出來而已。那像是一種vision，或者物表象。理論上它可以轉化為畫，詩，甚至電影。那是物。

四、延續上一個問題。跋中也談到了一點點關於同代人的長篇寫作勞動，以及自己的短篇（短跑？）書寫：「他們手邊都有長篇在寫，因此稍稍慢些。但我反正就在寫短篇，似乎一切都可搬進『字母』裡——就好比一切都可以引入馬共，一切都可以是馬華文學。」這樣一種「似乎一切都可搬進『字母』裡」的技藝，和前述那樣的一種詩質的、被意象觸發的寫作似乎存在著一種隱密的關聯性。記得你也提過自己的跑道是短篇。而我在比如駱以軍的長篇寫作裡（《西夏旅館》、《遠方》、《遺悲懷》……）也很容易找出那其實是被一個長篇的腔腸所包裹的短篇肌理，一個又一個的房間，或者一個又一個的「字母」（似乎一切都可搬進「字母」裡）……那樣的寫作，其實也都是永遠被包進一個袋子的（比如那作為基底的創傷）——用你的話來說，「就好比一切都可以引入馬共，一切都可以是馬華文學。」在這裡，「馬共」或「馬華」似乎是轉喻的中繼、意義的歇止處，很快要被敘事、語言給帶開了。能否談談你對長篇與短篇的想法？

答：長篇大腸包著許多的短篇小臘腸？

長篇幾乎都是由主線因果（不論是單線還是複線）構築起來的，但它的建築術應該不只一種。有的只用個寬鬆的線把它串起來，其間是一個一個的短篇（如卡爾維諾的《如果在冬夜，一個旅人》、巴加斯・略薩《胡利婭姨媽與作家》），那個線本身還是個主線因果的故事。但有的作家乾脆把那線也去掉了，分離的故事的集結，彷彿就是短篇集了，但它由同一個論題寬鬆的黏合（《不朽》）。那就接近故事集的古老型態了，但又有所不同。後者用短篇綴合的形式，但那基本上要麼是在一個單一的場所裡許多同時在場的人講述不同的故事（喬叟，《坎特伯利故事集》），要麼由一個人講連串的不同故事（《一千零一夜》），或者由一個故事裡的人物串起許多故事（《小城畸人》、《米格爾大街》）。駱以軍的長篇，就在這兩者之間，是較為寬鬆的方式，也就是把諸多可以獨立發表的短篇放入某個有著一個個框格的套箱裡。但其間有若干敘事序列是有較為緊密的關聯的，有一條因果的線把它串聯起來。長篇小說必要較弱的章節（形式主義說的「鋪墊」），昆德拉曾經問過，那些宛如過渡的部份能不能刪掉？嚴格意義的長篇而言是不行刪的，因為因果之鍊會被切斷。

在某種意義上，我的馬共小說已經是某種型態的長篇了。就像一幢開著無數窗子的閣樓，風從四面八方吹進來。又比方，如果說長篇是長方體，像日本山藥——它之所以長成漂亮平順的長方體，是因為把它種在塑膠管裡，規訓了它的成長——這技術聰明的台灣農民當然早就學會了。但我自己種的山藥是讓它自由生長的，它就結成高矮大小參差不齊的一串，倒過來看就像電影《蜀山》那些聳立著不同尖錐的山。那樣的山藥要從地裡挖出來相當困難，隨時會弄斷它的某些塊莖；要煮它也困難，因為它的表皮不止比長方體的多（因為表面積增加了），兼之凹凸不平，且較為粗礪，並不好削。

然而，為甚麼要把小說種在塑膠管裡？

五、〈祝福〉中出現了大量的甲骨文（那些「腳印」們），仍是文字的鑿刻與物性本身的顯現。多年前的〈刻背〉也有類似的技術性呈現，只是〈刻背〉的此種物質性漫漶溢出到書本的外緣，《刻背》的三個書名大抵是文字的一種物質性示範吧。這兩篇作品之間，是否存在著一條隱晦的、無意識的相通甬道呢？多年前我讀〈刻背〉，那仍是一個標本般的旅程，或者故事——哀矜是對標本的哀矜，悲傷是對標本的悲傷。那些字更像是歷史的紋路。但在〈祝福〉的末尾，我卻真正讀到了一種「祝福」的況味：來自災難的祝福、來自演化本身的祝福、來自歷史的祝福。或許那也正是來自那死在上個世紀、以血與墨的辯證作為書寫演出的魯迅，所遺留給中文的祝福吧。這樣的一種變化（如果有的話），會是因為什麼呢？有一些小說之內或之外的緣由嗎？

答：〈祝福〉和〈刻背〉都是悲傷的故事，但如果不是身為華人，只怕難以體會。我不知道大馬的老左們讀了會有甚麼感想。從殖民地時代，一直到在馬來亞民族國家建立後頗長的一段時間，華人的祖國情懷讓他們撲向祖國，以為可以在祖國的危難裡貢獻一點心力，大部份情況都是被犧牲掉，像撲火的飛蛾。因愛國而北游的左翼青年，或被殖民政府遣送中國的那些人，泰半都成了革命時代的柴薪而不是火。

在象徵意義上，關於文字之愛，我不知道哪種狀況比較悲傷，把字刻在皮上（網路上有老外在肩背上刺「排骨麵」者），還是骨頭上？這樣的祝福可能嗎？

六、〈欠缺〉的最末那巨鯨現身的場景，或許也意味著一種啟示，一種拯救的靈光。類似的意象也出現在〈父親的笑〉中（雖然已經變成化石了）（這隻鯨魚的化石是否就是〈欠缺〉的小說家筆下所寫的那隻鯨魚呢？這樣的話，又回到了問題二了：小說和小說之間有著共通的河道）。而那經常是發生在個人抑或一個大對體的歷史的災難時刻。從早年的〈魚骸〉、中期的《土與火》、《刻背》，乃至晚近的寫作，似乎總有一列動物隊伍（龜、公雞、猴子、鯨魚……），作為小說文本中的裝置，牠們或以自身的變形示現了一種歷史的遭逢，或以演化刻鑿了時間的刻度，有時或者帶有一種人類學的意味。你是否嘗試在滿佈著動物圖騰的礁岩／化石上構築出一種拯救邏輯？那麼，那些動物便不是技術，而是小說的出口，迴圈的終點了吧。而相較於馬共、馬華這樣具指稱性的語彙（往往是隱喻表面的依歸），你是否嘗試在小說裡找出一個外於迴圈、外於「喻指／喻依」這種封閉迴路的意象——尤其是令人驚詫的意象——以驚詫完成救贖？

答：意象、動物的反覆出現，部份目的是，讓作品與作品間好像有某種聯繫，好像都屬於某個整體，但整體可能並不存在。但也許我最終可以把它們縫製成一張百衲被。

我也喜歡色彩華麗筆法細膩的兒童繪本，雖然我寫的故事總是兒童不宜。另一個原因是，我成長的樹林，雖然是雨林毀掉後的世界，動物卻相當豐富，雖然並沒有老虎與鯨魚。一直到最近，返鄉還可以輕易看到成群的猴子與雉、隨處奔跑的四腳蛇。那也可說是我鄉愁的一部份吧。

〈父親的笑〉裡的鯨魚是鯨魚的始祖之一，我在紀錄片上看過它躺在巴基斯坦。在生物學上，鯨魚的祖先是魚類上岸演化成哺乳類又重返大海者，牠的近親是水獺。

七、長期以來你都兼具「評論家」與「小說家」的雙重身份，二者當然是可以相互讓渡、甚至彼此繁殖的。你的小說與論述之間是否存在著一條彼此攻防、可時而拆卸、時而安裝的界線？尤其這幾篇小說裡的「我」經常動用到大量的知識體系（「我」常常是個追索者、探險者），這樣一個「知性我」（而非「感性我」）的敘述主體，是否常會與書寫主體的現實（研究者、一個知道很多的人）產生重疊呢？對你而言會是個困擾嗎？又或者是彼此挹注的呢？你是否花很多時間去分配、安頓它們？

答：這些知識還好吧？包括那篇大腳，扶餘，那些知識在我棲身的學科都是常識。主人公如果是小知識份子，這也應該相當自然的吧。在各自的專業領域裡，他們應該都比我懂得多。

我本身喜歡閱讀雜書，閱讀的樂趣甚至往往甚於寫作。

我最近寫小說都儘量跟著感覺走，但有時會做反思式的停駐與調度。這種能力每個老練的寫手應該都有的，從他們的書評或訪談都可以相當清楚的看出來。

評論是另一種寫作，我自己對別人的評論也常覺得不滿意。

評論的能力有時可以比較有效的校正作品，尤其寫某些問題小說而不得不「意念先行」時。

（附錄四）

跨過那道門之後……思考應該就開始了

——黃錦樹答客問

涂倚佩

您文中什克洛夫斯基〈天空在動搖〉裡的話：「詞使受擠壓的靈魂自由，但如何將死的再變成活的？」您的小說創作所要逼迫出來的可能會是什麼？

答倚佩：只有「詞使受擠壓的靈魂自由」是引文。也許企圖逼迫出馬華文學自身的文學的可能性吧。把灰燼還原為火。而火曾是老左最愛的意象。

北藝大學生

請問為什麼會想用詩的方式來書寫對《饑餓》致敬？

答：那當然不只是致意。我也想試試能不能用另一種途徑——更為瑰麗、瘋狂、但也更為省略的方式——去重寫、改寫《饑餓》勾勒出來的困境（那是一九四八年後馬共受困的寓言，但也無妨視為馬華文學、文化自身的受困狀態——精神上的缺糧——的寓言），並且找到一條（也許僅僅屬於文學的）逃逸之路。

蘇穎欣（新加坡／馬來西亞）

一、在《南洋人民共和國備忘錄》這本「向馬共致意」的小說集中，我們讀到作者反轉革命的烏托邦想像，赤裸裸的揭露革命背後被忽略的精神和情感面貌。革命敵不過人性的貪婪、慾望、背叛，卻似乎也敵不過種族。即使「馬來亞人民共和國」成立，也因種族衝突而亡國。請問你對於馬來西亞民間的（非官方的）種族互動和融合仍是悲觀的嗎？

二、你的小說中充滿與本身作品的互文對照，如〈尋找亡兄〉那位疑是〈魚骸〉作者的敘述者，或是《南洋》裡面常出現的小蘭、小紅、小刀等角色。若沒有讀盡你的大部分作品，恐怕甚難尋找他們之間的連結關係；甚至可以說，要了解各作品的命題和關懷，恐怕不能不對「作者黃錦樹」有一定的認識。請問你是否自覺的用這樣的視角創作？是否曾有過「作者大於作品」的擔心？

答穎欣：

一、印尼的排華是最值得深思的案例，一九六五年冷戰年代的大屠殺一舉肅清了印共，也一舉滅掉世代累積的當地華文文化。而歷史上，中國和週邊國家一旦關係緊張，華人就成了替罪羊。日本戰敗後華巫之間的種族屠殺就透露出不少訊息。更何況馬共是中共輸出革命的實驗成果之一。

「對於馬來西亞民間的（非官方的）種族互動和融合」我還是很悲觀。有一天，當華人人口少於五％時，也許問題就慢慢的解消掉了。以暴力或非暴力的方式，如果華人再度成為峇峇。

二、a我不知道妳有沒有看過淹大水時紅螞蟻逃命的策略？牠們以卵繭為筏，互相嚙咬著、抓著彼此，以身體織成一顆網狀的球，漂浮在水上，以抵達可能的陸地。那也是我的小文學策略，也是我對書的想像。

b我們受文學訓練的人都知道有所謂的「作品系統」這樣的觀念。作為研究者，閱讀本來就該是整體的閱讀，除非不得已——某作者的作品亡佚不全了。否則怎可能達到有效的詮釋循環？

c馬華文學曾被認為是沒有作者的文學，因此我們其實非常需要創造作者。

d但妳提到的那些角色其實並不重要，我也不覺得故事特別重要——那是為了閱讀的樂趣而設置的，都不過是「櫝」。

e邏輯上不會有「作者大於作品」這回事。沒有作品的作者只是個空的名字，作品太微不足道的作者也就不算是作者了。馬華文學的作者要有能力改變馬華文學系統。

謝征達（新加坡）

一、你的筆下的人物常常分崩離析，死的死，傷的傷，讓人讀了甚為不安。你營造起的不安現場，成功拆解了各種近乎自戀的、戀屍的，或民族主義的優越感，讓人無法不深思當中的弔詭性。然而，拆解了這一道道倫理之門後，我們該如何跨越過去，如何面對自身？你是否嘗試過回應這些問題？

二、關於〈婆羅洲來的人〉的兩個結局在二〇一四年四月十三日《星洲日報》的「文藝春秋」可以讀到你寫的一篇〈婆羅洲來的人．續篇．另一結局〉。第二個結局是在寫第一個結局之後才想要寫的嗎？還是在寫完第一個結局後才想要寫第二個結局。寫第二個結局的意義又在哪裡？

三、《南洋人民共和國》中的文學史位置：你怎麼看《南洋人民共和國》?是一種馬共書寫?若干年後，后人將《南洋人民共和國》與馬共早期書寫並列於同一類型。可與否?為什麼?

答征達：

那是大火燒過的廢墟啊。我們的寫作是野草。即便是曾經巍峨的門，也只剩下焦黑的框。跨過那道門之後……思考就應該開始了。那些歷史傷口，是一個一個淒慘無言的嘴。狂人日記。藥。深夜樹林裡微亮的火。傷逝。大森林裡私語著的霧。摩羅詩力。小山頭間呼嘯的風。無邊無際連綿的季風雨。流潦縱走，河漫延過來，「魚進駐鳥巢，石頭頓挫起浮腫的音節」[1]，水獺也許會再度化身為鯨。

在〈婆羅洲來的人〉我嘗試了一下多重的不可靠敘事。一個說法補充、修正、覆蓋另一個說法。結局是一個個自己跑出來的。表面上是演示小說本身的邏輯（無限替換），但也是在用小說的方式處理我的婆羅洲同鄉和台灣的「文學關係」。其實小說還以留白的方式寫出的第三個結局，那可能是更重要的，因為那

1 陳大為〈治洪前書〉《巫術掌紋：陳大為詩選1992~2013》，聯經，二〇一四年二月出版。

其實是敘事真正的開端：

> ——其實關於婆羅洲人的故事，還有另一個不同的版本。我外公他年輕時到過南洋戰場，在山打根住了幾年。他從那裡回來後，一輩子也忘不了那地方。我是聽著他的婆羅洲故事長大的。

二次大戰期間，有不少台籍日本兵投身婆羅洲戰場。雖然日本戰敗後，當台灣被中華民國「收復」，這些人的處境非常尷尬，被卡在歷史的夾縫裡，也普遍不認同中華民國。台灣文學裡有少部分作品曾再現他們的婆羅洲戰爭經驗，從陳映真的〈鄉村的教師〉到陳千武的〈獵女犯〉、李永平的〈望鄉〉。我曾在兩年前發表論文〈石頭與女鬼〉，最後一小節（〈經驗所容許的〉）以敘述的方式探討過這問題。我常以為讀者都該知道的這種種，我其實不該說那麼多。但我有時可能還是高估了讀者。

「馬共早期書寫」你指的是賀巾的早期小說嗎？我和他們之間隔著一片南中國海呢。我的馬共小說首先是小說，然後才是馬共小說。他們的首先是馬共，其次才是小說。

二〇一四年六月二十二日《聯合報‧聯合副刊》

INK PUBLISHING 文學叢書 439

魚

作　　者　黃錦樹
總 編 輯　初安民
責任編輯　陳健瑜
美術編輯　黃昶憲
校　　對　吳美滿　陳健瑜　黃錦樹

發 行 人　張書銘
出　　版　INK印刻文學生活雜誌出版有限公司
新北市中和區建一路249號8樓
電話：02-22281626
傳眞：02-22281598
e-mail：ink.book@msa.hinet.net
網　　址　舒讀網http://www.sudu.cc

法律顧問　巨鼎博達法律事務所
施竣中律師
總 代 理　成陽出版股份有限公司
電話：03-3589000（代表號）
傳眞：03-3556521
郵政劃撥　19000691　成陽出版股份有限公司
印　　刷　海王印刷事業股份有限公司

港澳總經銷　泛華發行代理有限公司
地　　址　香港新界將軍澳工業邨駿昌街7號2樓
電　　話　852-27982220
傳　　眞　852-27965471
網　　址　www.gccd.com.hk

出版日期　2015年 4 月　初版
ISBN　978-986-387-023-4
定價　360元

國家圖書館出版品預行編目資料

魚 / 黃錦樹 著：
--初版，--新北市中和區：INK印刻文學，
2015.04 面：14.8 × 21公分.（文學叢書：439）
ISBN 978-986-387-023-4 （平裝）

857.63　104002635